NANWANG JINGDIAN
SHICI

难忘经典

诗词

龙且立　编著

四川辞书出版社

图书在版编目（CIP）数据

难忘经典诗词/龙且立编著 . —2 版. —成都：四川辞书
出版社，2018.1
    ISBN 978-7-5579-0254-4

Ⅰ.①难… Ⅱ.①龙… Ⅲ.①古典诗歌-作品集-中
国 Ⅳ.①I222

中国版本图书馆 CIP 数据核字（2017）第 282147 号

难忘经典诗词
NANWANG JINGDIAN SHICI

龙且立　编著

责任编辑 / 钟　欣
复　　审 / 杨正波
终　　审 / 王祝英
封面设计 / 墨创文化
版式设计 / 王　跃
责任印制 / 肖　鹏
出版发行 / 四川辞书出版社
地　　址 / 成都市槐树街 2 号
邮政编码 / 610031
印　　刷 / 四川经纬印务有限公司
版　　次 / 2018 年 1 月第 2 版
印　　次 / 2018 年 1 月第 1 次印刷
开　　本 / 889 mm×1194 mm　1/24
印　　张 / 13.5
书　　号 / ISBN 978-7-5579-0254-4
定　　价 / 39.00 元

前　言

　　《尚书》中说：诗言志，歌永言，声依永，律和声。诗词作为一种文学体裁，是用丰富的想象和分行排列的形式来抒发思想情感，用高度凝练的语言集中地反映社会生活。许多诗词不仅记录了当时的社会生活现状，还可反映出时代的沧桑变迁。但是，这种极具节奏感和韵律美的世界上最古老、最基本的文学形式，到今天仿佛已被许多人遗忘。

　　诗词逐渐被人们遗忘，这其中自然有很多原因。有人将目前诗词寂寥的现状归结于出版的缺席。虽然这种观点有失偏颇，但是作为编者，似乎也从中获得了一些出版此书的理由和力量。我们相信，再浮躁的人心，也会有安静下来的一刻。当人们经历了紧张的快节奏生活之后，能寻觅到一首意境优美的诗词安安静静地阅读，也是一种难得的、幽静的享受。在这个讲求速读的时代，有很多读物是速朽的，但是毫无疑问，经典的诗词，将会是不朽的。

　　本书精选古今经典诗词百余首，对其中的难点进行释义，并对诗词进行赏析，深入浅出，语言轻松活泼，俏皮有趣，既有严谨的理论分析，也有丰富的感性认识。不仅可以帮助诗词爱好者正确、全面地解读这些经典诗词，而且可让他们学到很多与诗词有关的格律知识，是大中学生欣赏诗词的好帮手。

由于编者的水平有限，本书在编写过程中难免有一些不妥之处，恳请读者及方家指正。

编 者

目 录 MULU

目

录

1

难忘

经典

目　录

难忘经典

诗 词 *Shi Ci*

目 录

难忘
诗 词 *Shi Ci*
经典

关 雎

国风·周南

关关 雎鸠，在河之洲。窈窕淑女，君子好逑。

参差荇菜，左右流之。窈窕淑女，寤寐求之。

求之不得，寤寐思服。悠哉悠哉，辗转反侧。

参差荇菜，左右采之。窈窕淑女，琴瑟友之。

参差荇菜，左右芼之。窈窕淑女，钟鼓乐之。

关关：鸟叫声。雎鸠：鸟名，即鱼鹰。窈窕：娴静的样子。逑：配偶，匹配。荇菜：一种水生植物，叶子浮在水面，可食。服：思念。悠：思。芼：采摘。

入选理由：

中国诗歌第一篇。除了文学创作、文学理论之外，还在文化层面上对中国诗歌有着很大的影响。

且立片论 说《关雎》是中国诗歌第一篇，并非说它是创作时间最早的第一篇，而是指它是排在中国第一部诗歌总集《诗经》中的第一篇。或许它的创作时间也很早，在西周初期。由于是第一，因此就特别值得重视，因为很多的"源"就应从它说起。比如这首诗究竟讲的是什么内容？表达了什么思想？《诗序》谓其是称颂"后妃之德"，就是赞美周文王的夫人好品德的思想内容，大大地附会道德和政治。果真如此吗？为什么其中又有那么深的忧伤痛苦呢？还有"荇菜""琴瑟""钟鼓"在诗中的作用是什么？还有先是相思的无眠之苦，后来"乐"了，看来是追求淑女成功了。古来许多解读都令人费解，于是就有单纯的男女恋歌、描写三月成妇的婚礼等不同解读。不过无论怎样，这首诗是描写男女相思相爱却毫无疑问，能下结论的恐怕只有这一点。既然是男女相思相爱的内容，它正好应了"爱情是文学永恒的主题"的理论，第一篇即如此。因为存在那么多没有解开的疑点，它又应了汉代儒生所说的"诗无达诂"的名言，从此中国的诗歌就有了很多仁智各异的读法，而且很难分出谁是谁非。另外，《毛传》在"关关"两句后说："兴也。"由此开始了中国诗歌表达中惯用的"比兴"用法，"比兴手法"也就成了解读中国诗歌的一把钥匙，从先秦一直延续到明清。

桃 夭

国风·周南

桃之夭夭，灼灼其华。之子于归，宜其室家。
桃之夭夭，有蕡其实。之子于归，宜其家室。
桃之夭夭，其叶蓁蓁，之子于归，宜其家人。

夭夭：嫩绿，茂盛的样子。之：这，这个。子：女子。于归：出嫁。蕡：通"斑"，指桃子成熟白里透红的样子。蓁蓁：枝叶茂盛的样子。

入选理由：

  清代研究《诗经》的著名学者姚际恒在《诗经通论》中说这首诗是"千古词赋咏美人之祖"；因语音的关系变成"逃之夭夭"的成语；刘勰在《文心雕龙》中称"灼灼"是描写桃花鲜艳的经典名句。

且立片论 这首诗的音节整齐，韵律很美，就是今天读都完全押韵，没有古音的阻隔。这首诗结构简单，内容单一，就是写新嫁娘出嫁，三章一个意思。但是，别人却说它是写美女的经典。细细品味，的确如此。开头的两句就让你感到一个年轻貌美的女子迎面而来，嫩桃枝和红艳的桃花暗含了比喻的意义，象征了女子的青春活力，更如她美丽的脸庞，所以说它是在"咏美人"。还有一个重点是本诗的主题思想，千万不能将那三个"宜"字轻轻放过，它们含有深刻的道德判断。女子嫁到男家，是给其家庭、家人带来"宜"的，这就是和睦、幸福。和睦、幸福还有具体的内涵，因此隐藏在"美"的表层之下的道德观念才是本诗的主题。关于这一点，《诗经》中的很多篇章都有表达，比如《螽斯》《椒聊》等就用比喻暗示，希望妇女多生孩子，生的孩子有蝗虫（螽斯）卵那样多该多好啊！生的孩子像花椒结子一样多该多好啊！尤其是《芣苢》一诗三章，句子完全使用反复修辞，全诗只换了几个字，意思只说采摘芣苢（车前草），但有人就读出了在风和日丽中三三两两妇女采摘的喜悦来（参看方玉润《诗经原始》），为什么？原来《毛传》中有注解，谓车前草可以治妇女不孕，藏在其背后的还是希望多生孩子、多子多福的文化背景。

静 女

国风·邶风

静女其姝，俟我于城隅。爱而不见，搔首踟蹰。

静女其娈，贻我彤管。彤管有炜，说怿女美。

自牧归荑，洵美且异。匪女之为美，美人之贻。

俟：等待。**爱**：通"薆"，遮蔽，隐藏。**娈**：美丽。**贻**：赠送。**彤管**：红管草。**炜**：光泽。**说**：悦，喜爱。**怿**：高兴。**女**：汝，你。**牧**：郊外。**归**：馈赠。**荑**：初生的白茅。**洵**：的确，确实。**匪**：非。

入选理由：

如果说有像电影镜头一样精彩的描写男女约会的诗歌，本篇可能就是最早的了；爱情的信物是无价的，本篇也是最早的例子。

且立片论 这是一首有趣的爱情诗歌，尤其以第一节描写最为生动。如果说用电影镜头来分解，那就可以将其看做是一组男女约会的精彩画面。首先是一个美丽的姑娘的镜头，第二个镜头将画面拉到城墙边一处幽静的地方，那里有树木丛林。第三个镜头是姑娘先到，然后藏到树丛背后，这时我们看到的是姑娘天真活泼的窃笑。第四个镜头是男子匆匆赶到，可是当他没见到心上人时却急得在原地徘徊，抓耳挠腮，不知如何是好。第五个镜头还不能少，将画面再次拉到树丛背后，再一次展现姑娘偷偷地笑，然后笑声渐大，姑娘慢慢地从树丛背后走出来。

原来她是在跟情郎开玩笑，故意要看看他着急的样子。这些描写充满了生活气息，今天我们读来仍然觉得历历在目。后两节没有什么可称说的，姑娘送给男子定情物，可能只是价值一般的东西，但男子却奉若至宝，因为它是美女赠送的东西，其价值当然是无价的了。

氓

国风·卫风

氓之蚩蚩，抱布贸丝。匪来贸丝，来即我谋。送子涉淇，至于顿丘。匪我愆期，子无良媒。将子无怒，秋以为期。

乘彼垝垣，以望复关。不见复关，泣涕涟涟。既见复关，载笑载言。尔卜尔筮，体无咎言。以尔车来，以我贿迁。

桑之未落，其叶沃若。于嗟鸠兮！无食桑葚。于嗟女兮！无与士耽。士之耽兮，犹可说也。女之耽兮，不可说也。

桑之落矣，其黄而陨。自我徂尔，三岁食贫。淇水汤汤，渐车帷裳。女也不爽，士贰其行。士也罔极，二三其德。

三岁为妇，靡室劳矣。夙兴夜寐，靡有朝矣。言既遂矣，至于暴矣。兄弟不知，咥其笑矣。静言思之，躬自悼矣。

"及尔偕老"，老使我怨。淇则有岸，隰则有泮。总角之宴，言笑晏晏。信誓旦旦，不思其反。反是不思，亦已焉哉！

氓：民，这里指向女子求爱的男子。**蚩蚩**：憨厚的样子。一说嬉笑的样子。**布**：古代的货币。**愆**：过错，错过。**将**：请。**筮**：占卜。**贿**：财物。**沃若**：青嫩滋润的样子。**说**：通"脱"，解脱。**徂**：往，去。**爽**：差错。**贰其行**：改变了品行。**罔极**：没有准则。**咥**：讥笑，嘲笑。**总角**：指孩童未成年时。**宴**：安逸，快乐。

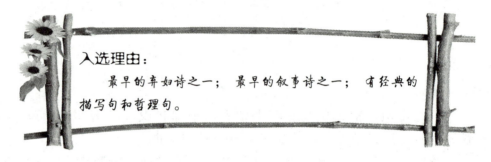

入选理由：

最早的弃妇诗之一；最早的叙事诗之一；有经典的描写句和哲理句。

且立片论 痴情女子负心汉，几千年前的中国就是如此了。当诗中的女子情窦初开后，竟然想念情郎想得入迷："不见复关，泣涕涟涟。既见复关，载笑载言。"多真实可爱的一个女子！诗中的男子求爱时是那样憨厚执著，可是一旦结婚之后，情形就变了。他变得粗暴，变得无情，他甚至连一点怜悯之心也完全丧失。难怪诗人要语重心长地告诫世人："于嗟女兮，无与士耽！"沉迷在爱情中的女子是最容易失去理性的，而男子却相反。时光流逝了几千年，诗人的话依然是警世之言，引人深思。

这首诗之所以能成为经典名篇，还在于写作表达方面的优秀。最突出的特点是将叙事、抒情、议论和描写有机地结合在一篇之中，而且显得很自然。另外，诗中的女子形象很鲜明，尤其是当她被抛弃后的一番思前想后，思前是无比忧伤痛苦的，特别是以前的"美好"，它会加倍地带来痛苦，所谓爱有多深恨就有多深，正是如此；想后仍然是痛苦的，很多女性往往在这种时候难以超越自己的痛苦，最后在痛苦无法排除时寻了短见。但是，这女子却能"反是不思，亦已焉哉"！过去的就让它过去吧，不过如此而已！这样的刚强多让人感动！她与后世，尤其是程朱理学重压下的女性相比，就多出了《诗经》时代的"个性"。

伐 檀

国风·魏风

坎坎伐檀兮，置之河之干兮，河水清且涟猗。不稼不穑，胡取禾三百廛兮？不狩不猎，胡瞻尔庭有县貆兮？彼君子兮，不素餐兮！

坎坎伐辐兮，置之河之侧兮，河水清且直猗。不稼不穑，胡取禾三百亿兮？不狩不猎，胡瞻尔庭有县特兮？彼君子兮，不素食兮！

坎坎伐轮兮，置之河之漘兮，河水清且沦猗。不稼不穑，胡取禾三百囷兮？不狩不猎，胡瞻尔庭有县鹑兮？彼君子兮，不素飧兮！

> **坎坎**：伐木之声。**干**：岸边。**猗**：语气词，《鲁诗》版本中这个字为"兮"。**廛**：与后面的"亿""囷"用法相同，都表示很多。**县**：同"悬"。**貆**：兽名，猪獾。**素餐**：白吃。**辐**：车辐条，车轮当中的直木。**直**：直的波纹。**漘**：岸边。**沦**：小水波。

入选理由：

思想性突出的诗篇，早期反剥削的名篇；在句式变化上，尤其是长句，突破了《诗经》的基本格式。

且立片论　这首诗的主题从古以来都没有不同看法，《诗序》说是"刺贪也"，但其中却有解读的难点，主要是"君子"如何定位的问题。是指剥削者还是其他？诗以砍伐树木开头，然后将木材运送到黄河岸边，再靠水力运送到使用的地方。

这是劳动的行为，由劳动引出不劳动的行为，从意义联系上讲顺理成章，于是有"不稼不穑"以下的诗句。问题在于"不稼不穑"以下诗句的内容所指是不是就直到一章的结尾？如果是，"君子"就应解释为剥削者。可又似乎不能那样解释，因为《诗经》中的"君子"是不含贬义的；还有，诗中明确地将"尔"和"彼"拉开了距离，即"你们"和"那些"，显然两者不是一类人。因此，"彼君子"应是指砍伐木材的那些劳动者，他们不是吃白食的，他们是靠劳动来生存的。这就和什么也不做却获取大量劳动成果的"尔（剥削者）"形成了鲜明的对比，锋芒直指剥削者，加强了诗歌批评讽刺的力量。这样解释，结构清楚，意义也清楚。

硕 鼠

国风·魏风

硕鼠硕鼠，无食我黍！三岁贯女，莫我肯顾。
逝将去女，适彼乐土。乐土乐土，爰得我所。
硕鼠硕鼠，无食我麦！三岁贯女，莫我肯德。
逝将去女，适彼乐国。乐国乐国，爰得我直。
硕鼠硕鼠，无食我苗！三岁贯女，莫我肯劳。
逝将去女，适彼乐郊。乐郊乐郊，谁之永号？

硕：大。**女**：通"汝"，你。**逝**：通"誓"，发誓，下决心。**去**：离开。**适**：往，到。**乐土**：快乐自由的地方。下面的"乐国""乐郊"意义与此同。**爰**：乃，就。**之**：语气词。**永号**：长久呼喊，长叹。

入选理由:

　　思想性突出，最早表达追求理想社会的诗篇；早期句句押韵、一韵到底的诗篇。

且立片论　把统治者、剥削者比作大老鼠，这是首创，今天的有些大贪官就像偷粮食吃的大老鼠，用"硕鼠"来形容很形象，因此常见于报端媒体。

　　这首诗最大的价值是喊出了被压迫、被剥削阶级坚决的呼声，表达了他们不甘心受屈辱的心声，更为重要的是他们有追求自由的理想。从此之后，陶渊明的《桃花源记》就受了启发，形象地构想出了这里提出的"乐土"。另外，这首诗句式整齐，韵律优美，也是一个突出的特点。此外，看似整齐的结构，其实也是有变化的。第三章的最后一句与前面的完全不同。"谁之永号"就是谁还会表达不满，长声悲叹呢？这句的意思清晰明白，而且在全诗的组织中起到了最后定音的作用。

九歌·国殇

屈　原

操吴戈兮被犀甲，车错毂兮短兵接。
旌蔽日兮敌若云，矢交坠兮士争先。
凌余阵兮躐余行，左骖殪兮右刃伤。
霾两轮兮絷四马，援玉枹兮击鸣鼓。
天时怼兮威灵怒，严杀尽兮弃原野。
出不入兮往不反，平原忽兮路超远。

带长剑兮挟秦弓，首身离兮心不惩。

诚既勇兮又以武，终刚强兮不可凌。

身既死兮神以灵，魂魄毅兮为鬼雄。

屈原（约前340—前278），名平，字原，战国时楚人。为楚王同姓贵族，曾任左徒、三闾大夫等职。具有远大的政治理想，后为上官大夫所谗，被怀王疏远，悲愤忧郁，投汩罗江而死。屈原是"骚体"的创始者，其作品想象丰富，文辞绚烂，是古代积极浪漫主义诗歌的典范。**吴戈：**吴地所出的戈，是当时最好的兵器之一。后面的"秦弓"意思和用法与此相同。**被：**披。**凌：**侵犯。**蹑：**踩踏。**左骖：**战车左边的马。**殪：**死。**右：**战车右边的马。**霾：**通"埋"，陷入泥中。**絷：**绊住。**玉枹：**镶有玉的鼓槌。**天时怼：**犹言无地昏暗。**严：**壮烈地。**忽：**遥远辽阔。**惩：**悔恨。**诚：**的确。**毅：**威武不屈。

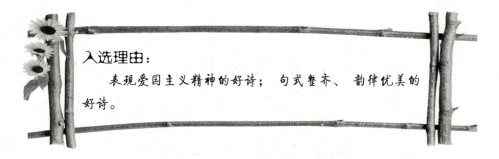

入选理由：

表现爱国主义精神的好诗；句式整齐、韵律优美的好诗。

且立片论 这是《九歌》组诗中的一篇。《九歌》是楚辞原有的形式，全是与巫风盛行的文化相配合的人神交流的歌词。然而本篇不仔细读是不能领会到这个结构特点的，人们往往会简单地认为它是一篇歌颂阵亡将士的诗。其实，本篇的主题表达的仍然是超现实的内容，换句话说，本篇的闪光点仍是鬼魂，而不是人。诗的前面部分极写战事的艰苦，死伤之惨重，将士们的英勇，但毕竟战败的事实却不可更改。据《史记·楚世家》的记载，楚国自从和秦国关系恶化之后，发生

了多次大战，一次战役楚国就阵亡若干万人，这是让诗人触目惊心的现实。既然现实中我们不能取胜，那么寄希望于超现实的冥冥之中就成了正常的情理，而楚人的文化传统正契合了这一点。于是希望鬼魂来帮助楚国就成了本篇的主题思想，结尾便有了不能轻轻放过的一些字句：神以灵、鬼雄等。如果用现代话语来诠释，那就是"你们虽然悲惨壮烈地牺牲了，但你们的灵魂一定会帮助祖国的，你们是鬼中的英雄！祖国一定会因你们而打胜仗！"由此看来，前面的部分只是为最后两句所作的铺垫描写。由此解读，也就让《九歌》全是神话题材内容的说法再次得到论证。

橘　颂

屈　原

后皇嘉树，橘徕服兮。受命不迁，生南国兮。深固难徙，更壹志兮。绿叶素荣，纷其可喜兮。曾枝剡棘，圆果抟兮。青黄杂糅，文章烂兮。精色内白，类任道兮。纷缊宜修，姱而不丑兮。嗟尔幼志，有以异兮。独立不迁，岂不可喜兮？深固难徙，廓其无求兮。苏世独立，横而不流兮。闭心自慎，终不失过兮。秉德无私，参天地兮。愿岁并谢，与长友兮。淑离不淫，梗其有理兮。年岁虽少，可师长兮。行比伯夷，置以为像兮。

后：后土，大地。**皇：**天。这一句说生长在天地间的嘉树。**徕：**来。**服：**习，适应。**徙：**迁移。**荣：**花。**纷：**茂盛貌。**曾：**层。**剡棘：**尖锐的刺。**抟：**圆。**文章：**这里指花纹。**烂：**绚烂。**精色：**精而纯的颜色。**类：**似能够。**任：**承受。**纷缊：**花叶繁茂。**宜修：**适宜修剪。**姱：**美好。**丑：**类别。这一句的意思是美好不与其他事物

相同。**廓**：指心胸开阔。**苏**："疏"的借字。苏世即远离世俗。**横**：刚直。**流**：变化。**闭心**：即专心致志。**淑**：美好。**离**：附着。**淫**：惑乱。**梗**：耿直，慷慨。**理**：条理，纹理。**伯夷**：指商末周初品行高尚的人。**像**：榜样。

入选理由：

  最早的优秀咏物诗。将人格精神外化到橘树各个方面的描写表达方式，成为后世诗人常用的构思和表达的模式。

且立片论 咏物诗的特点就是以人之外的景物、物件作为诗的题材内容。优秀的咏物诗的数量在中国诗歌中占有很大的比例。优秀的咏物诗必须具备两个要素：一是要有物的描写；二是要借物喻人，将外物写出人的品格、精神和思想。本篇两者兼备。橘树的外形特征写到了，它的花和果实也写到了，还写得很形象；但读者最深刻的感受还不是在橘树，而是诗人所要表达的人格精神，只不过作者将它外化给了橘树而已。那些"受命不迁，生南国兮"、"独立不迁"、"苏世独立"、"秉德无私"的句子，哪里只是橘树所能承载的，它们描绘出的分明是诗人高大、坚定、忠于祖国的人物形象。即使如此，诗人并没有空写人物的"高大"等，而仍是扣住了橘树的特点来写的。先秦时已经有"橘生淮南则为橘，生于淮北则为枳"的说法，橘树的生长因土地环境的不同要发生变化，因此"受命不迁"等本身是符合其生长特性的。诗人这样写正是自然的双关妙合，让物与人浑然一体。不过还得指出的是，与后世的优秀咏物诗相比，本篇的议论部分显得过多过露，这是由于早期作品的特点和诗人的性情两方面造成的。

九　辩 (节选)

宋　玉

悲哉秋之为气也！
萧瑟兮，草木摇落而变衰；
憭慄兮，若在远行；
登山临水兮，送将归。
泬寥兮，天高而气清；
寂寥兮，收潦而水清；
憯悽增欷兮，薄寒之中人；
怆怳懭悢兮，去故而就新；
坎廪兮，贫士失职而志不平；
廓落兮，羁旅而无友生；
惆怅兮，而私自怜。
燕翩翩其辞归兮，蝉寂漠而无声。
雁廱廱而南游兮，鹍鸡 啁哳而悲鸣。
独申旦而不寐兮，哀蟋蟀之宵征。
时亹亹而过中兮，蹇淹留而无成。

宋玉：生卒年不详，楚国人，略晚于屈原，据传是屈原的学生，生活在战国末期。除本篇外，他还有《高唐赋》《神女赋》《登徒子好色赋》等文章。**憭慄**：凄凉。**泬寥**：空旷。**收潦**：静止不动的积水。**憯**：悲伤。**增**：层，反复地。**坎廪**：坎坷。**廓落**：空虚孤独。**友生**：朋友。"生"是语助词。**廱廱**：雁叫声。**鹍鸡**：一种像鹤的飞禽。**啁哳**：声音细碎而杂乱。**亹亹**：运行不停。**蹇**：发语词。

入选理由：

开创"悲秋"文学的作品；描写涉及了景物、环境、心理等多个方面，形象鲜明，细腻入微，难怪有人认为中国文学称得上真正的描写是从宋玉开始的。

且立片论 《九辩》是一首长诗，是模仿屈原的风格所写的作品，有些词句甚至直接来自屈原的作品。因此就其价值而言，是虽长而无益。不过开头部分描写秋天，秋景秋色秋声，尤其是秋意，与人心通感的秋意，却是屈原作品中完全没有的。这种新意即本诗的价值所在，而且这新意对后世文学产生了巨大的影响，从此"悲秋"作品形成滚滚洪流。被称为"古今七言律第一"的杜甫的《登高》，就是典型的悲秋诗歌。

《九辩》是抒情较为细腻深刻的作品，它将作者的人生感受，特别是孤独凄凉的境遇，作了充分的表达，如"薄寒之中人"，"羁旅而无友"等。这些情感都集中在一己之私上，集中在个人的小环境里，与屈原那些关心国家民族命运的"大"作品固然不能比，但从艺术的角度讲，表现一己之私、局限于小环境的作品未必就没有震撼力。中国之所以有数不清的悲秋作品，就是因为诗人、作家们在漫长的古代社会没有经济及人格的独立性，他们的依附性决定了其人生不稳定的走向：奔走京城、奔走他乡；幕僚、参谋等身份；遭贬、受排挤、丢官；甚至屡试不中，一生终老篱下，形成了人生的基本印迹。因此一旦有此经历时，心中的忧愁苦闷便需要排遣宣泄。"文学是苦闷的象征"，作品，特别是诗歌，就成了最好的沟通渠道，"关山难越，谁悲失路之人"，"老病有孤舟"，"老至居人下，春归在客先"，"燕雁无心，太湖西畔随云去"，尽是孤独感伤共鸣的心声，都有震撼人心的感染力。它们都像《九辩》里的情感：真实。真实是动人的前提，《九辩》的动人还有一个写作上的特点，那就是将景物和谐地融进了抒情之中。秋水秋山，大雁叫声，蟋蟀夜行，一切都与寂寞凄凉统一，而我们却读不到作者刻意将这些安排入诗的痕迹，这就是自然。

上 邪

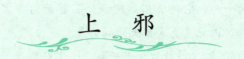

《汉乐府》

上邪！
我欲与君相知，
长命无绝衰。
山无陵，
江水为竭，
冬雷震震，
夏雨雪，
天地合，
乃敢与君绝！

上邪：天啊。**陵**：这里指山峰。**雨**：落下，降下。

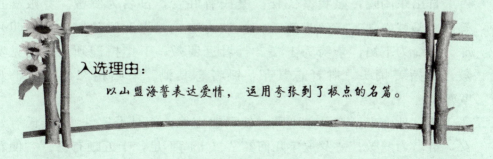

入选理由：

以山盟海誓表达爱情，运用夸张到了极点的名篇。

且立片论　这是一首汉代的乐府诗。汉代乐府诗的题目只是一个记号，不能概括诗歌的内容。此诗表达了对爱情的坚定执著，用了一连串自然界一般不可能发生的现象来表达：除非高山变成了平地，长江水干枯了，冬天雷声隆隆，夏天下

15

雪，天与地合在一起了，才能终止相爱。一连串排句作比，从句式上感觉已经异常激烈了，特别是"天地合"一句，用现在的话来说，就是地球毁灭了，这是一连串排比中最猛烈的一句，它的作用是既强化了前面的誓言，又作了盖棺论定式的"不可能"的结论，因此具有震撼天地的力量。

以山盟海誓表达爱情，《诗经》中有一篇《大车》已开了先河。那首诗是以一个女子的口吻来叙述的，她主动要求相爱的男子和她私奔，但男子似乎有些迟疑犹豫，又好像有些不敢相信，于是女子就来了一番表白："谷则异室，死则同穴。谓予不信，有如皦日"。生不能相守在一起，死也要同赴一个墓穴。这是指着光明的太阳发誓，也有着震撼天地的力量。

汉代的乐府诗句式自由，语言朴素，人们可以感受到其古朴淳美的风格，这首诗便是一代表。

陌上桑

《汉乐府》

日出东南隅，照我秦氏楼。秦氏有好女，自名为罗敷。罗敷喜蚕桑，采桑城南隅。青丝为笼系，桂枝为笼钩。头上倭堕髻，耳中明月珠。缃绮为下裙，紫绮为上襦。行者见罗敷，下担捋髭须。少年见罗敷，脱帽著帩头。耕者忘其犁，锄者忘其锄。来归相怨怒，但坐观罗敷。

使君从南来，五马立踟蹰。使君遣吏往，问是谁家姝？"秦氏有好女，自名为罗敷。""罗敷年几何？""二十尚不足，十五颇有馀。""使君谢罗敷，宁可共载不？"罗敷前置辞："使君一何愚！使君自有妇，罗敷自有夫。"

"东方千余骑，夫婿居上头。何用识夫婿？白马从骊驹，青丝系马

尾，黄金络马头，腰中<u>鹿卢</u>剑，可值千万馀。十五府小史，二十朝大夫，三十侍中郎，四十<u>专城居</u>。为人洁白晳，鬑鬑颇有须，<u>盈盈公府步</u>，冉冉府中趋。坐中数千人，皆言夫婿殊。"

<u>倭堕髻</u>：古代妇女的一种发式，大概发髻偏在头的一边，有似堕非堕之感。**缃**：杏黄色。**帩头**：包头发的丝巾。这一句是写小伙子们被美丽的罗敷吸引，假装整理帽子和头巾，借此停下来观看。<u>坐</u>：因为。**五马**：指汉代太守一级官员乘车的级别、身份。**谢**：这里是问的意思。**宁**：这里是愿的意思。**鹿卢**：装饰在剑柄上的丝绳一类东西，后世也用于指代宝剑。**专城居**：一城之长，即太守一级官。**公府步**：即官步，官员走路的姿态。

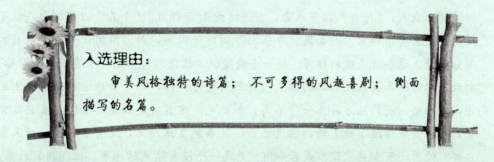

入选理由：

审美风格独特的诗篇；不可多得的风趣喜剧；侧面描写的名篇。

且立片论 汉代乐府诗有两篇叙事长诗很有名，一是《孔雀东南飞》，一是本篇，这两篇一是悲剧，一是喜剧，各有特色，双璧辉映。

本篇旧分为三解，就是三段的意思。它讲述的是一个叫罗敷的女子到城南采桑，因其美丽而吸引众人观看，重点讲述了一个太守被她的美色迷住，想娶她为妾，被罗敷机智巧妙地拒绝的过程。从思想内容看，这首诗是有清晰的道德主题的，它反对好色，鄙视有地位的"肉食者"，歌颂人民的善良、纯正和智慧。尽管不知道它的作者是谁，但从其表达的主题来推测应是来自民间，代表的是人民的思想情感。

这首诗的写作特点是很值得分析欣赏的。第一，最突出的是写罗敷的美丽，

陌上桑

17

作者完全用侧面描写，通过"行者""少年"的动作，田地里的劳动者的埋怨等来表现罗敷的美艳不得不让人着迷。而对罗敷究竟相貌如何，五官、眼神、笑貌怎样都不着笔，也就是说没有正面描写。但没有正面描写却仍然让读者感受到了女主角动人的美丽，这就是侧面描写的衬托效果了。因此就侧面描写在文学创作中的应用来说，本篇堪称经典。第二，这首诗的夸张也很有特色。除了将众人着迷于罗敷美丽的神情、动作写到极点之外，最值得注意的是以罗敷的口虚构了一个"夫婿"形象。这个人物好到了极点，仕途一帆风顺，那样年轻就到了太守的地位，其才能、品德优秀自不待言，标致英俊无人可比，风度举止也是一流。所以那好色之徒五马使君相形见绌，灰溜溜地走了。甚至不是他一人相形见绌，而是任何男子都相形见绌，这就是文学夸张的效果。第三，这首诗受汉赋的影响，"铺写"的特点很突出，也就是前人所说的诗中"赋句"多。所谓铺写，无非两大特点：一是方方面面都写到，一是排句多。本篇写罗敷的装束，"头上"以下四句，写着迷的众人；"行者"以下八句，就是方方面面都写；"十五"以下四句，就是排句。还有排句和方方面面写、夸张写等同时使用的，如"何用识夫婿"以后的部分就是。这些就是赋的铺写。换一个角度说，就是写得很细，很连贯，很对称。由此可以讨论本篇叙述详略的特点。铺写的地方详细，而某些地方却简略，侧面详，正面略。有的地方甚至一字不写，如结尾。这首诗是叙述，叙述要求首尾完整，但当罗敷描述了她夫婿的情况之后，故事就戛然而止，没有下文了。后来怎么样？使君还有哪些表现？最后如何？竟是一个没有结尾的故事。但还用写后来，写结尾吗？完全不用了，读者自可根据上文去感觉联想。这样一字不写，比写更好，这就是略的精彩。此外，这首诗的语言风格既华美又朴素。铺写处华美，对话处朴素，尤其是开始对话处朴素。这样各有效果，铺写要求极致，多用形容词，注意色彩描写；对话要求口语，要口吻相合，人物身份得体，作者都做到了。再有，这首诗的人物形象鲜明。主人公的形象不用多说，单从"罗敷"已成为中国文学中美女的象征符号这一点来说，作者的描写刻画就算成功了。还有从使君的形象刻画来说，作品也是很成功的。事实上他只有一处表现，那就是刚到时的派头、傲慢、好色和简单愚蠢。以他的身份和地位，对付一个采桑女子，派一个随从随便问一句就行了，"宁可共载不？"弄上车由他玩而已。他的派头、傲慢和简

单是潜意识，他的好色是习惯成自然，他的愚蠢是智慧的反衬，这是一个变数。这些都因罗敷而真实生动，从文学形象的角度看，使君是可爱的。当然，只有这一处描写可爱也不全面，还要分析结尾无字的地方。通过历史文化背景，通过符合情理的逻辑推理，读者可以在这些无字的地方刻画出更完整的使君的形象来。

孔雀东南飞 并序

《汉乐府》

汉末建安中，庐江府小吏焦仲卿妻刘氏，为仲卿母所遣，自誓不嫁。其家逼之，乃投水而死。仲卿闻之，亦自缢于庭树。时人伤之，为诗云尔。

孔雀东南飞，五里一徘徊。"十三能织素，十四学裁衣，十五弹箜篌，十六诵诗书。十七为君妇，心中常苦悲。君既为府吏，守节情不移，贱妾留空房，相见常日稀。鸡鸣入机织，夜夜不得息。三日断五匹，大人故嫌迟。非为织作迟，君家妇难为！妾不堪驱使，徒留无所施。便可白公姥，及时相遣归。"

府吏得闻之，堂上启阿母："儿已薄禄相，幸复得此妇，结发同枕席，黄泉共为友。共事二三年，始尔未为久，女行无偏斜，何意致不厚？"阿母谓府吏："何乃太区区！此妇无礼节，举动自专由。吾意久怀忿，汝岂得自由！东家有贤女，自名秦罗敷，可怜体无比，阿母为汝求。便可速遣之，遣去慎莫留！"府吏长跪告："伏惟启阿母，今若遣此妇，终老不复取！"阿母得闻之，槌床便大怒："小子无所畏，何敢助妇语！吾已失恩义，会不相从许！"

府吏默无声，再拜还入户，举言谓新妇，哽咽不能语："我自不驱卿，逼迫有阿母。卿但暂还家，吾今且报府。不久当归还，还必相迎取。以此下心意，慎勿违吾语。"新妇谓府吏："勿复重纷纭。往昔初阳岁，谢家来贵门。奉事循公姥，进止敢自专？昼夜勤作息，伶俜萦苦辛。谓言无罪过，供养卒大恩；仍更被驱遣，何言复来还！妾有绣腰襦，葳蕤自生光；红罗覆斗帐，四角垂香囊；箱帘六七十，绿碧青丝绳。物物各自异，种种在其中。人贱物亦鄙，不足迎后人，留待作遗施，于今无会因。时时为安慰，久久莫相忘！"

鸡鸣外欲曙，新妇起严妆。著我绣夹裙，事事四五通。足下蹑丝履，头上玳瑁光。腰若流纨素，耳著明月珰。指如削葱根，口如含朱丹。纤纤作细步，精妙世无双。上堂拜阿母，阿母怒不止。"昔作女儿时，生小出野里，本自无教训，兼愧贵家子。受母钱帛多，不堪母驱使。今日还家去，念母劳家里。"却与小姑别，泪落连珠子。"新妇初来时，小姑始扶床；今日被驱遣，小姑如我长。勤心养公姥，好自相扶将。初七及下九，嬉戏莫相忘。"出门登车去，涕落百余行。

府吏马在前，新妇车在后，隐隐何甸甸，俱会大道口。下马入车中，低头共耳语："誓不相隔卿，且暂还家去；吾今且赴府，不久当还归，誓天不相负！"新妇谓府吏："感君区区怀！君既若见录，不久望君来。君当作磐石，妾当作蒲苇，蒲苇纫如丝，磐石无转移。我有亲父兄，性行暴如雷，恐不任我意，逆以煎我怀。"举手长劳劳，二情同依依。

入门上家堂，进退无颜仪。阿母大拊掌："不图子自归！十三教汝织，十四能裁衣，十五弹箜篌，十六知礼仪，十七遣汝嫁，谓言无誓违。汝今何罪过，不迎而自归？"兰芝惭阿母："儿实无罪过。"阿母大悲摧。还家十余日，县令遣媒来。云"有第三郎，窈窕世无双，年始十八九，便言多令才"。阿母谓阿女："汝可去应之。"阿女衔泪答："兰芝初还时，府吏见丁宁，结誓不别离。今日违情义，恐此事非奇。自可断来信，徐徐更谓之。"阿母白媒人："贫贱有此女，始适还家门。不堪吏人妇，岂合令郎君？幸可广问讯，不得便相许。"媒人去数日，寻遣丞请还，说"有兰家女，承籍有宦官"。云"有第五郎，娇逸未有婚。遣

丞为媒人，主簿通语言。"直说"太守家，有此令郎君，既欲结大义，故遣来贵门。"阿母谢媒人："女子先有誓，老姥岂敢言！"阿兄得闻之，怅然心中烦，举言谓阿妹："作计何不量！先嫁得府吏，后嫁得郎君，否泰如天地，足以荣汝身。不嫁义郎体，其往欲何云？"兰芝仰头答："理实如兄言。谢家事夫婿，中道还兄门。处分适兄意，那得自任专？虽与府吏要，渠会永无缘。登即相许和，便可作婚姻。"媒人下床去，诺诺复尔尔。还部白府君："下官奉使命，言谈大有缘。"府君得闻之，心中大欢喜。视历复开书："便利此月内，六合正相应。良吉三十日，今已二十七，卿可去成婚。"交语速装束，络绎如浮云。青雀白鹄舫，四角龙子幡，婀娜随风转。金车玉作轮，踯躅青骢马，流苏金镂鞍。赍钱三百万，皆用青丝穿。杂彩三百匹，交广市鲑珍。从人四五百，郁郁登郡门。阿母谓阿女："适得府君书，明日来迎汝。何不作衣裳？莫令事不举！"阿女默无声，手巾掩口啼，泪落便如泻。移我琉璃榻，出置前窗下。左手持刀尺，右手执绫罗。朝成绣夹裙，晚成单罗衫。晻晻日欲暝，愁思出门啼。

府吏闻此变，因求假暂归。未至二三里，摧藏马悲哀。新妇识马声，蹑履相逢迎。怅然遥相望，知是故人来。举手拍马鞍，嗟叹使心伤："自君别我后，人事不可量。果不如先愿，又非君所详。我有亲父母，逼迫兼弟兄，以我应他人，君还何所望！"府吏谓新妇："贺卿得高迁！磐石方且厚，可以卒千年。蒲苇一时纫，便作旦夕间。卿当日胜贵，吾独向黄泉！"新妇谓府吏："何意出此言！同是被逼迫，君尔妾亦然。黄泉下相见，勿违今日言！"执手分道去，各各还家门。生人作死别，恨恨那可论！念与世间辞，千万不复全。

府吏还家去，上堂拜阿母："今日大风寒，寒风摧树木，严霜结庭兰。儿今日冥冥，令母在后单。故作不良计，勿复怨鬼神！命如南山石，四体康且直。"阿母得闻之，零泪应声落："汝是大家子，仕宦于台阁，慎勿为妇死，贵贱轻何薄？东家有贤女，窈窕艳城郭，阿母为汝求，便复在旦夕。"府吏再拜还，长叹空房中，作计乃尔立。转头向户里，渐见愁煎迫。其日牛马嘶，新妇入青庐。晻晻黄昏后，寂寂人定初。"我命绝今日，魂去尸长留！"揽裙脱丝履，举身赴清池。府吏闻此事，心知长别离，徘徊庭树下，自挂东南枝。

两家求合葬，合葬华山傍。东西植松柏，左右种梧桐。枝枝相覆盖，叶叶相交通。中有双飞鸟，自名为鸳鸯，仰头相向鸣，夜夜达五更。行人驻足听，寡妇起彷徨。多谢后世人，戒之慎勿忘！

断：从织机上将织好的布割下来。**区区**：因琐碎之事而计较。**伏惟**：表示谦虚恭敬的发语词。**初阳岁**：春初。**谢家**：离开娘家。**伶俜**：孤独。**葳蕤**：这一句形容衣服绣得有光彩。**红罗**：这两句是说红色丝织的双层蚊帐的四个边角都挂有香袋。**初七、下九**：七月七日和每月的十九，是妇女游戏玩耍的日子。**隐隐、甸甸**：形容车行的声音。**誓违**：可能是"愆违"的错字，即过错的意思。**龙子幡**：旗幡上绣有小龙的图案。**流苏**：这里指装饰在马身上的穗状下垂物。**不举**：还没办好。**冥冥**：指到了末日，将要死去。**作计乃尔立**：死去的计划就这样确定了。**青庐**：用青布蒙盖的帐篷，结婚时使用。**黄昏、人定**：都是古代时辰的名称。

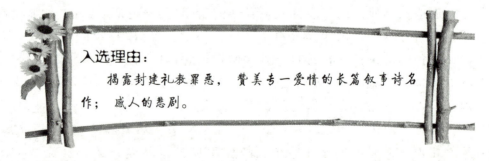

入选理由：

揭露封建礼教罪恶，赞美专一爱情的长篇叙事诗名作；感人的悲剧。

且立片论 刘兰芝与焦仲卿的婚姻悲剧是封建社会并不罕见的事件，为什么这一件并不罕见的事件却产生了如此巨大的影响呢？这首先得了解文学的作用。如果不是这一首诗将该事件写下来，而只是用历史的方式做一个记录，影响则会小

得多。文学，特别是诗歌，通过它的句子（全诗整齐的五字一句）、韵律（押韵和声调高低抑扬）来感染读者，其效果就大不相同。当然，这首诗歌的知名度高，还因为它产生的时代早，在漫长的封建社会中代代相传，产生了历史惯性的积淀影响。诗歌歌颂真情和专一的爱，反封建礼教的主题是鲜明的。诗歌的语言也大致好懂，让读者可以毫不费力地明白事情的原委，了解其中的曲折。

从专业的角度说，除了思想性外，还有两点应该特别注意：一是本篇的人物。人物有个性是其特点。主角刘兰芝的勤劳、细心、刚强不屈，性格鲜明；焦仲卿的深爱和软弱也性格鲜明，他们都不是公式化、类型化的人物。即使次要的人物如焦仲卿母、刘兰芝兄等，都是血肉丰满的，他们的语言都有个性。同是母亲，焦母和刘母就不同，焦母的专横，刘母的慈悲两相对照。二是本篇的叙事。和《陌上桑》相比，本篇叙事完整，事件连贯紧密，从开头到结尾清清楚楚，而且是汉代乐府诗中最长的诗。这样长的诗，结构安排如此细致紧密，即使是被后代称为名篇的叙事诗作，如《长恨歌》《琵琶行》《圆圆曲》等，也难免有跳跃不相连的虚空之处，还需要读者去填补，而本篇没有。它将这一婚姻悲剧的发生、变化、结局的全过程，包括事件的一些细节都写到了，真是令人赞叹。就这一点说，它就可以成为文学史上的不朽之作。

行行重行行

《古诗十九首》

行行 重行行，与君生别离。相去万余里，各在天一涯。
道路阻且长，会面安可知？胡马依北风，越鸟巢南枝。
相去日已远，衣带日已缓。浮云蔽白日，游子不顾反。
思君令人老，岁月忽已晚。弃捐勿复道，努力加餐饭。

行行：走啊走。**重**：又。**生别离**：活生生地分离。**涯**：方。**胡**：北方。**依**：依恋，亲近。**巢**：筑巢。**远**：长久。**弃捐**：抛开。

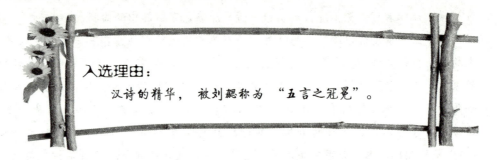

入选理由：

汉诗的精华，被刘勰称为"五言之冠冕"。

且立片论 有人说，人间最痛苦的事莫过于死别和生离。死别尽管是让人撕心裂肺的一种痛苦，但它像断裂一样，来得猛，痛苦之后可以渐渐归于平静；而生离却是牵肠挂肚，是充满等待和希望的相思之苦，它缠绵不断，它恼人又撩人，苦中定有甜，甜中又总伴着苦。

本篇就是抒发生离之情以及离别相思的佳作。诗分为三个层次：开头几句写别离，接着写思念，最后写希望和祝愿。古代社会通信困难、交通阻隔，这些都是人们难以及时交流的大障碍，于是就产生了大量的表达两地相思内容的诗篇，因为它是千家万户男女情人以及亲人的情感经历，所以有读者，有听众，有市场。本篇用纯净如水的语言，传递深沉的心底波澜，在真诚的爱的关怀下，化相思痛苦为希望祝愿，用朴素的"努力加餐饭"来自慰和叮咛，这种情感显示出最豪华的朴素，最轻微的厚重。钟嵘曾说古诗（本篇是其中之一）"惊心动魄"、"一字千金"，大概就是有感于此。

这首诗最早见于萧统主编的《文选》，和其他十八首一起称为"古诗十九首"，本篇是第一首。这些诗和乐府诗分别代表文人的作品和民间的作品，都是为数不多的汉代诗歌的精华。为什么说古诗十九首是文人诗呢？因为文人诗喜欢用典，本篇的"生别离"就出自屈原的《九歌·少司命》"悲莫悲兮生别离"，"道路阻且长"就出自《诗经·秦风·蒹葭》"道阻且长"；本篇有"胡马"等句对偶精切，可见其炼字炼句的修辞，唯文人才具备这样的写作习惯和能力。《文心雕龙》《玉台新咏》等著作亦有记载说本篇以及其他篇是某文人的作品。因此，读这样的诗，除了情感交流外，还可以读出学问来。

迢迢牵牛星

《古诗十九首》

迢迢牵牛星，皎皎河汉女。
纤纤擢素手，札札弄机杼。
终日不成章，泣涕零如雨。
河汉清且浅，相去复几许？
盈盈一水间，脉脉不得语。

> **河汉**：银河。**女**：指织女星，在银河北，与牵牛星隔河相对。**擢**：指手的动作。**札札**：织机的声音。**章**：指布匹上的线路和纹理。**零**：落下。**脉脉**：含情相看的样子。

入选理由：

影响深远的爱情神话，空灵美妙的乐章。

且立片论　《诗经》中有诗人假想天上织女织布的内容，但和爱情还没有产生联系。本篇就是最早将牵牛星和织女星融入到爱情故事中的作品，从此对中国文化产生了很大影响，有关牵牛和织女的文学创作和民间传说从此不断丰富起来。宋代著名词人秦观的《鹊桥仙》中就有"金风玉露一相逢，便胜却人间无数"，"两情若是久长时，又岂在朝朝暮暮"等句子，简直把子虚乌有的神话演绎成了活生生的人间真实的男女相爱，成了经典的篇章。尽管他加入了新的文化内容，但创作构思的源头还是离不开本篇。

本篇的作者很让人景仰，他（她）根据《诗经》中仅有的一点蛛丝马迹及天文现象（本篇还用了《诗经·邶风·燕燕》"泣涕如雨"的典故），望着星空，仅凭着大脑想象，就把它创作成了一篇爱情故事。除了诗人的想象让人佩服之外，他（她）还有妙笔描绘。银河的水声、水花可触可感，牵牛和织女的深情可触可感，特别是织女那一双含情脉脉的眼睛，好像就在读者眼前，她的美丽可爱于是就成了永恒的文学形象，那美丽可爱将隔河相思的哀怨也冲淡得无影无形了。

诗歌偶句押韵，一韵到底，像儿歌一样流转，与想象的表达、神话的内容密切配合，读后那韵味悠长飘忽，似乎永远盘绕在星空。

观沧海

曹　操

东临碣石，以观沧海。

水何澹澹，山岛竦峙。

树木丛生，百草丰茂。

秋风萧瑟，洪波涌起。

日月之行，若出其中；

星汉灿烂，若出其里。

幸甚至哉，歌以咏志。

曹操（155—220），字孟德，沛国谯（今安徽亳州）人。能文能诗，风格质朴苍劲，是建安诗歌的主要代表之一。今存乐府诗二十多首。**碣石**：在今河北省乐亭县西南的大碣石山。一说在河北省昌黎县西北。**澹澹**：水摇荡的样子。**星汉**：银河。**"幸甚"二句**：幸，庆幸。至，极。歌以咏志，用诗歌抒发自己的心意。二句是合乐的套语。

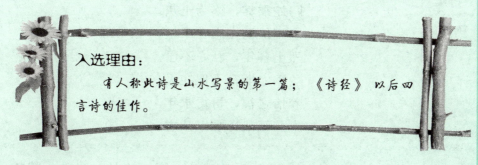

入选理由：

　　有人称此诗是山水写景的第一篇；《诗经》以后四言诗的佳作。

且立片论　建安十二年（207），曹操为了消灭袁绍集团的残余力量，率军东征乌桓，经过碣石山时，看到大海的壮景，激荡起胸中豪情，写下了这首名诗。

　　诗的主要特点是写景壮阔，风格豪雄，将天地大海的景象与自己的胸襟融为一体，景物完全为抒情服务，体现了一个气魄宏大的政治家的独特视野。其次是诗歌的语言很自然，似乎是直接从胸中流出的一样。再次是描写形象感人，写海水写出了海水的力量，写秋山海边之景，写出了画意，尤其是配合自己的虚拟感觉，写出了天海浑然的景象，"日月之行"以下四句，十分美妙。"洪波涌起""星汉灿烂"等句常常被后人借用于大运动、大场景、大变化、大景观等的描述比况之语。

　　这首诗是四言诗，自从楚辞兴起以后，一直到汉代的四百年间，四言诗很少有佳作。曹操却多有四言佳篇，因此可以将之看做是文学史上的继往开来之作，开启了后来嵇康、陶渊明等人写优秀的四言诗的先河。

龟虽寿

曹操

神龟虽寿，犹有竟时。

腾蛇乘雾，终为土灰。

老骥伏枥，志在千里；

烈士暮年，壮心不已。

盈缩之期，不但在天；

养怡之福，可得永年。

幸甚至哉，歌以咏志。

神龟：古人认为龟的长寿有神秘的因素。**竟**：终结，完结。**腾蛇**：传说中一种能乘雾而飞的蛇。**骥**：一日能行千里的良马。**枥**：马槽。**烈士**：有雄心壮志的人。**盈缩**：指寿命的长和短。**养怡**：保养身心。**永年**：长寿。

入选理由：

抒发老年壮志的诗篇；宣扬养生哲学的诗篇；诗人人格精神的外化；对今天老年人影响很大的诗篇。

且立片论 生命的长短，人世的久暂是人们最关心的问题之一。事业的成败，追求的信念既关系每一个人，又常有差异。有的人消沉，有的人执著，有的人见异思迁，有的人锲而不舍。

　　本篇是作者身处乱世却能如此坚定乐观地对待人生，明确地表达自己的人生观，体现其坚定意志的诗篇。诗歌主要写老年阶段对人生的认识，表明了自己直到老年也在追求，仍然奋斗不止的人格意志。曹操是历史上既留下了辉煌的功业，又留下了光辉诗篇的人物，是一个文韬武略都突出的人物，是彪炳史册不可多得的人物。本篇概观人世和自然界的一切生物，阐明了任何生物不论其生存时间多么长久，都不能避免生命的终结，都会有死亡的界限，但人却可以靠良好的心态来对待生命的过程，尤其可以靠"养"来达到人生最快乐的境界，这既是当时社会思潮的体现，又是作者独特的胸襟展现。

　　诗歌的名句"老骥"以下四句最为警人，既是作者的人生观，也启发历代的人们思考，很有教育意义。其运用的比喻极为精当，以老骏马比老年人，让衰弱之气一扫而光，难怪成为今天老年人的座右铭。还有一个特点是将寿命长的龟和自由飞腾的蛇与人生的短暂对比来写，在长和短的相较之中更体现了"短"其实很长的意义，关键是看怎么对待人生而已。

短歌行

曹　操

对酒当歌，人生几何？譬如朝露，去日苦多。
慨当以慷，忧思难忘。何以解忧？唯有杜康。
青青子衿，悠悠我心。但为君故，沉吟至今。
呦呦鹿鸣，食野之苹。我有嘉宾，鼓瑟吹笙。
明明如月，何时可掇？忧从中来，不可断绝。
越陌度阡，枉用相存。契阔谈䜩，心念旧恩。
月明星稀，乌鹊南飞。绕树三匝，何枝可依。

经典

山不厌高，水不厌深，周公吐哺，天下归心。

衿：衣领。这里指有知识的人才。"我有"两句：表示用优待的礼仪对待人才。辍：停止。枉：屈尊，屈驾。相存：问候我。契阔谈䜩：聚散谈话，这里是指久别之后的谈心。匝：周围。厌：满足。吐哺：停下吃饭。

入选理由：

可见作者建功立业的抱负和热情；深情的抒情诗；四言诗的名作。

且立片论 常有人误解本诗的主题，以为开篇的四句表达的是人生有限，及时行乐的思想，于是以下的解读就成了不着边际。事实上，人生短暂是事实，人生的时间是有限的，只是怎样对待有限的人生，这就有两种截然不同的人生态度。有的人认为既然人生短暂，那就无所作为地整天寻求快乐就是了；有的人清醒地认识到人生的短暂，则会精心设计安排在短暂的人生中做些什么，积极地对待它，争取干一番事业来实现人生的价值。本篇所表达的主题思想就是后者。

很可能诗歌创作于北方已经基本扫平，曹操正南下进攻东吴的时刻。诗中"乌鹊南飞"的"南"字应该不是一个随便使用的字。诗歌的感情很真实动人。任何人都有忧伤的时候，抒发忧伤的情感恰恰能衬托其雄心壮志。诗歌先写忧伤，然后借酒来缓解，忧伤之事究竟是什么，下文紧承，原来是为人才的到来，为一统天下的思考。人才的到来并非一招而至，对手也会使用方法措施，加之时不我待，人生有限，所以望月而叹，忧伤依然不断。为了吸引人才到来共举大业，优待自然是最为合适也是最诚恳的态度和措施，最后用周公"一饭三吐哺"优待贤人的典故，以自己宽大的胸怀来表白，将自己从前的朋友或许存在的误解、猜疑

打消。可以说诗歌的意脉贯通首尾，自然而真情地完成了诗歌的写作。

本篇是建安诗歌的代表作，自然通脱，不假修饰，但是，本篇的抒情表达更有深层次的蕴涵，这又可品尝出另外一些含蓄的意味来。

七哀诗（其一）

王　粲

西京乱无象，豺虎方遘患。复弃中国去，委身适荆蛮。
亲戚对我悲，朋友相追攀。出门无所见，白骨蔽平原。
路有饥妇人，抱子弃草间。顾闻号泣声，挥涕独不还。
未知身死处，何能两相完？驱马弃之去，不忍听此言。
南登霸陵岸，回首望长安。悟彼《下泉》人，喟然伤心肝。

> **王粲**（177－217），字仲宣，山阳高平（今山东邹县西南）人。少有才名，17岁时因中原动荡而南依刘表，后归曹操，作为文学侍从，与曹植等多有往来。是"建安七子"中文学成就最高的作家。
> **西京**：今陕西西安市。**遘患**：遘，同"构"。造成动乱。**中国**：中原。**霸陵**：汉文帝陵墓，在长安东。**《下泉》人**：指写《下泉》诗篇的作者。《下泉》是《诗经·曹风》的一篇，内容与盼望国家治理有关。

入选理由：

　　本篇除了是"诗史"的名篇之外，在写作上还很有特点，最感人之处是选材典型。

且立片论　这首诗首先是选材好，选得典型，截取的场景动人。汉末大乱，死人如麻。概括地说并不会引起人们多大的注意，但是，千千万万的死人场景之中，每一场具体的死别都是悲痛欲绝的震撼。

　　诗歌选择了作者在路途上看见一个饥饿的妇女将婴儿扔下离去的事件，以点带面地将当时的社会痛苦全部展现于世人面前。为什么这样说呢？因为前面已有总写"白骨蔽平原"，那无数的白骨堆就是无数饥饿的妇女死别骨肉之后变成的。其次是诗歌写得很有层次，时空同行。先总写两句"委身适荆蛮"的原因是因为战乱纷纷，然后写离别而去的场面，接着又总描两句战乱的危害，路上到处是死人白骨，惨不忍睹。再接着详写饥饿的妇女抛弃婴儿的内容，这是诗歌最动人的地方。最后写离开后回望长安，这是抒情含蓄的部分，只写望长安，不说为什么望。这样写含有两层意思：一是表现出对长安的留恋与不舍；二是对混乱的长安感到愤慨，流露出思治的深切希望。用典故是补足其意。

燕歌行

曹　丕

　　秋风萧瑟天气凉，草木摇落露为霜，
群燕辞归雁南翔。念君客游思断肠，
慊慊思归恋故乡，君何淹留寄他方？

贱妾茕茕守空房，忧来思君不敢忘，
不觉泪下沾衣裳。
援琴鸣弦发清商，短歌微吟不能长。
明月皎皎照我床，星汉西流夜未央。
牵牛织女遥相望，尔独何辜限河梁？

曹丕（187－226），字子桓，曹操次子。初随军征战，为五官中郎将，曹操死后称帝，死谥"文"。能诗文，题材多爱情相思等内容。
慊慊：空虚的样子。茕茕：孤独的样子。援：取，拿。清商：曲调类型，这里指歌曲。央：尽。尔：指牛郎和织女。河：银河。

燕

歌

行

入选理由：

最早的完整的七言诗。

且立片论 这是一首沿袭"古诗十九首"的题材和创作风格的诗，从闺中女子的视角写相思爱情。她感于秋风之萧瑟，受到雁去的季节变化对自己的影响，想念自己的爱人却不能如愿。想得太深，不知不觉流出了相思的泪水，于是借琴声来排遣郁闷，似乎音乐声中也充满了哀伤。地上的人是如此孤独忧伤，天上的也一样分离痛苦，牛郎和织女也只能相望而难以相聚。天人感应，天地间都没有欢乐团聚。尽管诗歌的抒情细腻，情景融合，但毕竟没有新意，只能作为诗歌中的一般类型看待。

但是，这首诗的形式却开创了一个第一，准确地说是现存的诗歌中它有一个"第一"，虽然不一定是它首创。东汉张衡有一首《四愁诗》，也是每句七个字的七言诗，但每节的首句都残留了一个"兮"字，与"骚体"难脱干系。这首诗则完全摆脱了"骚体"的影响，它是由"柏梁体"发展而来的句句押韵的七言诗，是现存最早的七言诗。

赠从弟（其二）

刘　桢

亭亭山上松，瑟瑟谷中风。

风声一何盛，松枝一何劲。

冰霜正惨凄，终岁常端正。

岂不罹凝寒？松柏有本性。

刘桢（？—217），字公干，东平（今属山东）人。为曹氏集团的文学侍从，"建安七子"之一，诗歌风格刚健，与曹植并称"曹刘"。从弟：堂弟。亭亭：耸立的样子。瑟瑟：形容风声。罹：遭遇，遭受。

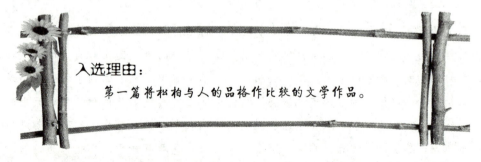

入选理由：

第一篇将松柏与人的品格作比较的文学作品。

且立片论　《论语》中有孔子口述的"岁寒，然后知松柏之后凋也"的话语，这是孔子在述说松柏的自然属性，还是借以希望于人有如此秉性，现在已无法确定。后来的松柏完全被人格化，形成了一种象征，代表着坚强不屈，正直不阿等，甚至在文学艺术作品中，英雄牺牲时也常用松柏的背景相衬托，以增强英雄伟大不朽的形象。形成这样的文学思维表达模式，最早要算本篇。诗的题目是赠人，人是自己的堂弟，于是来一番勉励的话语，写成诗歌，就有了希望堂弟像松柏一样挺立人世间的意思，不要因挫折困难而低头退缩的鼓励。意义很好，现在也能用，任何有知识的人都能沟通。

诗歌的描写很成功，对松柏在严酷的环境中的耐寒和坚定描写很形象。还有"端正"、"本性"等语，更突出了松柏即人的主题，对后世的写作影响很大。人们常说一首诗就可让人记住一个名字，本篇即为典型。刘桢因此而不朽。

白马篇

曹　植

白马饰金羁，连翩西北驰。借问谁家子？幽并游侠儿。
少小去乡邑，扬声沙漠垂。宿昔秉良弓，楛矢何参差。
控弦破左的，右发摧月支。仰手接飞猱，俯身散马蹄。
狡捷过猴猿，勇剽若豹螭。边城多警急，胡虏数迁移。
羽檄从北来，厉马登高堤。长驱蹈匈奴，左顾陵鲜卑。
弃身锋刃端，性命安可怀？父母且不顾，何言子与妻？
名编壮士籍，不得中顾私。捐躯赴国难，视死忽如归。

> **曹植**（192－232），字子建，曹操第三子，年轻时文才出众，深受曹操喜爱，曾封为陈王，死谥"思"。从曹丕称帝后多受排挤压制，郁郁寡欢。诗歌创作辞藻华美，对后世影响很大。**幽并**：两个州的名称，其地大致相当于今河北、山西北部一带。**宿昔**：平素，一向。**楛矢**：用楛木做的箭。**月支**：白色箭靶名。**马蹄**：黑色箭靶名。**厉马**：即驱马。**陵**：压制，踏平。

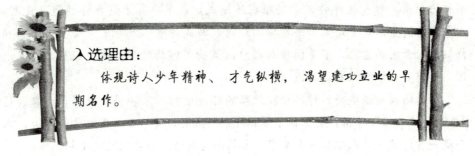

入选理由：

　　体现诗人少年精神、才气纵横，渴望建功立业的早期名作。

且立片论　曹植在早期写作的《名都篇》中尽情地展现了贵公子的生活风貌，那时的他除了诗酒豪兴，就是飞鹰走狗玩乐。本篇集中写少年豪气，写为国效力的勇气和志向，肯定是早期创作的作品。以当时的历史背景来看，男儿就是要在沙场征战，骑在马上飞奔，才能建功立业，才能让人生更有价值。

　　诗歌前半部分抓住男儿建功离不开的马和弓箭射技大写，又补写其敏捷的身手和勇敢，先把本领写够，蓄势而待。然后才转而写边关军情紧急，这就为有本领的男儿提供了机会。接着写健儿杀敌的英姿和不可阻挡的气概，似乎就成了顺理成章、水到渠成之事。这是作者为读者安排巧妙的读后感受。最后部分当然是诗的精神所在，游侠健儿不仅是想为自己的荣华富贵建立军功，更为重要的是为了国家利益，为了国家利益可以献出生命，视死如归，这是何等高尚的思想境界。全诗的价值在此才充分显现，让我们了解到这不只是一篇游侠健儿的赞歌。不可否认，诗中的游侠健儿就有作者的身影，为国建功立业甚至视死如归正是作者的思想倾向。

咏 史 (其二)

左 思

郁郁涧底松，离离山上苗。

以彼径寸茎，荫此百尺条。

世胄蹑高位，英俊沉下僚。

地势使之然，由来非一朝。

金张藉旧业，七叶 珥汉貂。

冯公岂不伟，白首不见招。

左思 (250—305)，字太冲，临淄 (今属山东) 人。出身寒族，后因其妹左芬选妃进宫而移居京城，但因其出身而备受压抑，最终未能施展其抱负。其诗感情激烈，风格刚健，被评为"左思风力"，他曾以十年时间创作《三都赋》，影响很大，有"洛阳纸贵"之誉。

离离：纷披下垂的样子。**世胄**：出身高贵的子弟。**金张**：指汉代金日磾和张汤等高官。**七叶**：七世，七代。**珥**：插，戴。**貂**：貂尾，汉代宫廷官员的佩饰。**冯公**：指冯唐。**伟**：指才能出众。

入选理由：

这是一首思想性和艺术性都很突出的诗歌，尤其是可以看到门阀制度盛行的时代其真实的文化历史背景；这首诗中的名句 "世胄" 以下两句有跨越时空的影响。

且立片论 魏晋南北朝时期，门阀制度盛行。出身名门的子弟可以世代为官，

咏

史

享受很多特权，而出身贫寒的人却在政治上受压，即使才能出众、品行优秀，也很难有出头之日。这首诗就是反映这些内容的代表作。它抒发了作者怀才受压的愤慨，抨击了门阀制度带来的社会不公，批判了当时的现实，主题思想极为鲜明。从艺术的角度来说，这首诗也相当突出。首先是比兴手法的运用，既继承了《诗经》以来的传统，同时又是典型的起兴和比喻象征兼用的作品。"涧底松"和"山上苗"的反差对比，清楚地暗示了人间社会也如此，这是多么的不公。其次，这首诗的对比鲜明也是一大特色，它涉及了大与小，高与低，物与人，古与今等多方面的对比，为强化其主题思想起到了很恰当的烘托作用。第三，这首诗抒情强烈，很能引起读者的共鸣效应。第四，这首诗的韵律十分优美，它一韵到底，而且押"宵"韵很响亮，收到了掷地有声的音韵效果，既配合了主题，又成为便于记诵的篇章。最后，这首诗的写法也很别致，名曰"咏史"，其实是言志抒怀，是借古讽今，与标准的咏史诗的写法，即对历史上的人和事进行评说不同。这在咏史怀古类诗歌中是一种开风气的现象，后来如苏轼的《念奴娇·赤壁怀古》等作品就多有主题重心偏移而写的例子。

时　运 并序

陶渊明

时运，游暮春也。春服既成，景物斯和，偶景独游，欣慨交心。

迈迈时运，穆穆良朝。
袭我春服，薄言东郊。
山涤馀霭，宇暖微霄。
有风自南，翼彼新苗。

陶渊明（365—427），字元亮，一说名潜，字渊明。浔阳柴桑（今江西九江）人。出身于衰落的世族家庭。生性高傲，不与流俗相同。后来迫于生计，又做了80多天的彭泽县令，因不愿意穿戴整齐，按照繁琐礼仪接待上级官员而愤然辞职。他的田园诗在诗歌史上有突出的地位，风格淡远宁静，自然优美，对后世影响很大。**偶景**：和身影为伴，表示独自一人。**迈迈**：运行的样子。**穆穆**：形容天气和暖。**袭**：穿上。**薄言**：语助词。**宇**：指天空。

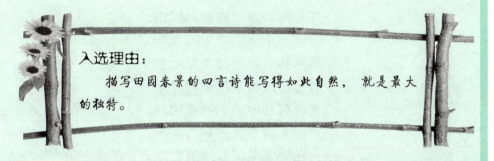

入选理由：
　　描写田园春景的四言诗能写得如此自然，就是最大的独特。

且立片论　春天给人以快乐的感受，田园中的春天更是让人愉悦，脱离了世俗困扰之后看到的春天田园就无处不惬意，加上享受孤独的宁静，自然会进入人生的无上境界。此刻的诗人真有几分"时人不识余心乐"的美滋滋的况味呢。

　　本篇写天空，写山景，写春风，写春苗，无不春意盎然，是心境乐的移情。"有风"两句写春苗生动极了，风吹禾苗，张开了叶片，好像是长上了翅膀一样，也是诗人浓浓的爱让春风和禾苗都通了灵性，它们都成了诗人的好朋友。这两句是人们称道的写景名句。

　　在四言诗的发展史上，本篇是值得注意的一个环节，它并没有因形式而影响表达，这里的语言句式反倒流畅自然。当然诗人还有其他优秀的四言诗，应做整体看待。

时

运

归园田居（其一）

陶渊明

少无适俗韵，性本爱丘山。
误落尘网中，一去三十年。
羁鸟恋旧林，池鱼思故渊。
开荒南野际，守拙归园田。
方宅十余亩，草屋八九间。
榆柳荫后檐，桃李罗堂前。
暧暧远人村，依依墟里烟。
狗吠深巷中，鸡鸣桑树颠。
户庭无尘杂，虚室有余闲。
久在樊笼里，复得返自然。

韵：风度，习惯。三十年：应该是十三年，版本流传过程中出现了倒文。暧暧：光线昏暗。墟里：村庄。虚室：空阔独自居住的房间。樊笼：鸟笼，比喻尘世。

入选理由：
　　描写田园之美的代表作；思想主张的宣言书；诗人心目中理想的人类社会蓝图；组诗的总纲篇章。

且立片论 这是诗人初归田园时的作品。陶渊明究竟给后人，特别是给后世的文人留下了什么？对后世社会产生了哪些重大的影响？这是应该条分缕析的。可以说，本篇几乎综合了很多要点。一是田园美在什么地方，诗人给我们作了描述，美在宁静自然，美在祥和无争，一切有生物和无生物都处于各不相扰的自由天地。"暧暧"以下四句写田园美的大环境，"户庭"以下两句写田园居的小环境，是有个性的美。二是诗歌的审美风格开创了新派，以前尽管也有写山水田园的篇章，但数量有限，更为重要的是风格不同。本篇的田园让人感到的是截然不同的新意，审美体验有洗尽尘念的快意，那就是淡远宁静的诗风影响。三是人间的"乐土"（《诗经》中已经提出）是怎样的社会，具体可见可感如何，本篇和《桃花源记》共同做了回答。小村庄，小社会，没有压迫和剥削，没有矛盾和冲突，"鸡犬之声相闻"，这就是作者对"乐土"的理解，当然这里有道家的思想在其中。这样的社会中国人在奋斗追求，外国人也在向往，卢梭的《社会契约论》可资比较。四是文人，有知识的人应该在古代怎样生存，李白曾有"人生在世不称意，明朝散发弄扁舟"的诗句，实际就是陶渊明如有个性不堪，宁愿辞官回归田园的思想翻版。陶渊明之后，不知有多少人选择了这样的道路。进一步说，这似乎成了古代个性突出、前程失意的文人所能选择的最佳道路。

饮　酒（其五）

陶渊明

结庐在人境，而无车马喧。
问君何能尔？心远地自偏。
采菊东篱下，悠然见南山。
山气日夕佳，飞鸟相与还。
此中有真意，欲辩已忘言。

结庐：建房屋居住。**尔**：如此，这样。**南山**：指庐山。**日夕**：傍晚。**相与**：结伴。**欲辩**：《庄子·齐物论》："辩也者，有不辩也，大辩不言。"意即已领会到大自然中蕴涵的人生真意，却不能也不必用语言道出。

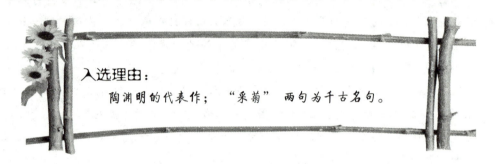

入选理由：

　　陶渊明的代表作；"采菊"两句为千古名句。

且立片论　这是20首《饮酒》组诗中的一篇。标题是"饮酒"，已可见写诗的意图。组诗的序说："余闲居寡欢，兼比夜已长，偶有名酒，无夕不饮。顾影独饮，忽焉复醉，既醉之后，辄题数句自娱。纸墨遂多，辞无铨次，聊命故人书之，以为欢笑尔。"看来这还是回归田园以后的作品，而且诗人并非心境无忧愁，人间之境并非理想的世外桃源。爱酒固然是秉性所致，但爱酒往往与消愁联系，不过心境高远的诗人有"心远地自偏"的道白，表明境由心造，心境宁静就会连车马喧闹也不在意。忧愁、忧虑人皆有之，关键看你如何处理调节。文学作品中不说忧愁、忧虑的人显得虚伪；大说忧愁、忧虑的人又显得无病呻吟；淡说，婉说才是诗。

　　除了酒之外，本篇还有"菊"。"晋陶渊明独爱菊"，菊花已成了诗人的符号，菊花是高雅的标志；"东篱"是一个根本无法界定范围的地方，但它却成了凝固的文学符号，成了脱俗圣地，后世不知多少文学家写到它。不过采菊的"悠然"更是不能放过的字眼，怎么样才算"悠然"境界，就如同诗歌的结尾处一样，难以言说。我们只能根据感觉猜测诗人大概是得到了天趣的高深心境了。

登池上楼

谢灵运

潜虬媚幽姿，飞鸿响远音。

薄霄愧云浮，栖川怍渊沉。

进德智所拙，退耕力不任。

徇禄反穷海，卧疴对空林。

衾枕昧节候，褰开暂窥临。

倾耳聆波澜，举目眺岖嵚。

初景革绪风，新阳改故阴。

池塘生春草，园柳变鸣禽。

祁祁伤豳歌，萋萋感楚吟。

索居易永久，离群难处心。

持操岂独古，无闷征在今。

谢灵运（385—433），祖籍陈郡阳夏（今河南太康）人，谢玄之孙，袭封"康乐公"。他的诗歌当时名气很大，写有不少山水游览之作，颇有名句，对玄言诗的冲击很有影响。**池上楼**：在今浙江温州。
虬：传说是有须和角的小龙。**薄**：迫近。**怍**：惭愧。**进德**：指出去做官。**徇禄**：指做永嘉太守。**卧疴**：生病。**昧**：不明。**褰**：拉，扯。**岖嵚**：山高而险。**初景**：指初春的阳光。**绪风**：残余的冷风。**"祁祁"两句**：《诗经·豳风》有"采蘩祁祁"句。《楚辞·招隐士》有"春草生兮萋萋"句。这两句的意思是想起古典诗歌中的句子，让自己思考是辞官归去还是留下的问题。**征**：验证。

入选理由：

　　过去这首诗的名声很大，金人元好问曾对它有"池塘春草谢家春，万古千秋五字新"的高度赞誉。

且立片论　这是作者在永嘉做官时病后登楼所见所感的春天春景之作，表达了他对人生选择的思考及心绪，在进与退中很是矛盾。这首诗在思想性方面没有突出的价值，不过对春景的描写倒是很美，尤其是病后所见之春景。谢灵运的山水诗曾被人称为"山水诗的鼻祖"，评价很高，不过前人也有"有句无篇"的评论，就是说他的山水诗作有些句子写得好，很有名，但就整首看来还不是尽善尽美，而且还有值得商榷的问题。前者评价不是定评，后者评论很有道理。谢灵运的诗的确有不少名句，如"白云抱幽石"、"天高秋月明"、"春晚绿野秀，岩高白云屯"等，写得细腻而纯净，自然而清明。本篇的"池塘生春草"二句也属此类。不过就全诗看，真的就没有可称道的剩余了，而且结尾几句的说理实在没有价值，在结构上显得脱节，一如画蛇添足的累赘。

山中杂诗

吴　均

山际见来烟，
竹中窥落日。
鸟向檐上飞，
云从窗里出。

吴均（469—520），字叔庠，吴兴故鄣（今浙江安吉）人。出身贫寒，因聪明好学而入仕。能诗善文，文体清拔，有古气，时号"吴均体"。还写有小说《续齐谐记》。**窥**：这里是看的意思，还有悠然欣赏的意味。

入选理由：

南朝齐梁以来的诗作大多语言华美，刻意在形式技巧上争奇斗艳，而且渐渐以男女相爱、女性美为主要题材，这首清新的诗却别具一格，是应该记住的。

且立片论 这首诗短短四句，没有生僻难字，不用典故，所描写的景物也是山中常见的。第一句写山边升起烟云，是视野开阔的远景；第二句写在竹林里看落日西下，是聚焦而看的远景。后两句写近景，鸟儿从屋檐边飞过，飞向天空；居住的房屋已在云深之处，与云融为一体，因此云可以进窗出窗，飘来飘去。由此我们就要想一想，诗中的人是个什么样的人呢？是隐士？是修道之人？还是……清代著名学者沈德潜说这首诗"四句写景，自成一格"，没有说到诗中的人，没有探讨诗的主题思想。其实诗中的人无论是哪一类，都一定是远离尘世，远离官场，仰慕自然，向往自由的人。当然这样的人也可能就是诗人自己。由此可见这首诗表面看是写景，实际上是表达了一种人生观和价值观的。诗中的意象"竹"、"看落日"、"鸟飞"、"云移"等，都是自然和自由的符号，也是清高脱俗的标榜。还有一点值得注意，诗的四句都使用了对偶修辞，这正是南朝诗歌追求形式，追求整齐美的鲜明印记。

西洲曲

无名氏

忆梅下西洲，折梅寄江北。单衫杏子红，双鬓鸦雏色。
西洲在何处，两桨桥头渡。日暮伯劳飞，风吹乌臼树。
树下即门前，门中露翠钿。开门郎不至，出门采红莲。
采莲南塘秋，莲花过人头。低头弄莲子，莲子青如水。
置莲怀袖中，莲心彻底红。忆郎郎不至，仰首望飞鸿。
鸿飞满西洲，望郎上青楼。楼高望不见，尽日栏杆头。
栏干十二曲，垂手明如玉。卷帘天自高，海水摇空绿。
海水梦悠悠，君愁我亦愁。南风知我意，吹梦到西洲。

> **西洲**：地名，在何处不详。

入选理由：

　　南北朝乐府诗歌各具特色，都有少数较长的篇章，北朝《木兰诗》语言质朴，南朝《西洲曲》语言华美，一尚武阳刚，一相思缠绵，各自呈现代表本色。

且立片论　这是一曲最耐人寻味的爱情诗歌，它究竟从什么角度写相思难以确定，作者是谁难以确定，有人说是江淹，有人说是萧衍，连一些小语也不好判断，诗中的"梅"是梅花还是人名？倘是人名，又是男是女？都不确定，于是就带来

了一连串的解读问题。但是，解读诗歌是靠感受的，每一个读者都会感觉到它的美，至少深情相思，画面色彩，语言美妙等都可以凭感觉审美。还有结尾处的虚拟想象真妙，真奇，风把我的梦吹到相思的爱人身旁，不就相爱相聚了吗？曹植的"愿为西南风，长逝入君怀"，于此有相承的思维启发，都好，想象都很美妙。

　　大概诗歌的结构是这样的：先两句写与情人分别了，折梅相送，然后男子就日夜思念，特别是想到她杏子红衫的身影，想到她黑发衬白的脸庞，就情不自禁一发想去，"西洲在何处"以下完全是男子想象女子对她的思念情景，可分为四层：一是交代情人所在的地点，二是写她采莲，三是写她登楼相望，四是写天海空阔，寄托思念希望。可以说很细腻地将女子的行为和心理都描写到了。诗中又巧用双关，在"莲"上用笔，与爱怜的"怜"关联，充分表达了相思的深情。从"出门采红莲"以下六句均有"莲"字，并不是随便的安排。诗歌的结构还有一个句式修辞上的特点，就是多处使用顶真，将上一句的结尾字词和下一句开头的字词连贯相承，使全诗如一气呵成，流转自然。

敕勒歌

北朝民歌

敕勒川，
阴山下，
天似穹庐，
笼盖四野。
天苍苍，野茫茫，
风吹草低见牛羊。

敕勒川：敕勒，北方部族名。敕勒川即敕勒族聚居的草原。阴山：起于河套平原西北，横亘于内蒙古自治区南部，东接内兴安岭。穹庐：即今所称之"蒙古包"的帐篷。

入选理由：

雄浑、壮丽而自然的风景，自由天然的诗歌句式，北朝民歌主体风格的代表作。

且立片论 今天的人们读到这首诗，草原的奇丽风光立刻会浮现在眼前，城里居住久了的人，立刻会向往那草原大野的自然，"风吹草低见牛羊"是多让人美慕的景致，亲临亲见该多好。进一步说，这首诗歌颂了草原，让我们感受到了祖国河山的壮丽，感受到了祖国山川千姿百态的胜景，这是北国风光，与秀美的南方风景辉映增色。

但是，这首诗的始创意图却并非如此，作者也不清楚是谁。宋人王灼的词学研究名著《碧鸡漫志》卷一说："高欢玉壁之役，士卒死者七万人，惭愤发疾归，使斛律金作《敕勒歌》。其词略曰：'山苍苍，天茫茫，风吹草低见牛羊。'欢自和之，哀感流涕。"高欢和斛律金都是北朝人，原来歌词是悲痛情感的表达，"风吹草低见牛羊"不是草原的自然生态美，而是阵亡太多，人丁大减之后的景象，是只见牛羊而不见人的景象，所以高欢才会悲痛地流泪。原创意图和我们今天的审美有太大的差距。不过不管原创意图如何，诗歌的语言纯净自然，描绘的画面生动形象是不可否认的。北方的草原风光展现的魅力将会吸引无数的后来人，原创的意图由此将会随着历史的风尘渐渐远去，退出读者的视野。

木兰诗

北朝民歌

唧唧复唧唧，木兰当户织。不闻机杼声，惟闻女叹息。问女何所思，问女何所忆？女亦无所思，女亦无所忆。昨夜见军帖，可汗大点兵。军书十二卷，卷卷有爷名。阿爷无大儿，木兰无长兄，愿为市鞍马，从此替爷征。东市买骏马，西市买鞍鞯，南市买辔头，北市买长鞭。旦辞爷娘去，暮宿黄河边。不闻爷娘唤女声，但闻黄河流水鸣溅溅。旦辞黄河去，暮至黑山头。不闻爷娘唤女声，但闻燕山胡骑鸣啾啾。万里赴戎机，关山度若飞。朔气传金柝，寒光照铁衣。将军百战死，壮士十年归。归来见天子，天子坐明堂。策勋十二转，赏赐百千强。可汗问所欲，木兰不用尚书郎。愿驰千里足，送儿还故乡。爷娘闻女来，出郭相扶将；阿姊闻妹来，当户理红妆；小弟闻姊来，磨刀霍霍向猪羊。开我东阁门，坐我西阁床。脱我战时袍，着我旧时裳。当窗理云鬓，对镜帖花黄。出门看火伴，火伴皆惊惶。同行十二年，不知木兰是女郎！雄兔脚扑朔，雌兔眼迷离。双兔傍地走，安能辨我是雄雌！

> 唧唧：叹息声。军帖：征兵的文告和名单。可汗：北方民族的首领。戎机：指战争。朔气：北方的寒气。金柝：巡夜传信息的金属用具，即刁斗。明堂：这里指朝堂。策勋：记功。转：升官。郭：外城墙。将：扶持。霍霍：形容磨刀快速。帖花黄：古代妇女求福的装饰。扑朔：跳跃貌。迷离：眼神不定。

入选理由：

　　女子从军，女中豪杰，就内容说已是独特；叙事井井有条，有粗有细，更是不可多得的优秀叙事诗。

且立片论　诗歌是叙事诗，又有较长的篇幅，还有浓厚的传奇色彩，又出自北朝，这些都决定了它的流传广度和影响深度。其实就其语言来说，诗歌的表现力一般，还有风格不够和谐的地方。比如整体平易通俗，却有"朔气传金柝"等既对偶又修饰的句子，似乎如草鞋与西装同配。读者、听众的好奇心理强化了本篇的流传，本来故事的确离奇，女子替父亲从军，豪气就压倒须眉，从军十二年，同伴竟然不知道她是女身，这更让人惊讶，就是一个故事梗概也很吸引人了。从历史文化背景的角度看，出自于北朝不足为奇，同时代的还有《李波小妹歌》参证，那李波小妹有高超的骑射本领，"左射右射必叠双"，和木兰难分伯仲。尚武是北朝人的共同习尚，女子受风气感染自在情理之中，与南方女子温柔秀美、情感细腻的特点不同，因此南朝几乎没有表现尚武内容的诗歌，而在北朝尚武内容却是诗歌的主流。

野　望

王　绩

东皋薄暮望，徙倚欲何依。
树树皆秋色，山山唯落晖。
牧人驱犊返，猎马带禽归。
相顾无相识，长歌怀采薇。

野

望

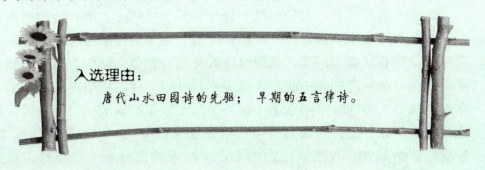

入选理由：

　　唐代山水田园诗的先驱；　早期的五言律诗。

且立片论　　作者的性情过于清高，诗歌的首尾都能清楚见意。黄昏时分，一个人在村头徘徊，"欲何依?""何枝可依?"明显是心情苦闷的表达，表达了理想抱负无处可以实现的思想。根据其人生经历来看，他只有短暂的仕宦时间，为什么不能长久？至少也可以由此推断出"不为五斗米折腰"的傲气来，官场与他的性情不合。但是，选择了归隐之后，并非就心情怡然，当思考往昔和今天的时候，难免有"忧从中来"的心理变化。结尾的"相顾无相识"，更见其孤独的身影。"长歌"一句，透露了作者不同凡响的心志，他所景仰的是伯夷一类的高士，因此难以和俗人交往，彼此看着，也和路人一样陌生。不过人各有志，苦闷和快乐，高雅和凡俗，各自都在其圈子里自适，没有是非可分。这首诗带给我们的是山中的秋色以及自然宁静的田园生活，中间两联最值得欣赏。"树树"一联是宁静的大背景，牧人和猎人的归来就显得静中有动，而且还让人听见了牧歌的悠扬，田野山中多惬意啊！还有值得注意的一点，南朝以来的诗歌，多华丽的语言外表，其内容也多相思缠绵，风格多纤弱细密。这首诗题材一新，语言朴素，风格清新，为唐诗的辉煌开了一个好头。

长安古意

卢照邻

　　长安大道连狭斜，青牛白马七香车。玉辇纵横过主第，金鞭络绎向侯家。龙衔宝盖承朝日，凤吐流苏带晚霞。百丈游丝争绕树，一群娇鸟共啼花。啼花戏蝶千门侧，碧树银台万种色。复道交窗作合欢，双阙连甍垂凤翼。梁家画阁天中起，汉帝金茎云外直。楼前相望不相知，陌上相逢讵相识？借问吹箫向紫烟，曾经学舞度芳年。得成比目何辞死，愿作鸳鸯不羡仙。比目鸳鸯真可羡，双去双来君不见？生憎帐额绣孤鸾，好取门帘帖双燕。双燕双飞绕画梁，罗帏翠被郁金香。片片行云着蝉鬓，纤纤初月上鸦黄。鸦黄粉白车中出，含娇含态情非一。妖童宝马铁连钱，娼妇盘龙金屈膝。御史府中乌夜啼，廷尉门前雀欲栖。隐隐朱城临玉道，遥遥翠幰没金堤。挟弹飞鹰杜陵北，探丸借客渭桥西。俱邀侠客芙蓉剑，共宿娼家桃李蹊。娼家日暮紫罗裙，清歌一啭口氛氲。北堂夜夜人如月，南陌朝朝骑似云。南陌北堂连北里，五剧三条控三市。弱柳青槐拂地垂，佳气红尘暗天起。汉代金吾千骑来，翡翠屠苏鹦鹉杯。罗襦宝带为君解，燕歌赵舞为君开。别有豪华称将相，转日回天不相让。意气由来排灌夫，专权判不容萧相。专权意气本豪雄，青虬紫燕坐春风。自言歌舞长千载，自谓骄奢凌五公。节物风光不相待，桑田碧海须臾改。昔时金阶白玉堂，即今唯见青松在。寂寂寥寥扬子居，年年岁岁一床书。独有南山桂花发，飞来飞去袭人裾。

服用丹砂中毒，使病情加重，后自投颍水而死。**古意**：写古事表达今意，借古讽今。唐朝诗人常借汉代的人和事来讽刺唐代的现实。**主第**：公主的府第。**复道**：楼阁之间的上下平行的通道。**梁家**：指东汉掌权的外戚梁冀，曾在洛阳修建有宏伟豪华的房屋。**金茎**：铜柱。汉武帝时曾造有高大的铜柱，上面有一个铜人，手托承露盘，接长生不老的仙露。**铁连钱**：指身上有圆形花纹的名马。**娼妇**：歌女。**金屈膝**：指车上摆设的小型屏风。**御史、廷尉**：都指监察官员，主管司法的官员。这两句的意思是他们这类人受到冷遇，王公贵族无法无天，根本不受约束。**朱城**：指宫城。**翠幰**：装饰有翠鸟羽毛的车帏。**探丸**：古代确定杀什么人的一种仪式，据说探取得到红色的就杀武官，黑色就杀文官，得到白色的就负责丧事处理。**借客**：侠客替人报仇。**北里**：平康里。长安城北娼妓聚居之地。**五剧、三条**：都指长安城的大街。**三市**：泛指长安城的市场。**金吾**：执金吾的简称。主管皇宫、京城治安的长官。**屠苏**：美酒名。这一句说像翡翠绿色的美酒斟在鹦鹉形的酒杯之中，极言其名贵。**灌夫**：汉代有名的将军，有"使酒骂座"的故事，后被丞相杀死。**萧相**：指汉宣帝时的宰相萧望之，他被宦官等迫害致死。**青虬、紫燕**：都是骏马名。**五公**：指汉代著名的五个权贵。**节物**：季节景物。**扬子**：扬雄。

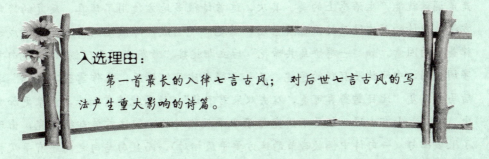

入选理由：
　　第一首最长的入律七言古风；对后世七言古风的写法产生重大影响的诗篇。

且立片论　作者生活在高宗、武则天当政，政治和社会经济还不算很坏的时代，

53

但由于自己的人生失意和疾病折磨等阴暗面的影响，因此他采用了批判现实的笔法。他曾说过："高宗之时尚吏，己独儒；武后尚法，己独黄老；后封嵩山屡聘贤士，己已废。"命运总是跟他过不去。他对生活失去了信心，活着的日子就如同整天睡在棺材里，最后不得不以特殊的方式结束自己的生命。不过他却以杰出的写作才华留下了不朽的诗篇，本篇的思想仍然是闪烁着光芒的，因为即使是武则天时代，那些高级贵族的骄奢淫逸和为所欲为的现象也是普遍的，批判现实无可非议，这是专制集权社会中人文精神不灭的标志。

本篇透过京城长安的现象，批判了高级贵族们的不法行为，讽刺了他们纸醉金迷的生活，揭露了封建社会的本质规律，也表达了自己的人生观和价值取向，认为富贵荣华如过眼云烟，只有守住清贫寂寞的读书著述，人生才可以永恒。

诗的结构层次很清楚。开头八句写长安城中的街道和街道上高级贵族们车水马龙的盛况；"啼花戏蝶"以下八句写长安城中的宏伟建筑；"借问"句至"娼妇"句写贵族们的男欢女爱，斗艳比美；"御史"两句暗示监察和法律对贵族们无效，因而这些部门门可罗雀；"隐隐"以下写打猎玩乐和游侠杀人，从而自然地转入夜生活的描述；"俱邀"以下写宿妓，侧重写了金吾宿妓的部分。一个管京城治安的高官居然知法犯法，肆无忌惮，可见京城是一个什么样的状况；"别有"以下八句写争夺权力；结尾八句是作者的议论和观点。

这首诗的韵律是很有特点的。首先，它基本上是随着诗的意义变化而转换押韵的，这就紧密地配合了阅读理解的进行；同时它又是平声韵和仄声韵交替互换的，这就增加了起伏抑扬的声调变化的感觉，形成忽高忽低的节奏明显的韵律，光是诵读就能产生语感上的美。其次，这首诗很多地方使用了顶真、反复的修辞方法，使诗的层次过渡转换连贯紧密，首尾一气呵成，浑然无间，这也是促成韵律美感的因素。如"一群娇鸟共啼花"后立即就接"啼花戏蝶千门侧"，句尾句首字词相同，中间就没有断的感觉。又如"得成比目何辞死，愿作鸳鸯不羡仙"之后马上反复"比目鸳鸯真可美，双去双来君不见"，效果就连贯如珠，意象更加突出。第三，七言古风一般是不讲究句子中平仄相对的，但这首诗却很讲究，出现了很多律句（一句诗中偶数音节的地方要平仄相对），而且句与句之间还有平仄相反，好像是律诗的一联之间的规则一样，所以称它为"入律的古风"。这在初唐时

是最值得注意的现象，因为以前是没有这样长的七言古诗的，更没有由律句组成的七言古诗。第四，诗的对偶句很多，显得辞藻华美，加上用互文的补充和铺写等语言表达，为高级贵族的生活描写增加了色彩，因为他们的生活内容就是充满了声光色彩的。更为突出的是为主题服务，五色绚烂的生活多么令人美慕，醉生梦死的爱多么刺激，但是，"节物风光不相待"，"富贵荣华能几时？"从欢乐的巅峰跌下来，结局就更为悲惨。因此诗前面尽情铺写，写得珠光宝气，一片喧腾，后面笔锋突然一转，警醒世人，前后对比映衬，效果更加明显，可见写法和形式都并非空设。这些方面的特点都深刻地影响了后世同一体裁的作品创作，产生了不少优秀的入律古风，如白居易的《琵琶行》和《长恨歌》，元稹的《连昌宫词》，一直到清初吴伟业的《圆圆曲》，清末王国维的《颐和园词》，好篇章难以屈指计算。

帝京篇

骆宾王

山河千里国，城阙九重门。不睹皇居壮，安知天子尊。皇居帝里崤函谷，鹑野 龙山 侯甸服。五纬 连影集星躔，八水分流横地轴。秦塞重关一百二，汉家离宫三十六。桂殿嶙峋对玉楼，椒房窈窕连金屋。三条九陌丽 城隈，万户千门平旦开。复道斜通 鸤鹊观，交衢直指凤凰台。剑履南宫入，簪缨北阙来。声名冠寰宇，文物象昭回。钩陈肃兰戺，璧沼浮槐市。铜羽应风回，金茎承露起。校文天禄阁，习战昆明水。朱邸抗平台，黄扉通戚里。平台戚里带崇墉，炊金馔玉待鸣钟。小堂绮帐三千户，大道青楼十二重。宝盖雕鞍金络马，兰窗绣柱玉盘龙。绣柱璇题粉壁映，锵金鸣玉王侯盛。王侯贵人多近臣，朝游北里暮南邻。陆贾分金 将宴喜，陈遵投辖正留宾。赵李经过密，萧朱交结亲。丹凤朱城白日暮，青牛绀幰红尘度。侠客珠弹垂杨道，倡妇银钩采桑路。倡家桃李自芳菲，京华游侠盛轻肥。延年女弟双凤入，罗敷使君千骑归。同心结缕带，连理织成衣。春朝桂尊尊百味，秋夜兰灯灯九微。翠幌珠帘不独映，清歌宝瑟自相依。且论三万六千是，宁知四十九年非。古来荣利若浮云，人生倚伏信难分。始见田窦相移夺，俄闻卫霍有功勋。未厌金陵气，先开石椁文。朱门无复张公子，灞亭谁畏李将军。相顾百龄皆有待，居然万化咸应改。桂枝芳气已销亡，柏梁高宴今何在。春去春来苦自驰，争名争利徒尔为。久留郎署终难遇，空扫相门谁见知。当时一旦擅豪华，自言千载长骄奢。倏忽抟风生羽翼，须臾失浪委泥沙。黄雀徒巢桂，青门遂种瓜。黄金销铄素丝变，一贵一贱交情见。红颜宿昔白头新，脱粟布衣轻故人。故人有湮沦，新知无意气。灰死韩安国，罗伤翟廷尉。已矣哉！归去来。马卿辞蜀多文藻，扬雄仕汉乏良媒。三冬自矜诚足用，十年不调几遭回。汲黯薪逾积，孙弘阁未开。谁惜长沙傅，独负洛阳才。

骆宾王（约640—约684），义乌（今属浙江）人。人生很失意，于光宅元年（684）参与李敬业在扬州起兵反武则天的战争，写下了著名的《代李敬业传檄天下文》，据说武则天看了文章之后都称赞他的才华。后兵败不知所终。有《骆临海集》。**帝里**：京城。**鹑野**：《汉书·地理志》说秦地长安是鹑首的分野。**龙山**：龙首山，在长安城北。**侯甸服**：周代划分周王所居住的城区及近郊为方圆一千里，之外方圆五百里称为侯服，再外方圆五百里称为甸服。这一句说唐朝京城长安的地理状况。**五纬**：金木水火土五星。**连影**：互相映照。**星躔**：星辰运行的轨道。这一句说长安城上方天文相应的情况。**八水分流**：旧有"八水绕长安"之说。**离宫**：京城皇宫以外的皇家宫殿。**嶙岑**：形容高大宏伟。**椒房**：后宫皇妃们所居之处。据说是用花椒和泥涂在墙上，"取其温而芬芳"。**金屋**：汉武帝曾说需要

娶阿娇，让她生活在黄金屋中。这两句借汉代的建筑说唐代的皇宫宏伟华丽。**丽**：附着，连接。**城隈**：城边。**平旦**：早晨。**鸧鹒观**：在甘泉宫内。**剑履**：萧何曾被允许带剑和穿着鞋进到皇帝所在的殿上。这里指高官的待遇。**簪缨**：官员。**昭回**：天光回映。这两句赞美朝廷的人物和文化名声远播，得了天垂之象，与天象呼应。**钩陈**：指宫中的路径。**兰陀**：兰草覆盖的台阶。**璧沼**：圆形池塘。**槐市**：太学生习礼诵经之地。这一句说储备的人才内容。**铜羽**：铜乌。张衡曾制造铜乌鸦测风仪。**金茎**：铜柱。汉武帝时曾造有高大的铜柱，上面有一个铜人，手托承露盘，接长生不老的仙露。**天禄阁**：皇家藏书之处。**平台**：传说汉文帝的弟弟梁孝王修建了一座很宏伟的宫殿叫"平台"。**黄扉**：黄门，宫殿的门。**戚里**：地名，在宫里，由外戚们居住。**崇墉**：高墙。**炊金馔玉**：夸张形容王侯贵戚的生活豪华。**璇题**：用玉装饰的房屋上的橡子和檩子的露出部分。**陆贾分金**：西汉初，陆贾曾将金钱分给他的五个儿子，并告诉他们轮流在各家吃饭。**将**：连带。**陈遵投辖**：西汉官员陈遵嗜酒爱客，每当宴客之时，就将客人的车辖投进水井之中，这样客人就不能乘车离去。**赵李**：汉成帝皇后赵飞燕，汉武帝宠妃李夫人。指外戚往来。**萧朱**：西汉萧育和朱博是好友。指官员之间的来往。**丹凤朱城**：都指京城。**绀幰**：红色的车幔。**女弟**：妹妹，指李延年妹妹李夫人。**九微**：传说汉武帝时西王母降临，迎接她时点的九微灯。**知四十九年非**：春秋时蘧伯玉五十岁时明白了过去的四十九年的错误。这两句的含义是贵族们只图享乐，哪管是非。**田窦**：田蚡和窦婴，都是汉代有名的外戚，相互排挤争权。**卫霍**：卫青和霍去病，抗击匈奴都建有功勋。**石椁文**：石棺里面刻的文字。这两句的含义是还来不及享受人生的权力快乐，就已经到死期了。**张公子**：张放，经常和汉成帝一道微行冶游。**柏梁高宴**：汉武帝曾在柏梁台大宴群臣。**久留郎署终难遇**：指汉武帝时的颜驷，他在文帝、景帝时都为郎官，到武帝时已经老了。**空扫相门谁见知**：

帝京篇

57

指秦末的魏勃，他为了见齐相曹参，但又没有机会，于是每天很早就到相府门前扫地，后被发现，说明原因后曹参用他做舍人。**须臾失浪委泥沙**：比喻像鱼一下离开了水，被抛在泥沙岸上一样。**黄雀徒巢桂**：汉成帝时的童谣，暗示衰败。**青门**：长安城东边的门。**种瓜**：秦朝的封侯官员邵平，秦亡后在青门外种瓜，成了平民。**一贵一贱交情见**：用《史记·汲郑列传》的典故，表示一个人要等富贵和低贱的身份地位变化后才能检验出交情友谊的真伪。**脱粟布衣轻故人**：西汉公孙弘富贵为丞相后，老朋友高贺去见他，他吃的是粗粮，盖的是粗布被子。老朋友很生气，说这些东西我也有。公孙弘感慨地说："宁逢恶宾，不逢故人。"**灰死韩安国**：西汉官员韩安国犯罪进监狱，管监狱的小吏折磨他，韩说："死灰独不复燃乎？"意思是你不想一想我出去以后会报复你吗。那小吏毫不顾及，竟回答说"燃即溺之"，意思是死灰又燃起来后我撒泡尿就可以熄灭。**罗伤翟廷尉**：翟廷尉丢了官没有势力之后，门前都可以张开网罗捕捉麻雀了。这两句都表示人失去权势之后的境况。**马卿**：司马相如。**"三冬"两句**：用西汉人的故事，表示有才能但运气不好。**遭回**：形容行路艰难。**"汲黯"两句**：用西汉官员汲黯的故事。他早就是九卿高官的时候，而公孙弘、张汤等人还是小吏。后来公孙和张都升了官，官位与他相等了，他心里很有怨气，别人问他，他说：这有什么奇怪呢，比如堆柴草一样，后来堆上去的更高。**阁**：指官位。**"谁惜"两句**：贾谊是洛阳人，才华出众，可是被一帮老臣排挤，被贬为长沙王太傅。这一句有作者怀才不遇的牢骚。

且立片论 此诗又名《上吏部侍郎帝京篇》，据清人陈熙晋考证，作于高宗上元三年（676），是献给吏部侍郎裴行俭的。既然是献诗，又是献给有地位的人，就要展现自己的才华，此诗可谓尽情展现了。以京城为写作题材，这是汉大赋的遗风，是最能体现写作水平的，因此"初唐四杰"传下来的长诗就有卢照邻的《长安古意》和此篇。两者相比，内容各有异同，写法也各有特点，可见同一题材，既有轨迹可寻，又无陈规固定，全靠作者的感触点、构思和侧重等而已。

此诗虽然归入七言古诗一体，但却是五七言杂用，还有散句"已矣哉！归去来"等，形式上与整齐的七言句式的《长安古意》就不同。另外，开篇就写长安城的地理环境，天地映照，写出了京城的气势，雄豪健笔，撑天拔地。"不睹"两句，"秦塞"两句都是名句，一掷地有声，一似散句流畅对偶，各呈特色。因其数字对偶，而有人调侃作者是"算博士"。这一部分是本篇最有特色的文学描述，《长安古意》一字未及。第三，此诗为了向世人展现才华，使用典故之多，涉及的历史人物故事之繁，几乎达到句句镶嵌的地步，这也与《长安古意》大不相同。第四，此诗写人世沧桑、盛衰变化的部分占了很大的篇幅，从"且论三万六千是"以下至结尾，全是这些内容，与《长安古意》只在结尾处点击一下不同，但同样收到了抒情见意的效果。由此可以分出本篇的基本结构，即由前后两个部分组成，前写盛，后写衰；前赞美，后书愤。第五，此诗尽管也使用顶真、反复、对偶等修辞，但仅就对偶句来看，《长安古意》句式整饰，炼字炼句在四三节奏上安排，而本篇却句式流畅，以气韵取胜，还多用反对。如"秦塞"两句，"且论"两句，"倏忽"两句等都是二五节奏，后两例都是反意对偶。当然，由于二人的思想认识、人生遭遇、文学主张、审美倾向都有共同之处，同处一个时代，因此写作肯定有不期而同的地方。如批判锋芒和历史观，以及抒发怀才不遇的情感等，都是两篇的突出表现，甚至连遣词造句都有不少的相同，如"宝盖雕鞍金络马，兰窗绣柱玉盘龙"，"丹凤朱城白日暮，青牛绀幰红尘度。侠客珠弹垂杨道，倡妇银钩采桑路。倡家桃李自芳菲，京华游侠盛轻肥"等。至于长安城的地理名称相同的就更多了。

送杜少府之任蜀川

王　勃

城阙辅三秦，风烟望五津。
与君离别意，同是宦游人。
海内存知己，天涯若比邻。
无为在歧路，儿女共沾巾。

> **王勃**（约 650－676），字子安，绛州龙门（今山西河津）人。14 岁时应举考中，授朝散郎。为人疏狂任性。为"初唐四杰"之一，文学才华卓异，诗文都有名篇，有游历作品传世。**城阙**：京城。**三秦**：项羽灭秦后，将章邯等三个降将分封在关中为王，后世便称关中平原为"三秦"。**五津**：岷江上的五个渡口，这里指蜀地。**比邻**：近邻。**无为**：不要。

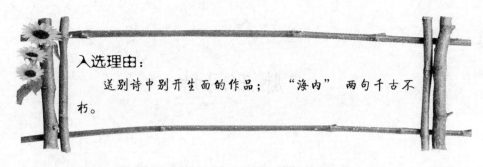

入选理由:

　　送别诗中别开生面的作品；"海内"两句千古不朽。

且立片论　另有通行的版本诗题是《送杜少府之任蜀州》，一字之差，"州"字错误。这首诗写于高宗乾封年间（666－667），王勃当时在京任职，还没有"蜀州"的建置。蜀州是武则天垂拱二年（686）建的，那时他已去世十年了。

　　诗写送朋友到蜀地去做县丞（唐人称为"少府"，副县级官）。朋友要离开京城已经很难受，又是到蜀道艰难的远方去做一个小官，就更是痛苦难堪了。如何写送别？前人已经写过无数送别的作品了，如果重复前人的表达，写感伤难舍，尽管是真情，但也无疑会加深朋友的感伤痛苦。于是诗人就别开生面，创新立意，用"海内"两句来宽慰朋友，一扫其晦暗的心情，点亮来日的希望。人生只要有希望，即使在痛苦中人也会变得坚强的。你不要忧愁悲伤，还有我这个知心朋友随时在身边，就像在你的隔壁一样。这两句的意思虽然在曹植的《赠白马王彪》一诗中已经有"丈夫志四海，万里犹比邻"的表达，但那是就兄弟之间说的，而且侧重在"丈夫志四海"上，大丈夫应该四海为家。这里说的是知心朋友之间，何况曹植的诗句意义远不如这两句透彻大度。后面再用"无为"两句补充，就更加直截了当。不要流泪，我们是男子汉大丈夫，不是那些儿女情长难以割舍的人。这样一来，即使是短暂的别离，也能带来好心情，而且还能成为以后的勉励。

　　送别诗远在《诗经》中就已经出现了，还写得很动人，如《邶风·燕燕》的"燕燕于飞，远送于野。瞻望弗及，泣涕如雨"，的确写得难舍难分，很动情，但从此似乎就定下了送别诗的基调：非感伤不写，非难舍不言。唐诗以前基本没有超越这一底线。因此本篇还有诗歌史的价值，此后，唐诗写送别就千姿百态了。

送杜少府之任蜀川

滕王阁诗

王 勃

滕王高阁临江渚，佩玉鸣鸾罢歌舞。
画栋朝飞南浦云，珠帘暮卷西山雨。
闲云潭影日悠悠，物换星移几度秋。
阁中帝子今何在？槛外长江空自流。

> **江**：指赣江。**佩玉鸣鸾**：这一句说滕王在此楼欣赏歌舞，但现在歌舞之声已经没有了。**日悠悠**：每日无拘无束地飘游。**帝子**：指滕王李元婴，是唐高祖李渊的儿子。**槛**：栏杆。

入选理由：
因《滕王阁序》而有名；汤显祖《牡丹亭》中的"朝飞暮卷，云霞翠轩"，就是化用此诗句而成。

且立片论 这是与著名的骈文《滕王阁序》同时写作的诗。这是一首七言古诗，诗有换韵的现象，不是七律。

唐高宗上元三年（676），诗人去探望父亲，途经洪州（今江西南昌），参与宴会，即席而作《滕王阁序》，因按习惯写四韵八句的诗，就是本篇。诗的作用主要是配合《序》。第一句从空间着笔，写滕王阁的形势。滕王阁是江南三大名楼之一，始建于唐高祖李渊之子滕王李元婴任洪州都督时。背靠青山，下临赣江，可

以远望，可以俯视。第二句写滕王李元婴的繁华时代已经过去，与结尾呼应。三四两句紧承，以景语说话，人世变迁，只有云和雨永远有生命。这两句意象鲜明，对仗工整，表意含蓄，堪称名句，难怪其影响很大。五六句应该是转折，但诗人却顶住永远飘移的"云"接笔，由空间变为时间，也可以看做转折。诗意只是三四句的补充，明白地说出，变含蓄为直白而已。人世就是不停地换代。最后两句又从时间转入空间，楼阁中的人已经死了，江水还在奔流。写出了人和水的对比，一消失，一永存。空间的变化其实还是落在时间的永恒和短暂的重心上。只有云和雨永恒，江水永恒，人生是短暂的，任何事物都是转瞬即逝的，因此诗的主题基调是悲凉的。

从军行

杨　炯

烽火照西京，心中自不平。
牙璋辞凤阙，铁骑绕龙城。
雪暗凋旗画，风多杂鼓声。
宁为百夫长，胜做一书生。

杨炯（650—?），华阴（今属陕西）人。11岁举神童，后授校书郎，在京城做了几任小官，因讽刺朝廷官员矫饰风气，被贬为地方官，卒于盈川（今四川筠连）令。"初唐四杰"之一。有《盈川集》。**烽火**：指战争。**牙璋**：象牙或玉做的兵符，一分为二，一半留朝廷，一半由出征将帅掌握。**凤阙**：代指京城。汉代的皇宫建章宫上面装饰有铜凤。**龙城**：本是汉代匈奴祭天的地方，这里指敌军大本营。**百夫长**：低级军官。

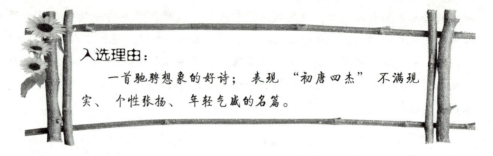

入选理由：

　　一首驰骋想象的好诗；表现 "初唐四杰" 不满现实、个性张扬、年轻气盛的名篇。

且立片论　　《从军行》是乐府诗，从古到唐写这个诗题都与军事战争有关。

　　本篇写从军打仗，从战争爆发写起，再写受命出征，一直写到包围敌军，展开生死大战的内容。精彩处写得大雪寒冻，连军旗上的图画色彩都变得模糊不清，好像色彩都冷得快要掉下来了；大风大沙猛烈，连敲鼓进军的声音都被压得低沉而听不清了。战斗激烈而残酷，好像作者真是身临其境一样，是写的已经发生的事情，其实不然。这只是他不满现状（作者当时只是一个小小的文官），想象而来的投笔从戎的画面而已。但是他写得那样真切，实在让人感叹才子的头脑无所不能。为什么说这幅画面是未然的想象，而不是已然的经历呢？诗的最后两句愤慨之语告诉了我们：我宁愿去做一名带领一百人冲锋陷阵的小军官，也胜过现在只是一个怀才不遇的文人小官。有一点可以补充说明，作者的仕宦经历最高限是盈川县令。写此诗的确切年代虽不可考，但他有低级的文职官衔是可以肯定的，否则就不会有与之相对应的武职 "百夫长"。如果写诗时他只是一个白丁，那么相应的表达就只能是从军、投军，如李贺的诗 "男儿何不带吴钩，收取关山五十州" 那样，不会触及军官的概念。由此我们可以得出最后两句的主题意义，那正是 "初唐四杰" 心志很高，自感才能优秀而又人生不顺的不平心声。

正月十五夜

苏味道

火树银花合，星桥铁锁开。
暗尘随马去，明月逐人来。
游妓皆秾李，行歌尽落梅。
金吾不禁夜，玉漏莫相催。

苏味道（648—705），赵州栾城（今属河北）人。很年轻就考中了进士。武则天时的宰相，处事圆滑，人称"苏模棱"。诗歌创作与李峤齐名，有"苏李"之并称。**火树**：悬挂了很多点燃的灯的树。**合**：连成一片。**星桥**：秦时蜀郡太守李冰在岷江上建有七道桥，上应北斗七星，每道桥用铁锁控制。这里是解禁的意思。**秾李**：比喻歌女们打扮得花枝招展。**落梅**：即《梅花落》，乐曲名。**金吾**：主管京城治安的长官。**玉漏**：形容计时器精美。

入选理由：

　　古典诗歌中有很多可以作为一个节日的代表作的作品，如寒食节的"春城无处不飞花"（韩翃），清明节的"清明时节雨纷纷"（杜牧），中秋节的"明月几时有"（苏轼）等。正月十五就是这一首了。

且立片论　这是一首从形式到内容都非常完美的诗，因为它宣扬的就是完美。

首先是形式上的完美，八句对偶，突出整体一致的美，好像诗中的任何人都快乐一样，没有例外。第一联写正月十五夜一片光明，什么禁令也没有了，除了观灯，就是玩乐；第二联以暗衬明月，明月就更是清光一片，马蹄踏起的灰尘已经在月光下看不见了，只是感觉中的灰尘而已。灰尘似乎也受了欢乐的感染，只在暗中动动而已，知趣地不坏人游兴。这样的节日中，月亮自是不可少的朋友，她与人亲近，善解人意，与任何人都友好；第三联写最美的风景，要集中特写。美丽的姑娘们是最能让人动情的，她们天生就是美，何况还锦上添花地打扮了一番，要刻意展现美呢。音乐是生活中不可少的东西，在这美好时刻，只有经典名曲才能煽情助兴。《梅花落》，表现无限情思的曲子，它将人带入男女相思的缠绵，带向星空，带往无边的天地；六句已经将欢乐写到了极点，可最后两句还要把时间拖住，让正月十五的夜无限延长，让狂欢的欲望无限膨胀，这就是极点中的无限，感情的无限逍遥。极点和无限在八句对偶句式的约束中无限延伸，这就是"戴着镣铐跳舞，却跳得那样自如"。

　　诗人的对偶技巧也很经典，一是有四句用反对，"合"和"开"，"暗"和"明"，"去"和"来"，而且对得自然，让人一点也没有感觉是在有意使用反对逞才。二是借对的运用。所谓借对，就是将此事物借作彼事物对偶，最常见的是借声音和借颜色。此诗竟多达两处：一是"落梅"是乐曲名，与植物中的桃李各不相干，但"梅"在这里就借来对"李"，变成了同类的花朵了。二是"金吾"是官名，与有玉装饰的器具"漏"各不相干，但"金"在这里正好对上"玉"，不仅类属，连颜色都对上了，真是妙合天然。难怪当时几百文人同写这个题目，唯此诗被称为"绝唱"（参看唐人刘肃《大唐新语·文章》）。促成此诗成为"绝唱"的还有一个突出的特点，那就是此诗中对声光色的描写能让人痛快淋漓地宣泄感情，充分自由地放飞心情。换句话说，此诗在声光色上大做文章。正月十五夜放灯，又有天上的月，灯海天光，不得不写，但以暗衬明就是作者的妙用了。光有光还不行，还得有色，彩灯有色，更突出的是美女的色，所以作者要重笔写。光有光色还不行，还得有声，那些美丽的女子其实已是无声胜有声了，她们充满青春活力的笑声不是此起彼伏于火树银花之中了吗？还有经典音乐名曲，将人引向高潮，与心灵撞击的乐音一直回旋在澄澈的月光之下。最后，催人的漏声尽管在阴暗角

落里，似乎听不见，但诗人却要让它来点缀，让它来反衬"欢娱嫌夜短"的心情，突出正月十五夜的花好月圆。

古意呈乔补阙知之

沈佺期

卢家少妇郁金堂，海燕双栖玳瑁梁。
九月寒砧催木叶，十年征戍忆辽阳。
白狼河北音书断，丹凤城南秋夜长。
谁为含愁独不见，更教明月照流黄。

沈佺期，生卒年不详，字云卿，相州内黄（今属河南）人。上元二年（675）中进士，官至太子少詹事，他与宋之问对格律诗的形成颇有贡献，当时并称"沈宋"。**补阙**：官名，乔知之当时任此官。**寒砧**：制作寒衣的捣衣石。**辽阳**：今辽宁省辽河以东地区，古代的东北边防要地。**白狼河**：在今辽宁境内。**丹凤城**：指京城。**流黄**：黄紫相间的丝织品，这里指女子所居处的帐帷。一说指女子所捣的寒衣。

入选理由：

　　诗歌的内容虽说没有新意，但它却是初唐时期出现的形式完整的七言律诗。

且立片论 这首诗的标题很多，有标作《古意》的，有标作《独不见》的。根据这里的标题，又可理解为是一首献给长辈或有地位的人的诗，谓"古意"就有点内容"纯属虚构"的意味了，关键是看"我"的写作才华。本篇的内容一无可取，完全没有新意。写闺中思妇的寂寞相思，写她们的孤独愁苦等，早已是六朝时文人诗歌，尤其是梁、陈时"宫体诗"司空见惯的内容，而且是写得细腻入微的内容了。不过本篇的形式倒是很值得在意。唐代的格律诗主要有五绝、五律、七绝、七律几种形式，而前三者都比七律出现得早。七律的形式定型于初唐，但究竟是初唐的什么时间却不确定。本篇就是一个很有价值的例子。全篇每句、每联，更重要的是联与联之间（粘连）的平仄讲究都做到了（只有"独不见"三字仄声，当时并无"三平调"规则），也就是说全部合乎格律。有的地方可以明显地看出作者是为了合平仄而作的调整，如"谁为"两字，正常的汉语词序应该是"为谁"，即"为了谁"的意思，但用正常的词序"为谁"，就与后面的平仄不合，所以作者有意作了倒装。

登幽州台歌

陈子昂

前不见古人，
后不见来者。
念天地之悠悠，
独怆然而涕下！

陈子昂（661－702），字伯玉，梓州射洪（今属四川）人，出身于富裕人家。24岁中进士，授麟台正字，后升右拾遗。曾随军出征西北和东征，因武攸宜兵败而降职。38岁时辞官回乡，后被县令害死。

在反对六朝诗风，推动唐诗变革上很有影响。有文集传世。**幽州台**：又称蓟北楼。幽州是战国时燕国的首都，在今北京大兴一带。**涕**：眼泪。

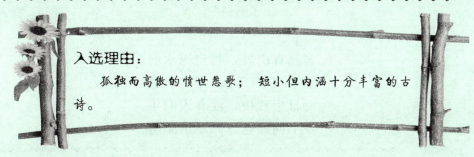

入选理由：

孤独而高傲的愤世悲歌；短小但内涵十分丰富的古诗。

且立片论　这首诗只有22个字，有明显的散文句式，即使在古体诗中也显得另类，但其中却蕴含了愤激的情感，突出了诗人独立苍茫的形象。陈子昂是一个主张积极入世，而且性情豪侠的人。《独异记》中记载他从遥远的蜀地到京城长安，不为人知。为了成名，他在众目睽睽之下买了一把索价百万的胡琴，宣称自己知音善弹，并当场约请众人某日前来观看。到了那一天，观众之多，水泄不通，他竟将胡琴高举摔烂，说琴是供贱人乐工使用的东西，然后自我表现介绍一番，拿出写的诗文若干，将它们全赠送给观众。通过"秀"的效应，他"一日之内，声华溢都"，很快就出了名。

本篇是他随建安王武攸宜征讨契丹，因军事失利被贬为军曹后登台所感而作。了解这样的背景，就可以明了诗为什么写得那样悲愤，同时也感觉到了诗人的自负豪情。"前不见古人"，还可以理解为当年燕昭王筑黄金台招贤已经成为看不见的过去了；"后不见来者"就大言骇世了，因为后不可知，谁说没有来者？即使理解为燕昭王之后没有来者，也显得目空一切。燕昭王之后招贤怜才的历史人物和故事很多。不过文学作品非这样表达不能写出片面的深刻，非深刻无以动人。这就是此诗如诗人的个性一样，可以靠"极端"取得成功的诀窍。既然写得如此之绝，天地之广远，时间之长久就茫茫无所有，只剩下一个孤独的"我"了。"我"没有出路，只有悲愤地痛哭。诗句到此结束，悲愤却始终回荡心头，缕缕不绝。

登幽州台歌

69

次北固山下

王 湾

客路青山外，行舟绿水前。
潮平两岸阔，风正一帆悬。
海日生残夜，江春入旧年。
乡书何处达，归雁洛阳边。

王湾，生卒年不详，洛阳（今属河南）人。唐玄宗先天年间（712
—713）进士，做过荥阳主簿和洛阳尉等小官。**次**：停留住宿。**北
固山**：在今江苏镇江市长江南岸。**风正**：顺风。**归雁**：托雁传家书
之意。

入选理由：

唐代著名的诗歌选集选入此篇，编选者殷璠高度评
价"海日"一联，认为"诗人以来，少有此句"，
还说宰相张说将这一联书写于政事堂上，"每示能文，
令为楷式"。

且立片论 这首诗的题目又作《江南意》，凭此可以窥见作者的写作动机。他是
北方人，到江南后被早春的景象所触动，有叹美的欣喜；同时，他到江南并非得
意差事，所以末两句表达了在异乡的乡愁。这首诗写景好，景中含理趣更好。前
四句以纪行的方式写景，意义明确，并无理解困难，但一字之争仍然发生。"潮

平"句的"阔"字，另有版本作"失"。沈德潜认为"失"字好，"阔"字"少味"；纪晓岚又认为"失"字不好，有"斧凿痕"。可见同样景物，用字用语却感觉各异，诗歌语言原本是感觉的艺术。这首诗最值得品味的是五六两句。远望江海，朝阳已经喷红欲出，可夜晚还未完结；长江边已春景可见，春意萌动，但又还未进入新年（此诗可能是农历腊月所作）。两句景象都美，避免了单纯议论说理的枯燥乏味。当然这两句的重点不在写景，它们将空间和时间融为一体，让新和旧联系不断，原来人和自然宇宙就是这样生息、运行的，周而复始，一直到永恒。旧推出了新，新包含了旧，无所谓新，也无所谓旧，新和旧就这样一直纠缠到永恒。这样的道理其实人所习之，但经诗人用意象包裹道出，就深刻透辟，让人遐思。江南的新景是去年的旧景，江南的新景并不能冲掉心中的旧情，羁旅愁思依然在心间，于是诗人回望北方，乡愁缕缕袭来。托大雁捎带一封家书去吧！

回乡偶书

贺知章

少小离家老大回，乡音无改鬓毛衰。
儿童相见不相识，笑问客从何处来。

贺知章（659—744），字季真，自号四明狂客，会稽永兴（今浙江萧山）人。曾任太子宾客、秘书监等官。玄宗天宝年间请求为道士，回乡居住。

难忘经典

入选理由：

　　截取一个真实而新鲜的人生场景，展现老人和儿童的代沟和无间的画面，成就风趣幽默的风格的诗篇。

且立片论　在知名的唐代诗人中，贺知章恐怕是最长寿的了。他的长寿与他的性情很有关系，爱喝酒，作为一个成年人却常常有天真任性的行为，大概他心中很难被不愉快的事情困扰。俗话说人生境遇有顺与不顺的差异，他就是属于很顺的一类人。他的官位不低，到了八十岁后还请求去当道士，还有童真心理。玄宗皇帝满足了他的要求，带着一帮文武官员在长安城外给他送行，大家都写诗送别，皇帝也写，这是多么辉煌的盛事呀！人生到这样的境界，还有什么遗憾呢？他带着满怀喜悦、一路春风衣锦还乡，可是居然有不认识他的人，家乡的小朋友把他当做外乡人，嬉笑着问他从哪里来。嘿！这活生生的场面不就是一首好诗吗？诗如其人。诗人的性格、兴趣、风格、乡情都恰如其分地在诗中显现了：一个乡情浓浓、须眉皆白但却永远笑着、乐着的老儿童形象在一群孩子们中显得多么的和谐。

咏　柳

贺知章

碧玉妆成一树高，万条垂下绿丝绦。
不知细叶谁裁出，二月春风似剪刀。

入选理由：
咏物诗中的名篇；绝句中用比喻最多的篇章。

咏

柳

且立片论 可能是在长安某年仲春某日，诗人被京城的柳树吸引，远看、近看之后，忽然有得于心。这烟柳满皇都之后的柳树依然很美，是谁造就了这美呢？于是诗人将长期与柳树相处的爱，对春天的爱，以一妙喻而完成了这首诗。诗共四句，几乎句句都用比喻，这在绝句中是罕见的。柳枝像碧玉，柳条像绿丝带，柳叶似裁剪而出，春风似剪刀，兼用拟人比喻就更灵动。前两句是较远的视角而得。有人将第一句解作南朝宋汝南王的爱妾碧玉，泥于一"妆"字，认为是将柳树比人。其实此处应细品，将之比作小家碧玉的女子是不妥的。碧玉小家女给人的感觉是小巧玲珑，小美人模样，与"一树高"不和谐。长安的柳树高大，很难形成小巧的人物通感。二月里的柳树枝叶，颜色已较深，比喻成碧玉装饰而成，正合远观的感觉。柳枝柔软，比喻成绿色丝带也很恰当。后两句是近看之后的联想。走近之后，柳叶的小片就看得清楚了。那密密的小叶片整齐规范，真像裁剪而出的一样，于是诗人才得到了最新奇的比喻，是春风裁剪而出的，"二月春风似剪刀"成了这首诗最有名的比喻，也成了脍炙人口的名句。它不仅比喻美妙，而且还具有春风带来生机的深广内涵。

春江花月夜

张若虚

　　春江潮水连海平，海上明月共潮生。滟滟随波千万里，何处春江无月明！江流宛转绕芳甸，月照花林皆似霰。空里流霜不觉飞，汀上白沙看不见。江天一色无纤尘，皎皎空中孤月轮。江畔何人初见月？江月何年初照人？人生代代无穷已，江月年年只相似。不知江月待何人，但见长江送流水。白云一片去悠悠，青枫浦上不胜愁。谁家今夜扁舟子？何处相思明月楼？可怜楼上月徘徊，应照离人妆镜台。玉户帘中卷不去，捣衣砧上拂还来。此时相望不相闻，愿逐月华流照君。鸿雁长飞光不度，鱼龙潜跃水成文。昨夜闲潭梦落花，可怜春半不还家。江水流春去欲尽，江潭落月复西斜。斜月沉沉藏海雾，碣石潇湘无限路。不知乘月几人归？落花摇情满江树。

　　张若虚（约660—约720），扬州（今江苏扬州）人。曾任过兖州兵曹。开元初年与贺知章、张旭、包融并称"吴中四士"。今存诗只有两首。**滟滟**：动荡闪光貌。**宛转**：曲折。**芳甸**：长着花草的郊野。**霰**：雪珠。**汀**：沙洲。**浦**：水边，渡口，送别的地方。**扁舟子**：乘船外出的男子。**碣石**：山名，在渤海边，代指北方。**潇湘**：两条水名，代指南方。**摇情**：动情。

且立片论　　这是作者用乐府旧题写的诗，其内容也基本沿袭前朝的男女相思、离愁别恨，写法以时间为序，从月升写到月落，也是老生常谈，但它却成了大名鼎鼎的作品。闻一多偏爱它是"顶峰上的顶峰"，而且认为一切解释它、讲说它的话语文字都是"饶舌"。为什么呢？它的写景是一绝。从来没有人将月夜之景写得这样阔大而细腻，写得这样澄澈而空明。作者始终紧扣题目"春江花月夜"来写，用笔用得最为饱满。全诗用"江"十二次，用"月"十四次。月光最能引人思念，水波最能让人动情，于是有了诗的第二绝：言情。诗虽然是言他人已经言过的男女相思之情，也有"不胜愁"一类字眼，但却不落套。一因情是映衬在大背景之下的，天地之间一片皎洁月光，似乎连哀愁也变得美好。二因写女子相思不突出悲叹，而突出希望。"此时相望不相闻，愿逐月华流照君"，有了月光作为中介，"隔千里兮共明月"，女子的望眼和所思念的爱人之间已经没有距离，月光在你身边，"我"就在你身边。多美的相思，多美的情。"愿逐月华流照君"一句让人想起"思君如流水，何有穷已时"，"愿为西南风，长逝入君怀"等异曲同工的心曲。只要是真爱，便是天地山川也不能阻隔的，而且这种寄托希望和深情的爱是最纯真而动人的。第三绝是诗的"理"，用疑问安排句式是一绝。"江畔"以下六句，用水和月形象说理，将人放在无限的水月空间和时间中来思考，"人生代代无穷已，江月年年只相似"两句，将短暂的人生变成了无限的人生，变成了无限的生机和希望。这是本诗最有价值的思想贡献，是前无古人的哲思。另外，诗人是在疑问中来说理的，"不知江月"一句，既天真简单，又深刻复杂，既有《天问》的启发，又可以说全是独创。用疑问句来表达，使这个问题成了永无答案又撩人兴趣的问题。天地间好多问题没有答案，只留下疑问多好啊！那些强作解说，自以为是的胡说，自以为深刻的浅薄，面对江月的疑问显得多么不足挂齿。如果说还有"绝"，那就是诗歌的语言和韵律。全诗几乎不用一个典故，即使有"可怜楼上月徘徊"是从曹植《七哀》中的"明月照高楼，流光正徘徊"化出，但任何读者都不会觉察到有用典的痕迹。语言之纯美，句式之流畅，不靠典故装饰，这在歌行体发达的初唐的确是独树一帜。全诗四句一换韵，平韵换仄韵，四句之中起句都有韵，加强了阅读的韵律流转的感觉，口舌自生香，诗歌的美其实在阅读之中已经实现了，还用得着多说多讲吗？

望月怀远

张九龄

海上生明月，天涯共此时。
情人怨遥夜，竟夕起相思。
灭烛怜光满，披衣觉露滋。
不堪盈手赠，还寝梦佳期。

> **张九龄**（673－740），字子寿，韶州曲江（今属广东）人。开元年间的宰相，为政很有政声，后被李林甫排挤，开元二十五年（737）贬为荆州长史，几年后去世。有《张曲江集》。**情人**：爱人或朋友。唐代诗人常将朋友比作情人。**竟夕**：整夜。**怜**：爱。**滋**：滋生，产生。

入选理由：

"海上"两句形象盈满，高度概括，为写月抒情的名句；近来随着中秋佳节越来越被人重视，家人团聚，民族凝聚力，似乎这两句已经成了必不可少的应用了。

且立片论　这是一首五言律诗，但作者却并不专心于对偶句的锤炼。前两句写得太盛，太满，开头用力过猛，接下来就不可能再突然高潮，于是第二联就不用对偶句了，其实即使用对偶句也不可能有前两句的力度和景象了，而且从此以下，诗人都不在力度和壮美上用笔了。第三联虽然用对偶，对偶还很工整，但却转而在细腻上深入了。尾联用了典故，陆机《拟明月何皎皎》有"照之有余晖，揽之不盈手"的句子写月光之空灵，想象很美。月光映照广阔的天地，但怎么却不能抓在手中呢？既然月光空灵，不能抓来相赠，那就希望有个月光下的好梦吧。本篇的以月光相赠，是在陆诗的想象美的基础上进一步妙想，是站在巨人肩上的飞升，将这一创作圆满定型。诗的风格兼有壮阔和幽雅，但无论壮阔和幽雅都含着深情，都是在月光下抒发，因此具有变化中的和谐美，是错落中的整齐美。不过这首诗究竟是为爱人而发还是为朋友而作，或许还兼有政治寄托，就不能确定地解释了。

凉州词

王　翰

葡萄美酒夜光杯，欲饮琵琶马上催。
醉卧沙场君莫笑，古来征战几人回？

王翰，生卒年不详，子字羽，并州晋阳（今山西太原）人。景云元年（710）进士，做过几任朝官，但终因好酒豪饮而贬官。边塞诗很有名。**琵琶**：军乐乐器，在马上弹奏。

入选理由：

　　战死沙场是多么沉重而痛苦的话题，诗歌却用轻松诙谐的笔调一笑写出，这样的别致就使它成了名篇。

且立片论　杜甫曾写有名篇《饮中八仙歌》，写出了他的八个前辈或同时代的人在京城豪饮的神态，其实应该加上王翰为"九"，九者，酒也，还能双关见意。就王翰的一生行事来看，进入酒仙的行列名副其实。其实也用不着杜甫再写，将这四句嵌入其中就是王翰的写照（李白在诗中也占了四句）。

　　这首诗具有别具一格的美。第一句就集中意象，对颜色着意渲染，恐怕任何爱酒的人看见夜光杯中的葡萄美酒也会口角流涎。这一句还有现代广告效应，不用加工，一句足以成为某名牌葡萄酒的经典广告用语。第一句似乎就确定了诗的黑色幽默风格，将严肃的反战主题挤得几乎没有空间展现，读者大多读不出了，因为喜剧效果太强了。看见美酒就喝，其他一切靠后。但是，诗却在此一顿，催人出征的军乐大煞风景，一个"催"字大概非嗜酒者不能写出。诗的顿荡很有特点，这可以说是结构方面较别致的，与黑色幽默并列为二。以下跳跃到"醉卧沙场"是怎么一回事？看来"催"是无用的，我自痛饮才是真实的。痛饮之后出发，醉卧沙场就有了因果关系，那么结构就显得形散而神不散了，还是在"酒"上说话，而且风格依然延续。或者可以理解正是因为酒的帮助，"我"才捡得一条性命回来。别人在血战时，"我"却沉酣醉卧，厮杀之后，唯"我"醒来。这是懦夫还是智者？真是有趣。最后一问才似乎凝重起来，残酷的战争呀，有几人能活着回来？诗写到这一步，才露出主题本相，原来前面的醉酒淋漓都是带血的幽默。

凉州词

王之涣

黄河远上白云间，一片孤城万仞山。
羌笛何须怨杨柳？春风不度玉门关。

王之涣（688—742），字季凌，晋阳（今山西太原）人。官文安县尉，豪放不羁，以描写边疆风光著称。仅存诗6首。**凉州**：今甘肃武威，是古代的边塞之地。**仞**：一仞长八尺。**杨柳**：《折杨柳》曲的缩用。这两句的意思是笛子不要吹奏《折杨柳》曲表达哀怨了，春风是不会吹绿杨柳的，因为春天是不会来到玉门关的。**玉门关**：在今甘肃敦煌西，是古代通往西域的著名边关。

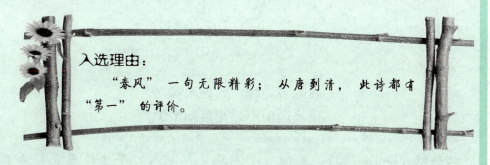

入选理由：

　　"春风"一句无限精彩；从唐到清，此诗都有"第一"的评价。

且立片论　这首诗大概是受了凉州曲的音乐影响而创作，后来的《凉州词》归入了乐府诗中。

　　诗写边塞条件恶劣，生活艰苦，有同情边防将士，反对战争的思想倾向。杨慎曾说："此诗言恩泽不及于边塞，所谓君门远于万里也。""羌笛"两句就有这样的暗示。

这首诗名气很大。唐人薛用弱《集异记》中的"旗亭（酒楼）画壁"故事，就将它突出为"第一"。故事说某一年冬天，诗人王之涣、王昌龄、高适三人来到京城长安的一家酒楼，接着一帮宫廷艺人也到此演唱。三个诗人便私下相约以艺人唱谁的诗歌最多为胜者，以此排定名声的先后次序。先是一歌女唱了王昌龄一首，王昌龄就在墙壁上画上一道说："我一首了。"接着一歌女唱了高适一首，高适也照样画壁。接着一歌女又唱了王昌龄一首，王昌龄高兴地说："我又一首了。"这时王之涣急了，就十分自负地说："她们只会唱下里巴人的曲调，不知道什么是高雅。"他指着其中最美丽的歌女说："她唱的如果不是我的诗，我就甘拜下风，终身不再和你们较胜了。"结果那女子开口唱的就是"黄河远上白云间……"。王之涣一听很得意，三人哈哈大笑，歌女们感到惊讶，一问才知道诗人在此，于是共入酒宴，尽欢而去。

清代诗人王渔洋推选最优秀的唐人七绝，共有四首，本篇就是其中之一，可见精品自能跨越时空，叫众人说好。

春 晓

孟浩然

春眠不觉晓，处处闻啼鸟。
夜来风雨声，花落知多少？

孟浩然（689－740），襄阳（今湖北襄阳）人，早年隐居鹿门山。40岁时游长安，应进士不第。晚年时张九龄为荆州长史，曾入为幕僚。孟浩然是唐代著名的山水田园诗人，今存诗200多首，影响较大。与王维并称"王孟"。

入选理由：

春花春鸟，写得清新可爱，难怪它成了三岁小儿都能朗朗诵读的诗歌。

且立片论 这首诗之所以让三岁小儿都能够背诵，是因为诗的语言流畅易懂，没有理解的障碍，大概这就是本篇最突出的特点了。其次，诗写春天，春鸟春花，人人都爱，妇孺老幼都能怡情，感受快乐。诗景清新可爱是其最大特点。

不过诗虽短小，但并非没有寄托蕴涵。后两句有思想在其中。"满目山河空念远，落花风雨更伤春"，宋人晏殊的名词点出了"风雨落花"而"伤春"，本篇的"风雨""落花"不只是意象的相同，更是思想的一脉相承，也是伤春、惜春之主题。进而可以窥见明媚春光的背后诗人心中的阴影，即惜春叹时，触景生情的忧愁，以及对生命前程的无奈。诗人表面是一个隐士、山人，但内心真实的想法却是"欲济无舟楫"，仕进的心是有的，只是苦于无人帮助而已。他不是恬然于山水田园之中，他也有人生的追求，像其他的唐代文人那样，每当岁月流逝，尤其是受到风雨落花、秋月寒露等外物刺激的时候，时不我待、时不我与的忧伤就会油然而生。唉！风雨过后，不知又有多少飘零的花朵呀！"红销香断有谁怜？"不能说与林黛玉的心思毫无联系。还有，诗的第一句说的是季节特点，但侧重点还在于标榜隐士风度，所谓远离红尘，不问世事，以懒睡为自由的标志。诸葛亮未出山时，不是高卧隆中，高吟"大梦谁先觉？窗外日迟迟"，懒睡不起么？

春

晓

过故人庄

孟浩然

故人具鸡黍，邀我至田家。
绿树村边合，青山郭外斜。
开轩面场圃，把酒话桑麻。
待到重阳日，还来就菊花。

> 鸡黍：指农家待客的丰盛饭食。**轩**：窗户。**把**：拿着。**重阳**：农历九月九日。

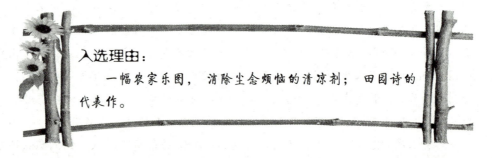

入选理由：

一幅农家乐图，消除尘念烦恼的清凉剂；田园诗的代表作。

且立片论 第一句是有典故的，典出《论语》，用鸡黍邀请人来的是隐士，而不是农夫，因此诗中的"故人"不是农夫，而是隐士。朋友隐居在田园，像陶渊明一样，最后一句"菊花"也是陶渊明情有独钟之物。赏菊是高雅脱俗的象征，诗人屈原就"夕餐秋菊之落英"，行为何其脱俗出尘。于是屈原、陶渊明、孟浩然就有了联系，不只是简单的连线而已。理解了这一点，便可以解读诗的主题。此诗的主调是什么？诗人的情趣好尚是什么？此诗宣扬的是归隐的快乐，是对尘世、官场、凡俗的拒绝，是诗人人生归宿的理想蓝图。我们不能只注意田园之美的描写内容，更要透过田园看到诗人的功名挫折和仕途阴影。

不过话说回来，分析主题且抛在一边。田园美的诱人可不分高雅和凡俗，诗的中间两联的确写得太美。前两句写大环境美，后两句写小圈子美；有远景和近景，远和近都有画面美。这样的美芸芸众生都爱，特别是那些在城里待久了的人，一见到此景，无不"啊！啊！"发自肺腑。想一想，除了能叹美之外还有什么呢？

望洞庭湖赠张丞相

孟浩然

八月湖水平，涵虚混太清。
气蒸云梦泽，波撼岳阳城。
欲济无舟楫，端居耻圣明。
坐观垂钓者，徒有羡鱼情。

张丞相：张九龄，此时已由丞相贬为荆州长史。**太清**：天空。**云梦泽**：古代的两个大泽的合称，即云泽和梦泽。云泽在长江北面，梦泽在南面。后来渐渐淤塞而成陆地，其南界邻近洞庭湖。**端居**：闲居无事。**耻圣明**：有愧于好时代。**垂钓者**：这里比喻已经做官的人。

入选理由：
"气蒸云梦泽，波撼岳阳城"两句是古诗文中描写洞庭湖最有名的句子之一。

且立片论 这是孟浩然晚年的作品，是蕴涵很深的借题发挥的作品。可一分为二地来解诗，即前四句为一部分，后四句为另一部分。前四句写洞庭湖的气势，写它阔大的胸襟，可以吞天，可以动地，天地因它而激荡。诗人的虚拟感觉很好，当八月水面平静如镜的时候，清清的水影正似天空涵盖其中，此是一静。一动是水波动荡，岳阳城都在摇晃；水汽蒸腾和云梦大泽连成一片，茫然不分。这几句历来受人称道，可与媲美的只有杜甫的《登岳阳楼》"吴楚东南坼，乾坤日夜浮"，其实杜甫诗句的来历也有孟诗的启发。后来刘长卿也想在此展现才力，写出了洞庭湖"叠浪浮元气，中流没太阳"的句子，但仍没有脱离孟诗的影响。此后诗人多搁笔不敢再写了。

但是，这样赞美洞庭湖难道只是写景吗？作者是襄阳人，离洞庭湖还远，为什么他不写一点襄阳的景物来献给张丞相呢？这就要分析其用意了。写洞庭湖可以展现才气，写洞庭湖可以以此比张丞相的胸襟和功业。张丞相是盛唐时期的名相，为人襟怀坦白、正直敢言人所共知，只因受排挤而屈居荆州。诗人用比的手法事实上也是由衷地赞美，并不是曲笔掩饰或虚夸。当然，联系后四句的内容，可以看出诗人想得到张丞相的帮助，因此赞美也是有原因的。后四句虽然也用比喻见意，但很显露，概括说就是自己想做官，很希望为时代贡献一点力量。"欲济"一句最直露。"端居"一句反倒有点虚伪。和前四句比，后四句因掺杂了世俗的心意愈加显得渺小，被前面描写的洞庭湖反衬得更加可怜。从风格上讲，前壮而后弱，截然不同。

黄鹤楼

崔　颢

昔人已乘黄鹤去，此地空余黄鹤楼。
黄鹤一去不复返，白云千载空悠悠。
晴川历历汉阳树，芳草萋萋鹦鹉洲。
日暮乡关何处是？烟波江上使人愁。

崔颢（? —754），汴州（今河南开封）人。开元十一年（723）进士。曾在天宝年间任过司勋员外郎官。早期诗多写闺情，流于浮艳。后历边塞，诗风变为雄浑奔放。《唐才子传》称"晚节忽变常体，风骨凛然"。今存诗不多。**黄鹤楼**：在今湖北武汉市。传说古代曾有仙人驾黄鹤经过此地。**历历**：清清楚楚。**鹦鹉洲**：原在长江之中，后被水淹没。

入选理由：

　　严羽在《沧浪诗话》中说："唐人七言律诗，当以崔颢《黄鹤楼》为第一。"据说这是连狂傲的大诗人李白都叹美而甘拜下风的诗。

且立片论　这首诗的形式有些奇特，貌似七律而前四句都不合格律，不是七律而后四句全合格律。它究竟属于什么"体"难以定评，大概是诗人凭着才气不受约束写成，有人又给它冠以"古律"的名称。其实，形式奇特正是个性，反而增加了诗的知名度。

　　诗的内容也不复杂，就是玄想骑鹤成仙的往事，描写眼前所见之实景，抒发思归的乡愁。此诗暴得大名，与元人辛文房《唐才子传》的故事有关。说是李白走到黄鹤楼下，本想题诗，看见崔颢之作，就下不了笔，慨叹地说："眼前有景道不出，崔颢题诗在上头。"有这个故事之后，不论诗写得如何，光是大诗人李白的赞叹就够它成名了。故事还进一步发展，说李白虽然没有题诗黄鹤楼，心中却总不服气，后来终于在南京凤凰台写下了较胜的《登金陵凤凰台》七律。说也奇怪，这首诗连押韵的韵部和韵脚顺序都和崔诗相同，难道仅是巧合？明人瞿佑在《归田诗话》中记载这事不是李白慨叹，而是旁人讥讽刺激他，于是李白才憋着气写的诗。这些说法难以考察其真实与否，不过却大大地提升了本篇的地位。当然本篇的优秀是毫无疑

黄鹤楼

问的，气韵流动，情感饱满，还有"晴川"一联的工对，取景生动，又是就地信手拈来，足见作者的才力超群。

出　塞

王昌龄

秦时明月汉时关，万里长征人未还。
但使龙城飞将在，不教胡马度阴山。

王昌龄（约698—约757），字少伯，京兆长安（今陕西西安市）人。开元十五年（727）进士，曾为江宁丞，又贬为龙标尉，于是有"王江宁""王龙标"之称。"安史之乱"后被刺史闾丘晓所杀。前人对他的诗歌创作有很高的评价，有"中兴高作"、"诗家夫子"、"七绝圣手"等评语。诗歌长于边塞、闺怨、送别等。**龙城**：本是汉代匈奴祭天的地方，这里指敌军大本营。**飞将**：飞将军李广，抗击匈奴的名将。**阴山**：在今内蒙古自治区南部。

入选理由：

　　写边塞战争题材，却写得如此概括，留下许多让人联想的空白，因而被明清时代的学者赞誉为唐人七绝第一。

且立片论　本篇是边塞诗，是王昌龄七绝的代表作，是"盛唐气象"的体现。

　　诗的写法别致。它没有具体写某边塞发生的战事，某边地的风光，某边民的

生活风俗等内容，而是大笔纵横，高度概括地写，既穿越历史，又联系现实，将悠远的历史影像和广远的边塞轮廓同挫于笔端，大幅画卷只见其神韵展现，读者读后只有苍茫感叹的印象，而且看着这幅画卷就不禁思绪游走，想到战争、杀气、边关、思妇、白骨、黄沙、悲壮、英雄等词，进而再思考更深广的问题。另外，诗并不具体写，但也不空发议论，而是选择了最为典型的月照边关、万里长征、龙城、飞将、胡马、阴山等边塞诗意象，构成诗的基本结构框架，既加强了诗歌的形象，又留下空白让读者去想象，是大笔和典型的结合，可寻之余韵很多。其次，诗的主题也是耐人寻味的。其思想倾向是主战还是反战？说主战，"万里"一句又怎么讲？说反战，就不会写"不教"一句，因此诗的主题是深刻而含蓄的，很难简单地一言以蔽之。这正是好诗往往不能确定解释，总是留有余味的特征。第三，诗的韵律，尤其是韵脚的声调组合，给人以特殊的美感，这就是它被称赞为七绝的原因之一。但诗的韵律究竟美在哪里，前人常以"韵响"含糊言之。怎么叫"响"？是元音开口度大吗？还是其他？关于这一点很难找到令人信服的理论依据，还是只是一种感觉而已。不过读的时候真能感觉，感觉到其中有迷人的魅力。

从军行（其四）

王昌龄

青海长云暗雪山，孤城遥望玉门关。
黄沙百战穿金甲，不破楼兰终不还。

青海：青海湖。**楼兰**：西域古国名。在今新疆鄯善东南一带。汉武帝时楼兰国曾阻塞道路，杀汉朝使者。汉昭帝时傅介子用计刺杀楼兰王。后世多用这个典故表示消灭敌人或取得胜利。

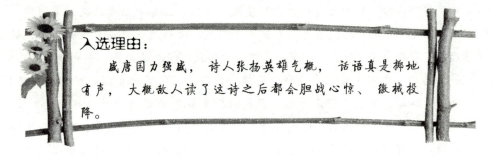

且立片论 王昌龄的《从军行》共有四篇，这一首特别有名。最有名的是诗的思想内容。前人谓之"盛唐气象""盛唐之音"等，简略地就诗歌说有这些特点：具有张扬国力，宣扬国威，积极向上，建功立业，自信乐观，保家卫国，英雄主义等内容；语言浑然天成，风格壮美豪放或清新自然等。本篇掷地有声的信念和精神可以看做是盛唐之音的代表。

前两句以天昏云暗，雪山高寒，离家遥远等画面烘托环境恶劣，作战条件艰苦。玉门关本有春风不度的遥远和艰难，可将士们还远在玉门关以西更遥远的地方，生活打仗的苦状，思念家乡的忧伤不言而喻。似乎感觉作者要在后面揭示反战的主题了。但是，后两句却振起精神，用夸张的手法，表达了即使战争打到连金属的铠甲都被风沙磨穿，不取得胜利也决不收兵的决心。在前两句的反衬之下，"不破楼兰终不还"的声音就更加响亮，将士们的精神就更加感人。这是诗人最值得赞赏的写作技巧。

这首诗的语法也很有特点，这是解读时应注意的难点。一是"穿金甲"的"穿"是使动用法，是"使金甲磨穿"的意思，青少年学生稍一忽略，还可能会理解为"穿上金属铠甲"呢。二是已经出现分歧的解释的一句，即"孤城遥望玉门关"，孤城和玉门关是两处，还是同位一处？有人解作两处，将士们在孤城遥望着玉门关，这不妥。事实上将士们在黄沙大漠之中，没有什么孤城可据。孤城就是玉门关，意即将士们遥望着孤城玉门关。词序看似将孤城和玉门关对立起来的写法，是受平仄要求所做的倒装，如果换成正常的词序"遥望孤城玉门关"，平仄就不合了。第三，古典诗歌由于用字精简，因此有不少的复句压缩在形式上的单句之中。本篇的"不破"句就是一个典型的例子。压缩之后，分解为单句的理解就出现了偏差，一偏差就将主题思想解成了截然不同的两个。我们认为是宣扬国威，歌颂英雄的主题，但明代著名的唐诗专家唐汝询在《唐诗解》中却说："言冒风沙而苦战久矣，然不破楼兰终无还期，悲何如邪！"这样一解，该诗的主题反成了诗人借将士们的口来诅咒战争了。

闺 怨

王昌龄

闺中少妇不知愁，春日凝妆上翠楼。
忽见陌头杨柳色，悔教夫婿觅封侯。

凝妆：打扮，化妆，意指精心认真地化妆。**翠楼**：装饰豪华的楼，与"玉楼"同义。**陌头**：路上，路边。**觅封侯**：指在边疆打仗，建立军功。

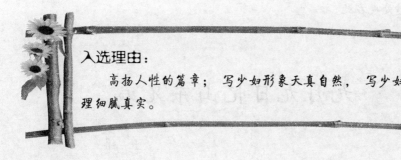

入选理由：

　　高扬人性的篇章；写少妇形象天真自然，写少妇心理细腻真实。

且立片论　南朝写男子出征远行，女子在家中苦苦相思的作品很多，本篇从题材的角度说是没有新意的。但是，同一题材切入的角度不同，写法不同，仍然可以取胜，这就是本篇带给我们的启发。本篇不从闺中少妇与孤灯相对，见双燕、鸳鸯等相感而产生相思，因相思而寂寞愁苦等方面着笔，而是首先展现一个美丽青春、快乐天真的女子形象给读者。她生活条件优越，无忧无虑。春天来了，她并没有明显的感觉，和过去的每天一样，她认真化好妆，上楼去走走看看，观景望远，舒展心情。这时的她，从外貌到内心，就像楼外的春光一样明媚。然而第三句作者笔调突然一转，写她看见了路边的杨柳变绿，春天已经来了。杨柳是牵动人思念的外物，从古就有折柳以示留恋不舍的送别风俗，"柳"与"留"是语音双关。她自然要想起当时送别丈夫出征的情景，自然要勾起心中的思情，想得到丈夫的呵护该多好呀！而此时的孤独与惆怅却是现实，丈夫还在边疆，不知什么时候才能回来。于是心生"怨"意（紧扣标题），后悔当初让丈夫离开自己去追求功名利禄。作者写得多么自然，多么细腻，多么真实，完全可以感觉到人物的呼吸、眼神和脉动。

除了切入点新，转换自然的写作特点之外，本篇的结构也颇见匠心。虽是短章绝句，但却波澜变化，前扬后抑，先高后低，虽然仍是归于触景生情的相思主题，却完全没有似曾相识的感觉。还有，诗的前后是关联紧密的。前写"不知愁"的少妇，正是后写丈夫"觅封侯"的因果关系，是丈夫去拼搏功名才换来少妇的优越生活。最值得注意的是这样的因果关系是被高扬爱的作者否定的。封侯功名、物质满足与爱相比，无异于粪土，而这正是春情勃发的少妇的一个念头，只愿此时拥有，哪管天长地久！如此表现，既合理，又合情。人性最纯美之处在此，结构与主题的妙处也在此。

九月九日忆山东兄弟

王　维

独在异乡为异客，每逢佳节倍思亲。
遥知兄弟登高处，遍插茱萸少一人。

王维（701—761），字摩诘，太原祁（今山西祁县）人。聪明早慧，开元九年（721）二十岁中进士。肃宗乾元二年（759）做过尚书右丞，人称"王右丞"。王维精通音乐和绘画等艺术，他的诗内容丰富，形式多样，山水诗尤有特点，对后世影响很大。**山东**：指华山以东。一说指崤山以东。**茱萸**：一种有浓烈香气的植物，古人有九月九日重阳节插茱萸在头上的风俗，认为可以消灾避邪。

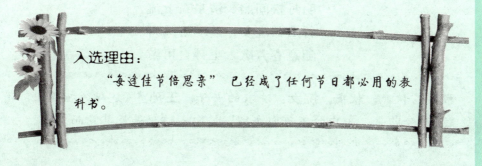

入选理由：

"每逢佳节倍思亲"已经成了任何节日都必用的教科书。

且立片论　诗的题目之下原有小注："时年十七"。可见是诗人未满二十岁的作品。王维的才华很早就显露出来了，二十岁以前已经写了不少名作。这首诗将人们常有的思乡之情，放在异乡的背景之下来写，因而产生了很有影响的共鸣效果。这就是本诗的一大特点。其实，早在《诗经》中就有表达思乡怀亲的篇章，而且也是一首抒情强烈的作品，还是作于异乡的。但是，《诗经》的篇章不为人知，更不要说节日应用引据了。究其原因，除了字词有些难懂外，就是没有浓缩精彩的名句，而"每逢佳节倍思亲"一句看似平淡，却是人生代代的情感高度凝练地表达，一个"倍"字更是聚焦之点，它能贯穿所有人的心灵。

山居秋暝

王 维

空山新雨后，天气晚来秋。
明月松间照，清泉石上流。
竹喧归浣女，莲动下渔舟。
随意春芳歇，王孙自可游。

> **秋暝**：秋晚，秋夜。**浣女**：洗衣的女子。**王孙**：《楚辞·招隐士》有"王孙兮归来，山中兮不可以久留"诗句，这里是反其意而用之。

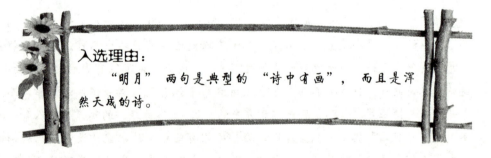

入选理由：
　　"明月"两句是典型的"诗中有画"，而且是浑然天成的诗。

且立片论　诗描写了秋天山中从黄昏到夜里（不是深夜）一段时间的景物，表达了诗人对山居生活的深爱之情。首联点地点、时令。"空山"见其广大；本已秋季，空气明净，加上雨后，更是清纯。如此境界，先已宜人。颔联为写景名句。松间月照，清泉流淌，自然景物，天然图画。苏轼曾有经典名言评价王维的诗和画："味摩诘之诗，诗中有画；观摩诘之画，画中有诗。"这两句诗就是最好的论据。王维是一个在文学、绘画、音乐等艺术方面都称得上精通的人，所以他能将不同的艺术技巧贯通运用。绘画的作色明暗、层次远近等方法自可用到写诗上来，因为很多诗是山水的审美，山水本来就有色彩明暗、远近层次。这两句的"松间"是暗色，月光透进松间，清泉在松林间的石上流淌，月映更清。作者的语言描绘看似平淡，其实这正是最高深的诗最浅显的表现。颈联点出人气，使空旷的山中有了生气。姑娘们在清月照耀下洗衣归来，嬉笑快乐之声撒满竹林；荷叶在晃动，原来是渔船悄然下行，一用有声造景，一用无声造景，有声景美，无声景亦美，都表现了山中的自然之美，更表现了作者的爱。于是尾联也自然来了。山中什么都美，不只是春天春花，春朝春晨，还有秋夕秋月，秋声秋林，四季景物都宜人，没有理由离开它。

使至塞上

王　维

单车欲问边，属国过居延。
征蓬出汉塞，归雁入胡天。
大漠孤烟直，长河落日圆。
萧关逢候骑，都护在燕然。

单车：轻车简从。**问边**：视察边疆。**属国**：属地。指归服汉族王朝的边地少数民族政权。**居延**：在今内蒙古和甘肃交界的地方。**征蓬**：自比随风飘飞的蓬草，表示行程紧张快速。**胡**：古代对北方少数民族的称呼。**萧关**：在今宁夏回族自治区固原县东南，是内地通往塞外的要道。**候骑**：侦察联络兵。**都护**：边地最高行政长官，也指同一机构。**燕然**：山名，在今蒙古国境内。这里是夸张表达唐代的边疆统治地域辽阔，并非实指。

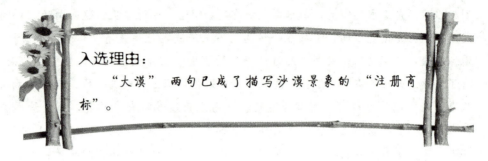

入选理由：

　　"大漠" 两句已成了描写沙漠景象的 "注册商标"。

且立片论　这首诗描写的是作者开元年间奉命到凉州等地视察的经历和观感。全诗就"大漠"两句精彩，其他没有什么值得特别称道的。两句写大漠中的景象堪称奇绝，吸引了一代又一代的读者，有着叹为观止的美誉。但是，对这两句的争议也随之而来。"孤烟"怎么会是"直"的呢？"孤烟"是什么？有人说不是烟，而是龙卷风卷起的沙，才会是直上的景观；有人说烧的是狼粪，古代的烽火就用它，烧出的烟直冲云霄，并不歪斜。注解王维诗歌的专家赵殿成引他人的看法说："或谓边外多回风，其风迅急，裹烟沙而直上，亲见其景者，始知'直'字之佳。"不管众说谁正确，或都不正确，"直"字佳是众人点头的。外物在诗人的眼中只是独特的感觉而已，各人因视角、取景、审美趣味等的不同，差异很大，很多时候是没有道理可讲的。曹雪芹肯定也很欣赏这两句，于是借香菱的口说："我看他《塞上》一首，那一联云：'大漠孤烟直，长河落日圆。'想来烟如何直？日自然是圆的。这'直'字似无道理，'圆'字似太俗。合上书一想，倒像是见了这景的。"

鹿　柴

王　维

空山不见人，但闻人语响。
返景入深林，复照青苔上。

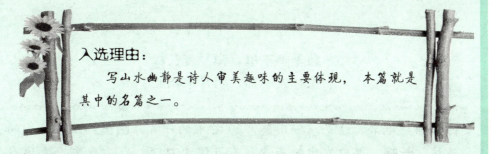

入选理由：

　　写山水幽静是诗人审美趣味的主要体现，本篇就是其中的名篇之一。

鹿

柴

且立片论　　王维自言"中年惟好静，万事不关心"，本来就有爱佛好静的基因，那是娘胎里就种下的（王维母亲信佛）。中年以后政治热情几乎淡如云烟了，虽然身在官场，却长期盘桓于终南山和辋川山水之中。由于对山林深情地爱，因此山林中的一切都被他倾注了情感，成了他的歌咏对象。连一些小地名也次第写成组诗，本篇就是《辋川集》二十首中的第二首。

　　诗虽抓住声音和色彩着笔，但都是为衬托山中的幽静而选择的景物。前两句传声，一个"响"字虽说是韵脚，但足见作者的匠心，因为空旷无人的山里，突出的特点是静，一旦有一点声音，就显得格外清楚。尽管人语不是高声喧哗，但在幽静之中就显得格外响亮。反过来说，用人语声正衬托了山林的静。"响"字是既为形式，又服务于内容所炼的字。推想作者正是闻人语而动诗情，爱"响"字而写活空山的构思，于是才有本篇的仄声押韵格局。后两句也是"诗中有画"，只用色彩，却是静色、冷色。夕阳的余晖返照射进幽深的林中，本已热力大减，又被阴凉吞噬，日光除了有亮色之外，已一无所有了。亮色正好聚焦，聚焦在何处呢？正照在青绿的苔藓上。金黄色的余晖，青绿色的苔藓，着色鲜明，自成一幅小画。还有，诗人选用苔藓，又与前两句关联。空山无人，苔藓自长自绿，才不受一点污染，才有青绿的纯色。进一步说，小诗的主题也就在这幽静无尘之中表现了，"我"爱的就是"颠倒苍苔落绛英"的远离尘嚣的自然净土。

竹里馆

王 维

独坐幽篁里，弹琴复长啸。
深林人不知，明月来相照。

> **竹里馆**：地名，这是《辋川集》20首中的一首。**幽篁**：幽深茂密的竹林。**长啸**：噘口发出的声音，有点像吹口哨。是古代文人表达自由清高的行为。

入选理由：

写山水幽静与前一篇相同，但"我"的高雅脱俗在这里却凸显鲜明。

且立片论 如果说前一首《鹿柴》中不见"我"，或者说"我"不突出，像王国维所论述的是"无我之境"，那么本篇就是"有我之境"，突出地写"我"了。当然，"我"的行为，"我"的感受都与"幽篁""深林""明月"相伴，不是空有"我"，而是处在这一环境中的"我"。于是，"我"在干什么，"我"是什么样的人，"我"欣赏什么，宣扬什么，都在短短的二十个字中充分而深刻地表现出来了。独坐幽篁，好静，而且"不可居无竹"；弹琴，情趣高雅；长啸，释放自由。我非无伴侣，明月永在，我只是远俗人，避尘世而已。

本篇的写法和《鹿柴》不同，结构也不同。《鹿柴》只是两句写声，两句写

色，是并列的结构；本篇却是前后照应的连贯结构。前面说"独"，后面说"明月来相照"，则是不"独"；而"坐""弹""啸"也是连贯而来，即使"明月来相照"似乎无"我"的动作，但事实上也是因"我"爱而相邀，仍有动作，只是心理的动不同而已。一连串动作都因"我"而来，故必须要有与"我"适应的结构。

送元二使安西

王 维

渭城朝雨浥轻尘，客舍青青柳色新。
劝君更尽一杯酒，西出阳关无故人。

> **元二**：姓元，排行第二，名字不详。**安西**：安西都护府，治所在今新疆库车一带。**渭城**：咸阳。**浥**：沾湿。**阳关**：在玉门关之南，也是古代通往西域的著名边关。

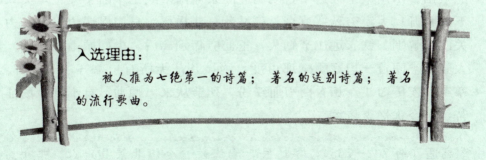

入选理由：
被人推为七绝第一的诗篇；著名的送别诗篇；著名的流行歌曲。

且立片论 朋友元二要远到安西都护府去，作者往西送他一直到咸阳，临别饯行，酒宴张罗。朋友之间情深意长，离别时说什么好呢？似乎什么也说不出，喝酒吧！再喝一杯吧！情谊尽在酒中了。此一去，道路漫漫，"平沙万里绝人烟"，出了阳关，就再也没有朋友与你相聚了。真没有朋友了吗？连相识也没有吗？不一定。但只有用这样夸张到极点的修辞，才能有抒情动人的震撼力。由于此诗抒情感伤而真挚，只痛快淋漓于酒，只极端表达于饮，因此在唐代它就很有名，影响极大，成了广为传唱的送别流行歌曲，一直传唱到后世。唱到动情处，又迭唱末句，于是此诗又有《阳关三叠》的名称。中唐诗人白居易有诗句"相逢且莫辞推醉，听唱《阳关》第四声"，叠了三次，就是第四次唱这一句了。与白居易同时代的诗人刘禹锡有诗句"旧人唯有何戡在，更与殷勤唱《渭城》"，故此诗又叫《渭城曲》。诗便于唱，还在于它的韵律很优美，适宜歌唱。清初诗人王渔洋推举了四首唐人最优秀的七绝，此诗排在第一。

燕歌行

高 适

汉家烟尘在东北，汉将辞家破残贼。男儿本自重横行，天子非常赐颜色。摐金伐鼓下榆关，旌旆逶迤碣石间。校尉羽书飞瀚海，单于猎火照狼山。山川萧条极边土，胡骑凭陵杂风雨。战士军前半死生，美人帐下犹歌舞！大漠穷秋塞草衰，孤城落日斗兵稀。身当恩遇恒轻敌，力尽关山未解围。铁衣远戍辛勤久，玉箸应啼别离后。少妇城南欲断肠，征人蓟北空回首。边庭飘飘那可度，绝域苍茫无所有！杀气三时作阵云，寒声一夜传刁斗。相看白刃血纷纷，死节从来岂顾勋？君不见沙场征战苦，至今犹忆李将军。

高适（约702—765），字达夫，渤海蓨（今河北景县）人。早年穷困，40岁后才举有道科，"安史之乱"后仕途通达，做过淮南节度使和西川节度使等官，最后任散骑常侍，人称"高常侍"。诗歌擅长七言，边塞诗较有名。**横行**：无阻挡地任意奔驰。**摐金**：敲击金属乐器，指军乐。**榆关**：山海关。**碣石**：山名，在今河北昌黎县北。**羽书**：加急的军情文书。**狼山**：狼居胥山，在今内蒙古境内。**凭陵**：仗势侵犯。**玉箸**：指思妇的眼泪。**三时**：指早、午、晚。

入选理由：

　　边塞诗是盛唐诗歌的主要内容之一，作者是最有名的盛唐边塞诗人之一，本篇就是一首边塞诗的代表作。

且立片论　　《燕歌行》是乐府旧题，本是写离别内容的。本篇是借旧题写新事，写成边打仗的复杂内容，题目只是一个用来辨认的记号而已。

　　本篇基本上是以一次战争的过程为写作顺序。每四句为一意义层次，写战争爆发、出征迎战、将帅腐化和轻敌受挫、战士思家、战阵拼杀等内容，最后两句深切地表达了对战士的哀怜之情。

　　本篇的思想性很突出，但思想倾向却有矛盾。诗中描写了将帅的轻敌骄纵、享乐腐化，不体恤战士，而战士们却不顾一切地血战，直到为国捐躯。"战士军前半死生，美人帐下犹歌舞"，形成鲜明对比，不仅唐朝如此，纵观历史长河，封建社会都如此，这是揭露社会本质的名句。战士们不顾生死，也不为功名，"死节从来岂顾勋"，这是盛唐英雄主义的张扬。但是，战争的艰苦残酷及作者的反战情绪也在诗中多处表现，对将帅的不满更为突出。结尾两句比较清楚地表达了作者的思想，怀念李广将军，因为他带兵常打胜仗，更因为他关爱士卒。

　　乐府古体诗通常比较自由地安排句子，常常是长短随意，更不讲究对偶等修辞，但本篇却句式整齐，辞藻华美，对偶句很多，明显是受唐代格律诗带来的影响。其中的"大漠"两句、"少妇"两句、"杀气"两句都是精工的对偶句式，形成了本篇整齐美的主要特色。

营州歌

高 适

营州少年厌原野，狐裘蒙茸猎城下。
虏酒千钟不醉人，胡儿十岁能骑马。

> **营州**：唐代的营州都护府，治所在今辽宁锦州西北。**厌**：满足，熟悉而习惯。**蒙茸**：形容皮毛多而松软。**虏**：古时对北方少数民族的贱称。

入选理由：

最生动地反映边民生活和风俗习惯的边塞诗。

且立片论 这是一首古绝。所谓古绝，就是不讲究平仄格律，只是每句的字数相等，韵脚安排也像绝句，但多押仄声韵。本篇"野"、"下"、"马"押韵，都是仄声字。从这一形式就可以推论出作者的构思表达与内容密切相关，原野、骑马正是当地民族的突出特点，诗就是要抓住这些突出的特点来写，押韵的字也因此而确定，由此可见形式和内容相辅相成的关系。

边塞诗有一大类就是写边民的生活习俗。本篇是写东北边地民族的淳朴古风及世代相沿的习俗。首先是观察细致，然后是抓大的特点来写。第一句写环境，城下就是草原；第二句写衣着，边民多穿兽皮，于是紧扣打猎；第三句写酒，是

边民所酿之酒，"千钟不醉人"，大概如同现今某些少数民族所酿造的青稞酒那样；第四句写骑马，小孩子都能熟练骑马。句句不空下，句句都是边民的习俗特点。从这些特点之中透露出他们的自豪和快乐，诠释了他们世代繁衍生息的全部过程，像一幅风俗画一样永远陈列在历史的镜框之中。

本篇虽短而特点不少，写作上很有可借鉴的优点。一是观察生活，抓住大的特点写，并不方方面面全写。一个草原大背景下只写游猎骑射和饮酒豪气，这就够了，画面就已经生动、形象、突出了。二是结构浑然一体，第一句写原野上的少年，最后一句写十岁少年骑马，不但不重复，呼应还更紧密。第二句也离不开原野，离不开骑马；第三句说酒，酒是为骑马射猎添豪情的，所谓"酒醉英雄汉"是也，还是离不开原野，离不开骑马，又与第四句形成自然对仗，就更显非凡气概。四句虽各写局部特点，却全部紧连在一个整体之中。三是夸张适度，特别是"虏酒"一句。由于有其独特的酿造特点，和汉民族所酿之酒很不相同，因此用"千钟不醉"正有"燕山雪花大如席"的真实依据。四是语言既流畅又精练，一个"厌"字虽然让现代人读起来感到有些费解，但用其古汉语意义在此却非它不美。它的词义都突出了"饱"、"足"、"满"等内涵。营州少年，还有他们的祖祖辈辈、子子孙孙的全部历史都在一字之中见精彩了。

别董大

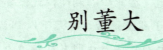

高 适

千里黄云白日曛，北风吹雁雪纷纷。
莫愁前路无知己，天下谁人不识君。

> 曛：光线暗，昏黑。

入选理由：

送别诗往往流于感伤，但本篇却让远行的朋友充满自信，期待享受前程的快乐，这就是该诗的别具一格之处。

且立片论 众所周知，唐诗是中国诗歌的顶峰。顶峰是由土石层累而成的，如果把好诗比作那些巨石厚土，那么是哪些巨石厚土累成了顶峰呢？南宋著名诗歌评论家严羽说过："唐人好诗，多是征戍、迁谪、行旅、离别之作，往往能感动激发人意。"（《沧浪诗话·诗评》）这是抓住情感立论，诗的灵魂是情感。唐代的离别诗作就奇峰迭出，精彩纷呈，前代无可企及，后代也只有望尘。

本篇写离别，不仅没有悲愁感伤，而且还是一派豪言壮语，让离别之人感觉自己像是去奔赴光辉的前程一样。诗首先写了送别的时间和季节特点，前两句未见新奇，黄昏时分，北风阵阵，雪花纷飞，北雁南去，还多少让人触景生情，有些沉重压抑之感。随后两句一下振起精神，全扫阴霾，大放光明。可见作者是先抑后扬，前面铺垫，反衬后面，用笔的重点全在结尾两句。这两句与王勃的"海内存知己，天涯若比邻"相比，更是夸张写到极点。王诗是宽慰朋友，是说只要心中有朋友，天涯海角都不算远，彼此心心相印，就像邻居那样亲近，还仅限于朋友之间而言。而本篇却超越了朋友说话，以天下人都认识你，仰慕你，爱你，都是你的知己立论。以如此博大的壮怀来让朋友自信，为朋友壮行，这是可以让任何离别的人都感受到鼓舞的态度。语言文字就是这样神奇地在作者手中飞舞，想象真的可以来自天外，主体意识的强烈膨胀完全可以让"万物皆备于我"。因此此诗虽与王诗是同一思致，受其启发不虚，但却更有独创性。如果说王诗是勉励朋友前行，那么本篇就是推动朋友前行，是用虚拟却又迷人的锦绣前程让朋友奔跑着前行。

白雪歌送武判官归京

岑　参

北风卷地白草折，胡天八月即飞雪。

忽如一夜春风来，千树万树梨花开。

散入珠帘湿罗幕，狐裘不暖锦衾薄。

将军角弓不得控，都护铁衣冷难着。

瀚海阑干百丈冰，愁云惨淡万里凝。

中军置酒饮归客，胡琴琵琶与羌笛。

纷纷暮雪下辕门，风掣红旗冻不翻。

轮台东门送君去，去时雪满天山路。

山回路转不见君，雪上空留马行处。

> 岑参（约715—770），南阳（今属河南）人。天宝进士，长于七言歌行，所作善于描写塞外风光，气势豪迈。与高适齐名，并称"高岑"。有《岑嘉州诗集》。**白草**：北方边地生长的一种草，秋天干熟时变白。**衾**：被盖。**都护**：守边的地方长官。**瀚海**：大沙漠。**阑干**：纵横的样子。**惨淡**：昏暗。**中军**：主帅，这里指主帅的帐幕。

入选理由：

　　咏物诗、送别诗、边塞诗结合的名篇；"忽如"两句奇妙的比喻已成为永恒的经典。

白雪歌送武判官归京

且立片论 咏物诗主要就是描写"物"的特征和个性,本篇写西域高寒地带的雪,可以说是传神写照了,因此它成为咏物诗的佳作。本篇自始至终都不离西域边地的雪,是由标题决定的,因此此诗又是紧扣题目在写。

但是,本篇的重点不是写雪咏物,而是送别朋友,因此它又是一首送别诗。送别叙事很有层次,写了很多送别朋友的内容,如雪中送别,西域的雪中送别,成为送别诗的突出特点;同时诗人又是在边疆西域送别,写的是边疆景物,因此它又符合边塞诗的定义,成为一首边塞诗的佳作。

不过最值得称道的是诗中所用的比喻,真是设想新奇,恐怕只有见过北方的大雪之后,才能感受到如同千万树梨花开放的景致。"忽如一夜春风来,千树万树梨花开"两句,不仅形象鲜明,我们还要特别赞美诗人的独特感觉,是他独特的感觉才有了如此前无古人的新奇创作。还有,诗中描绘的雪景让人醒目,天寒地冻让人惊心,尤其是那冻硬的红旗形象,竟然风吹它都不翻动了。诗人写离别之情也恰当地借用了雪景,情之不尽如雪路山峰。这不禁让人想起李白送孟浩然的诗句"孤帆远影碧空尽,惟见长江天际流",与本篇结尾"山回路转不见君,雪上空留马行处"两句比较,同样情深意长,久久凝望,只是江水雪山,异曲同工而已。

走马川行奉送封大夫出师西征

岑 参

君不见走马川,雪海边,平沙莽莽黄入天。
轮台九月风夜吼,一川碎石大如斗,随风满地石乱走。
匈奴草黄马正肥,<u>金山</u>西见烟尘飞,汉家大将西出师。
将军金甲夜不脱,半夜军行戈相拨,风头如刀面如割。
马毛带雪汗气蒸,<u>五花</u> 连钱旋作冰,幕中草檄砚水凝。
虏骑闻之应胆慑,料知短兵不敢接,<u>车师</u>西门伫献捷。

走马川行：即走马川歌、走马川曲的意思。走马川即今新疆车尔成河。**封大夫**：封常清，以前曾任御史大夫。**轮台**：今新疆轮台县。有人认为唐代的轮台实际在今乌鲁木齐一带。**金山**：即阿尔泰山。**烟尘飞**：指战事发生。**五花、连钱**：都指斑驳的毛色。一说指名贵的马。**草檄**：指起草讨伐敌人的文书。**车师**：安西都护府所在地，即今新疆吐鲁番。

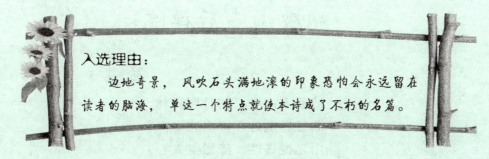

入选理由：

　　边地奇景，风吹石头满地滚的印象恐怕会永远留在读者的脑海，单这一个特点就使本诗成了不朽的名篇。

且立片论　尽管也写边塞战事，人物也是汉军将士，但本诗能成为边塞诗的名篇，还在于本诗中描写的边地奇景，有些是在内地难以想象的奇景。一开篇诗人就给我们描绘了轮台边地不同寻常的景象：大雪冰川，黄沙漫天，令人瞠目结舌的更是大风，连酒斗一般大小的石头也被吹得满地滚动。虽是夸张，却有其真实的地理依据，当地的风实在太大。最能证明的是现在连火车都会被风刮翻。多么力大无穷，令人恐怖的风啊！有时它又会变成寒冷割脸的刀，它还可以让热气蒸腾的马汗立即变成冰，顷刻之间将墨水冻得坚硬。写风是本篇最大的奇特之处，其次是寒冻。前人几乎众口一词地说岑参的边塞诗写得"奇"，奇景、奇思、奇语等等，甚至还有人称赞他的诗歌神奇得超越了杜甫。清人毛先舒说："嘉州'轮台'诸作，奇姿杰出，而风骨浑劲，琢句用意，俱极精思，殆非子美、达夫所及。"本篇写的奇景、严寒的天地等还是为出征打仗服务的，是为主题服务的。尽管冰天雪地，但"我军"还是无所畏惧，照样果断上阵，这样的军队当然战无不胜，必定会马到成功。前写环境，事实上反衬了后面"我军"的英勇，更让封将军点头赞赏。

难忘
经典

这首诗歌的押韵也很有特点，三句换一个韵，换韵与意义层次自然联系。在古代诗歌中一般换韵都在偶数句处，或两句，或四句，或八句等，很少见在奇数句处换韵，这样整齐的奇数句的换韵几乎没有。作者这样换韵当然不是为了标新立异，而是与内容的奇特景象、战事的紧张、行军的急迫等密切相关，因此节奏短促而紧密。

题破山寺后禅院

常　建

清晨入古寺，初日照高林。
曲径通幽处，禅房花木深。
山光悦鸟性，潭影空人心。
万籁此俱寂，惟闻钟磬音。

常建，生卒年不详，长安（今陕西西安市）人。开元十五年（727）进士。曾做过地方小官，后隐居。诗作每有佳句，意境淡远。**破山寺**：又名兴福寺，在今江苏常熟虞山北麓。**磬**：一种打击乐器，寺庙中常用。

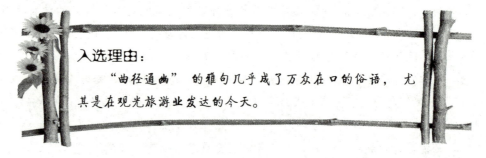

入选理由：

　　"曲径通幽"的雅句几乎成了万众在口的俗语，尤其是在观光旅游业发达的今天。

且立片论　从入寺前到寺中，再到寺后诵经处，作者纯以空间为序，线索清楚。

前两句写入寺前所见景象。三四句写进寺中，小径弯曲，花木繁荣，但还未到禅院。五六句呼应一二句，写晴日寺中景象，鸟语悦耳，但更在潭影的感受。佛门称空门，空去一切尘念。"空"字为诗眼，写出入寺的主观动机，又在结构上勾住尾联，突出主题。尾联两句思想最深，用景语钟磬之声音作结，更是自然切合，有余音袅袅的余韵。听了寺庙的诵经之声，便有出尘的念头，悦佛之意宛然可寻，其他的景致都是陪衬。因此，诗中还有一个空间变化很有意思，从外物空间到内心，而重在内心的预期与外物的回应，聚焦在心灵净化的结尾。诗的有些地方其实写得太露，如"空人心"三字连在一起，就成了俗人常讲的"好像把我的肺腑都洗干净了一样"。

峨眉山月歌

李　白

峨眉山月半轮秋，影入平羌江水流。
夜发清溪向三峡，思君不见下渝州。

李白（701－762），字太白，出生于碎叶城（今吉尔吉斯斯坦境内）。5岁时随父迁居绵州昌隆（今四川江油）青莲乡。25岁时离开蜀地，"辞亲远游"。天宝初年受诏到长安，为供奉翰林，不久就被排挤出京，继续其漫游写作的生活。"安史之乱"时曾为永王李璘的幕僚，受牵连被流放夜郎（今贵州境内），但在中途遇赦返回。几年后卒于当涂（今安徽境内）。他的作品天风海雨，奔放雄奇，风格独特，对后世影响很大。今存诗900多首。**平羌江**：即青衣江，在乐山与岷江合流。**清溪**：即四川犍为境内的清溪驿。**三峡**：长江三峡。**渝州**：今重庆一带。

入选理由：

　　月亮是朋友，表现了李白独特的情怀，最难离别的竟然是"她"。这是诗人青年时代的作品，一出手就不同凡响。

且立片论　李白在蜀中生活了20年，这是决定出峡远游时写的，很可能就是作于行程途中。离别亲人固然让人留恋，离别故土，特别是深爱着的山水，也是让人难舍难分的。李白从早年开始就爱月亮，写这首诗就是表达了他留恋故乡山水、故乡的月亮的情感。李白写过不少将月亮人格化的作品，这一首也如此。标题是"峨眉山月"，峨眉山的月亮因山秀美而可人。峨眉山洗象池的月景就是一大名胜，娴静秀美，至今吸引游人。诗人所思之"君"是谁？正是峨眉山的月亮，峨眉山月，如一个含情脉脉的女子，将要告别了，什么时候再相见呢？多美妙的想象！从这一点可以看出诗人早期之作已是思入风云，不同凡响了。这首诗还有一个预示李白诗歌创作不同凡响的特点，那就是一首小绝句竟连用了五个地名，一般说这是写诗忌讳的。本篇却没有滞碍堆砌之感，反倒有如顺水行船般的流畅，不得不让人佩服诗人驾驭语言的能力。

送友人

李　白

青山横北郭，白水绕东城。
此地一为别，孤蓬万里征。
浮云游子意，落日故人情。
挥手自兹去，萧萧班马鸣。

郭：外城。**孤蓬**：蓬草遇风吹散，飞转无定，诗人常用来比喻游子漂泊。**征**：行。**兹**：此，现在。**萧萧**：马鸣声。**班马**：离群的马。

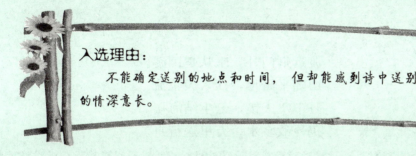

入选理由：

　　不能确定送别的地点和时间，但却能感到诗中送别的情深意长。

且立片论　　可能这是诗人早期在蜀中交友游历之作，"白水"一句很能切合四川沱江边的城镇特点。另外，诗中所表达的依依惜别之情淳朴真挚，似乎是青年人的情感特征。还有更重要的一点，朋友一旦离开之后，就要到遥远的万里之外了，朋友所去的地理位置有远在天涯的感觉，这是蜀中送别远行最突出的感受，因为蜀中山水阻隔，出蜀去考试、为官、谋生的确都在万里之外了。

　　诗句的意义很好解释，写了送别之地的地理环境之后，就缠绵在难舍难分的情谊之中了。朋友可能是只身远行，这就更加让人挂念，"孤蓬"的比喻牵动情思；挥手就告别了，"班马"离群了，朋友走了，一切景象都让人无限惆怅。朋友离去之后，信息难通，人就像漂泊的流云，不知漂向何处，可是朋友的情谊却一直相随到远方，黄昏送别的眼神永远印在心里，又是一个黄昏了，朋友你在哪里？你还好吗？

渡荆门送别

李　白

渡远荆门外，来从楚国游。
山随平野尽，江入大荒流。
月下飞天镜，云生结海楼。
仍怜故乡水，万里送行舟。

荆门：山名，在今湖北省宜都市西北，长江南岸，隔长江与虎牙山对峙，战国时属于楚国。**海楼**：海市蜃楼。

入选理由：

　　故乡让诗人难舍难分，故乡水竟成了万里送别的朋友，真是想象优美而奇特的诗篇。

且立片论　李白在蜀中度过了童年和青少年时代，整整20年时光。25岁离开，"仗剑远游"。这首诗就是出蜀后到达荆门时所写的开始远游的感受。首联说离家乡已经很远，到了当年的楚国境内了。两句在全诗中没有深意，只叙而已，但"远"字遥呼着尾联的"故乡水"和"万里"；颔联写景壮阔，向来被称为名句。两句所写，有阔大的空间立体感和漫长时间的行进感，写出了乘船沿江而下，经过无数的山山水水，穿过断岸千尺、高耸入云的三峡，最后来到"极目楚天舒"的江汉平原，崇山峻岭一下消失，唯有滚滚奔腾而来的长江气势不减，但已变成浩荡开阔的"大江"的全部景观；颈联想象奇特而美妙，将月亮比作天上的一面

圆镜，它还飞落而下，掉进了长江里，其实那只是水中的月影而已。江面上升起浓淡相间的水雾，那真似海市蜃楼出现了。诗人的感觉独特，这样表达最能引起读者的兴趣。不过想象最奇特的还在尾联，诗题为《渡荆门送别》，谁给谁送别呢？诗人是送人还是被送？从诗歌的内容来看，根本不能索解。因此唐诗专家沈德潜认为"诗中无送别意，题中二字可删"（《唐诗别裁集》）。怎么能随便删去"送别"二字呢？原来沈德潜犯了智者之失，二字是绝不能删的，因为是故乡水在远送诗人。长江从蜀中流出，尽管已到万里之外的荆门，但她还在依依不舍地送别，多可爱的故乡水呀！将水人格化，赋予她深情，实是诗人的乡情，是对生活了20年的故乡难舍之情的转移。有了这一转移，诗歌的生命一下就灵动飞腾了。李白早期就是这样感物，这样造语的，后来的不凡于是便有根了。

黄鹤楼送孟浩然之广陵

李 白

故人西辞黄鹤楼，烟花三月下扬州。
孤帆远影碧空尽，惟见长江天际流。

黄鹤楼：在今湖北武汉市。**广陵**：今江苏扬州市。

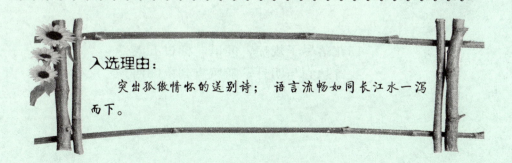

入选理由：
　　突出孤傲情怀的送别诗；语言流畅如同长江水一泻而下。

111

且立片论　孟浩然比李白大十二岁，算是他的前辈。这首诗大概作于开元十六年（728），是诗人"酒隐安陆，蹉跎十年"的时期。在湖北境内，前辈诗人孟浩然的名气很大，李白对他十分崇敬。在另一首诗中称他为"孟夫子"，景仰如高山，对他"红颜弃轩冕，白首卧松云。醉月频中圣，迷花不事君"的清高自由非常向往。不向帝王称臣，这是多么的洒脱高傲，与李白的"我辈岂是蓬蒿人"、"安能摧眉折腰事权贵"的高傲性情完全切合。有这样的切合，才会有惺惺相惜的深挚感情，才能让感情在生活的每一个时刻自然流出，浸润在任何场景之中。

　　孟浩然在一个繁花似锦的季节要到令人神往的扬州去，仅此就牵动了李白的心灵，所以在送别的时候那眼神一直随之而去，一直到"孤帆远影"消失在天的尽头。这不是一般的旅游，也不是一般的送别，而是个性张扬的人生价值宣言，目空一切的送别。为什么这样讲？末两句表层似乎是写深情不舍，似乎只有朋友情谊可解，其实不然，那个"孤"字就大有文章。"孤芳自赏"、"孤高"、"月轮孤"、"天才和圣贤总是孤独的"。这些词句的对立面是"芸芸众生"，是"俗人"、"俗物"。而李白眼中只有"孤帆"，因为长江上来来往往的船只他是视而不见的，那些都是俗人俗物，其实长江上绝不可能只有孟浩然的一条船行驶，一个"孤"字，将李白与孟浩然相同的性情形象地道出。

闻王昌龄左迁龙标遥有此寄

李　白

杨花落尽子规啼，闻道龙标过五溪。
我寄愁心与明月，随风直到夜郎西。

左迁：贬官。**龙标**：今湖南黔阳。**子规**：杜鹃。**五溪**：今湘西一带，即辰溪、酉溪、雄溪、横溪、沅溪。**夜郎**：今湖南沅陵的夜郎，不是今贵州铜梓的古夜郎国。

入选理由：

　　月亮既是朋友间的中介，还不如把它也当做朋友来沟通交流情感，于是对朋友的关爱都在月亮中了，其想象和表达的独特让人难以企及。

且立片论　　《新唐书·文艺传下》说王昌龄"不护细行，贬龙标尉"，看来王昌龄贬到遥远的边地去做县尉实在是由于他本人的性情所致。诗题有"遥寄"字眼，可见李白与他并未见面，看来遭贬来得突然而迅速。不过朋友的感情是不能用是非来了断的，不管他因什么原因而遭贬。那么用什么来和忧伤痛苦中的朋友交流呢？安慰有时是苍白无力的，于是诗人调动奇想，想到了天上有灵的明月，"她"虽无语无声却能时刻伴随着朋友，"她"其实就是诗人的朋友。由朋友来帮助朋友可亲可近亦可信赖。托朋友转告朋友什么呢？心中的无限思绪就浓缩成"愁心"两个字，与朋友的愁心息息相关，这就是最直接最明白的同情和安慰了。明月知我心，"她"会把"我"的愁心全部告诉朋友，在朋友孤独的旅途之中，一直有"她"相伴，朋友就不再孤独了。全诗就活在以明月寄情的想象之点，因此成为名作。末两句有人解作"我寄愁心和明月"，将"愁心"和"明月"并列看待，是不妥的，应解为"我寄愁心给明月，明月带着它随风……"这样解读就是"明月千里寄相思"的模式，这样的模式在古典诗词中常见，如《春江花月夜》中的"愿逐月华流照君"，明月实际上是沟通两地情感的中介，无论那份情感是爱情还是友情、亲情，无论是喜悦还是悲愁。

长干行

李 白

妾发初覆额，折花门前剧。郎骑竹马来，绕床弄青梅。

同居长干里，两小无嫌猜。十四为君妇，羞颜未尝开。

低头向暗壁，千唤不一回。十五始展眉，愿同尘与灰。

常存抱柱信，岂上望夫台。十六君远行，瞿塘滟滪堆。

五月不可触，猿声天上哀。门前迟行迹，一一生绿苔。

苔深不能扫，落叶秋风早。八月蝴蝶黄，双飞西园草。

感此伤妾心，坐愁红颜老。早晚下三巴，预将书报家。

相迎不道远，直至长风沙。

长干：地名，在今江苏南京市附近。**初覆额**：还是儿童时。**剧**：游戏。**竹马**：将竹竿放在胯下当马骑。**抱柱信**：古代有一个叫尾生的男子与女子约定在桥下相会，结果女子还未到时就涨水了。尾生为了表示诚信守约，宁肯被水淹也不离开。**瞿塘滟滪堆**：长江中的暗礁，今已不存在。这里指旅途的危险。下句的"触"就是说不能碰这礁石。**三巴**：巴郡、巴东、巴西的总称，在今四川东部地区。**长风沙**：长江边上的地名，在今安徽境内。

入选理由：

"两小无猜" "青梅竹马" 的纯真发展而来的爱，专一深情。矢志不渝的相思等待是人世间最美满的夫妻的诗歌。

且立片论 这是一首乐府诗，叙述了一个美好的爱情故事。诗从女子的角度叙述，完全由她的视角转换和心理变化安排意义层次。先写女子和男子还是儿童时的情状，青梅竹马，两小无猜，沉浸在玩耍的快乐之中。渐渐地"我"长大了，情窦初开了。十四岁时做了新娘，但还娇羞得"低头向暗壁，千唤不一回"，这两句太形象生动，简直将少女的羞涩活灵活现地表现出来了。以上的部分是诗歌最为精彩之处，是永恒的文学形象。接着"我"履行了少妻的职责，并且决心永远相爱，却没想到仍会有夫妻分离的一天。然后写男子远行，远到道路艰难的三峡、四川等地，"我"体会了离别的痛苦，只有默默地祝愿丈夫平安。更痛苦的是丈夫走后就无消息，时间在寂寞中熬煎。秋天又来了，蝴蝶双双飞来，"我"更加感到孤独，难道就这样守空闺吗？难道就这样让青春消亡吗？唉！人生竟是如此无奈。诗的最后部分写出了"我"等待的信心。"我"坚信丈夫将会归来，而且就在不远的将来，家书眼看着就要到了，"我"要远到长风沙去迎接他。

望庐山瀑布

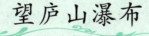

李　白

日照香炉生紫烟，遥看瀑布挂前川。
飞流直下三千尺，疑是银河落九天。

难忘
经典

香炉：庐山上的高峰香炉峰。

入选理由：

巧妙运用幻觉表达的写景名篇；苏轼认为是古今咏庐山瀑布的最佳诗篇。

且立片论 《望庐山瀑布》同时写有两篇，一是有"海风吹不断，江月照还空"名句（这两句唐代的人已经称赞不已）的五言古诗，一是本篇。写作的具体年代不清楚。

第一句写太阳照在香炉峰上，山光岚气呈现出红紫的颜色。这一句已经把朝阳初照的山色写得很鲜活了，当然，它在全诗之中并不重要，只是形象写景的开头而已。第二句就神思飞动，一个"挂"字用得多有生气，多新鲜，再连上"前川"，川即河流，就成了从高处流下的瀑布，好像是前面挂着的一条河了。"前川"决不能解成"前方"，解成"前方"就成了死句，就不是李白诗了。另一首五古中亦有"挂流三百丈"的句子，可以证明。第三句气势飞动，夸张渲染，是李白常有的表达，也是其诗歌风格的主要特点。第四句想落天外，庐山瀑布真的从天外飞落下来了。这是幻觉的巧妙运用，将根本不存在的幻象和真实沟通，才有此独创。另一首五古也有"初惊河汉落，半洒云天里"的句子。这一句是全诗最精彩，最有价值的一句。难怪连大才子苏东坡也赞赏它，说"帝遣银河一派垂，古来惟有谪仙词"，把另一个写庐山瀑布的中唐诗人徐凝的诗句"千古长如白练飞，一条界破青山色"贬为"恶诗"。这样将天上和人间具体对应来写的构思表达，一直对后人产生影响，郭沫若《天上的街市》中都还有印痕。

关山月

李　白

明月出天山，苍茫云海间。
长风几万里，吹度玉门关。
汉下白登道，胡窥青海湾。
由来征战地，不见有人还。
戍客望边邑，思归多苦颜。
高楼当此夜，叹息未应闲。

白登：山名，在今山西大同东北。**青海**：青海湖。**戍客**：指守边打仗的战士。**"高楼"两句**：指内地高楼上的思妇的思念叹息是不会停止的。

入选理由：

　　边塞诗需要写得具体，但本篇却大笔勾画，似乎想概括历史，其写法真是别致，这正是诗人诗歌创作的主体风格。

且立片论　这是用乐府旧题写的一首边塞诗。开头四句雄浑莽苍，景象阔大，语言又极为洗练，是历来受人称道的名句。诗人先大笔将广远的边塞之地作了勾描，月照天山边地，大风猛烈劲吹，从玉门关直到新疆的大片边地都在风吹月照之下，让人先感到一些冷意。这样写很能代表诗人的风格，雄奇刚健。将辽阔的边地沙场背景展现之后，就换为时间展现厮杀的双方：汉和胡，从西周到唐代都存在着的主要敌对双方。仅两句就把整个边地战争史概括了，而且并未说谁胜谁负，似乎还偏在汉军败的重点上，因为当年刘邦在白登山被匈奴围困，最后是比较狼狈才逃回的。两句也写得很有精神。然后点出主题：从古到今的战争都是无所谓胜负的，只有死伤累累才是真实的；战争是泯灭人性的，因为它让无数的家庭妻离子散，给人们带来了无限的悲伤和痛苦。最后四句概括边地的战士们和内地的妻子们的思念痛苦，战士们厌战思家，妻子们厌战盼归。

　　诗歌虽然很能体现李白的创作风格，但学习前人的优秀之作仍是本篇的一大特点。南朝文人徐陵写有《关山月》，前四句是："关山三五夜，客子忆秦川。思妇高楼上，当窗应未眠。"徐陵又是受曹植《七哀》诗的影响，曹诗前四句是："明月照高楼，流光正徘徊。上有愁思妇，悲叹有余哀。"李诗便是吸收了两者的优点而作。

将进酒

李　白

　　君不见黄河之水天上来，奔流到海不复回！君不见高堂明镜悲白发，朝如青丝暮成雪！人生得意须尽欢，莫使金樽空对月。天生我材必有用，千金散尽还复来。烹羊宰牛且为乐，会须一饮三百杯。岑夫子，丹丘生，将进酒，杯莫停。与君歌一曲，请君为我侧耳听：钟鼓馔玉不足贵，但愿长醉不愿醒；古来圣贤皆寂寞，惟有饮者留其名。陈王昔时宴平乐，斗酒十千恣欢谑。主人何为言少钱，径须沽取对君酌。五花马，千金裘，呼儿将出换美酒，与尔同销万古愁。

将进酒：请喝酒。会：聚会，相逢。一说是应当的意思。岑夫子：岑勋，作者的朋友。丹丘生：元丹丘，作者的朋友。钟鼓馔玉：指富贵人家豪华奢侈的生活。陈王：曹植。平乐：楼名。曹植有诗句"归来宴平乐，美酒斗十千"。欢谑：欢乐戏耍。五花马：名马。将出：取出。

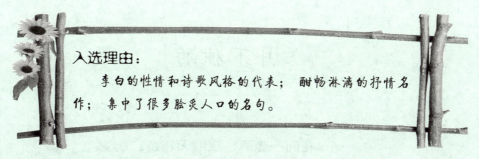

入选理由：
　　李白的性情和诗歌风格的代表；酣畅淋漓的抒情名作；集中了很多脍炙人口的名句。

且立片论　这是乐府旧题诗歌。这首诗的写作年代有几说：传统的说法是作于天宝三年（744）春天后不久，这一年春天李白被排挤出了京城；现在很多人认为应是作于开元十八年（730）作者第一次进京失意之后；还有人认为作于开元二十一年（733）作者在嵩山元丹丘隐居处与之相会时。诗写于人生失意时是可以肯定的，既然还有"天生我材必有用"的十分自信，恐怕后说是可以依据的。

　　诗歌一气唱完，没有降下一点腔调，一直高亢洪声。诗歌所表现的人生是悲凉的、短暂的，所以应该及时行乐，尽情痛饮，正如诗人在另一首诗中说的"三百六十日，日日醉如泥"那样。尽管消极，但它震撼人心的力量却是巨大的，因为任何人都得承认人生短暂的事实，加上诗人极其夸张的抒情表达，"朝如青丝暮成雪"的令人惊叹，早晨还是一头黑发，晚上就变成了白发苍苍，竟将违背事理与科学的事物写成了真在眼前的一样。另外，尽情地找寻快乐也是刺激感染人的因素，特别是对那些处在人生低潮，受挫折的人而言。连明末的皇帝也说"万事不如杯在手，一生几见月当头"呢。因此，在诗歌尽情写喝酒的快乐地助推下，可以肯定有些人真的就照着那样做了。"天生"两句也是震撼人心的句子，不过那是让人放飞自信的句子，是充分展现做人的快意的句子，哪怕是生活在虚想之中也是叫人痛快的，"古来圣贤皆寂寞，惟有饮者留其名"两句封住了还想为人生说上一点什么的人的口，摧毁了还有些犹豫徘徊的人的心理防线，让一切为酒，一切都可换酒，尽情地喝酒成了不可置疑的绝对原则。

在古代，特别是六朝人有不少为酒唱赞歌的名言，但大多还表达得优柔含蓄，只有刘伶《酒德颂》的痛快可以和本篇媲美。

月下独酌

李 白

花间一壶酒，独酌无相亲。
举杯邀明月，对影成三人。
月既不解饮，影徒随我身。
暂伴月将影，行乐须及春。
我歌月徘徊，我舞影零乱。
醒时同交欢，醉后各分散。
永结无情游，相期邈云汉。

> **成三人**：明月和我以及我的影子一共三人。**既**：且。**徒**：空。**将**：和。**及春**：充分利用春天。也含有及时行乐的意思。**交欢**：一起欢乐。**无情**：忘却尘世情感。**相期**：相约。

入选理由：

充满奇思妙想，万物都是诗人的奴隶或朋友，无情者皆有情，天上地下任其驰骋，任其痛快抒情。

且立片论 月下独酌，本是寂寞的，但诗人却运用丰富的想象，把月亮和自己的身影凑合成了所谓的"三人"，场面一下便热闹起来了。独饮喝闷酒一下就变成了朋友聚会，仿佛让我们听到了碰杯喧哗的笑声。诗人的想象真是海阔天空，信手拈来就是妙笔。月是诗人的朋友，将其人格化已是早期诗歌创作的一大特征，但是，将影子也当做朋友本篇却是首创。不过我们要看到诗人妙想的背后，在似乎快乐的心灵深处其实潜藏的是孤独无语的痛苦，是对现实的不满和苦闷。

诗应该是作于长安失意之后（有人认为作于天宝三年春天），"宫中妒杀人"的深切感悟之后，诗人才真正感到了孤独。原来高层政局、官场并非想象中的那样可以让自己尽情贡献自己的才能，也并非坦诚直率就能大济苍生，实现理想。杜甫是了解李白的，他在《梦李白之二》中说："冠盖满京华，斯人独憔悴。"诗人是孤独的，京城没有他的位置。然而我们看到的李白的确不是悲天悯人，只知道抱怨的人，而是即使心情苦闷也能自我排遣，并且找到适合自己性情的方式痛快排遣。这就是本篇不同寻常之处。

即使他知道月和影都是空幻，不能成为知心朋友，但在难以找到知音的现实中，还不如虚幻的朋友来得真实，可以寄托。于是诗的结尾处再发妙想，要和影子、月亮永远自由地遨游在太空，化苦闷为无穷的快乐。

月下独酌

静夜思

李 白

床前明月光，疑是地上霜。
举头望明月，低头思故乡。

入选理由：

传诵千古的思乡夜曲。

且立片论 这首诗不知是什么时期的作品，也不知所思之故乡在哪里，但它却因乡情浓郁感人而成为千古名句。

诗的写法和风格都有可说之点。从形式上看，这是一首五言绝句，但它却前后失粘，平仄也多有不合，因此还是应将之看成是诗人不受约束，天然随性的创作，不能拘泥于形式，其实这正是李白的作品特征。其次，绝句的要求是尽可能不重复字词，除非是有意反复修辞，但本篇二十个字就有六个字重复，特别是两用"明月"，这也是诗人不拘的特点。标题有"思"字，内容中又见"思"字，今人所讲究的写作要藏字，也让李白见笑了。从风格上看，这首诗很美。诗中只有月光如霜，只有抬头望、低头思，但却将思绪牵缠写得朦胧不定，极具含蓄之美。沈德潜评论说："百千旅情，虽说明却不说尽。"不说尽正是含不尽之意见于言外的境界。由此想到李白另一首极尽含蓄之美的五言绝句《玉阶怨》："玉阶生白露，夜久侵罗袜。却下水晶帘，玲珑望秋月。"还是望月，还是只望而不言，为什么久

久望月不言？我们只能感到那望眼深情动人，可能是一个闺中女子的相思，其他就一概不知了。李白虽有感情奔放、痛快淋漓的诗歌风格，但也有这样含蓄深沉耐人寻味的小品。可见"大诗人"必须是风格多样造就的，没有丰富和多样，怎能冠以"大"呢？

蜀道难

李 白

噫吁嚱，危乎高哉！

蜀道之难，难于上青天。

蚕丛及鱼凫，开国何茫然！

尔来四万八千岁，不与秦塞通人烟。

西当太白有鸟道，可以横绝峨眉巅。

地崩山摧壮士死，然后天梯石栈相钩连。

上有六龙回日之高标，下有冲波逆折之回川。

黄鹤之飞尚不得过，猿猱欲度愁攀援。

青泥何盘盘，百步九折萦岩峦。

扪参历井仰胁息，以手抚膺坐长叹。

问君西游何时还，畏途巉岩不可攀。

但见悲鸟号古木，雄飞雌从绕林间。

又闻子规啼夜月，愁空山。蜀道之难，难于上青天！

使人听此凋朱颜。

连峰去天不盈尺，枯松倒挂倚绝壁。

飞湍瀑流争喧豗，砯崖转石万壑雷。

其险也如此，嗟尔远道之人胡为乎来哉！

剑阁峥嵘而崔嵬，一夫当关，万夫莫开。

所守或匪亲，化为狼与豺。

朝避猛虎，夕避长蛇，磨牙吮血，杀人如麻。

锦城虽云乐，不如早还家。

蜀道之难，难于上青天！侧身西望长咨嗟。

蚕丛及鱼凫：都是古蜀国的开国君王。**太白**：山名，在今陕西眉县东南。这一句说蜀地被西面的太白山阻挡，只有鸟路可通。**六龙**：传说羲和驾着六条龙拉的车载着太阳在空中运行。**回日**：太阳经过这里都要迂回而行。**标**：这里是山巅的意思。**青泥**：山岭名，在今陕西略阳西北，是入蜀的要道。**参、井**：都是天上星宿名，对应地上是蜀和秦的分野。**膺**：胸。**喧豗**：轰鸣声。**砯崖**：水冲击岩石发出的巨大声音。**剑阁**：这里是指剑阁栈道，遗址在今四川剑阁县北。**"一夫"两句**：用《剑阁铭》的话形容此地险要。**匪**：非。

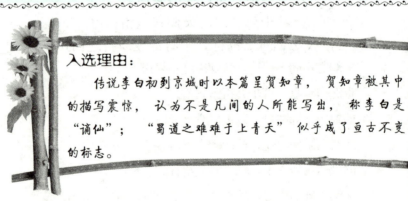

入选理由：

　　传说李白初到京城时以本篇呈贺知章，贺知章被其中的描写震惊，认为不是凡间的人所能写出，称李白是"谪仙"；"蜀道之难难于上青天"似乎成了亘古不变的标志。

且立片论　李白在蜀中生活了二十年，他已经将其视为"故乡"。为什么在本篇中将故乡的道路以及其他景物写得如此艰难以至令人恐怖？关于诗人的写作意图，一千多年来世人争论不休，至今没有定论。但是，诗中有"问君西游何时还"，"嗟尔远道之人胡为乎来哉"等语，似乎应该是为某人或因人而作，劝其不要入蜀或谨慎小心。换一个角度看，即使有这些诗句，却出于天马行空的李白之手，也不能当做证据来看。蜀道的艰难，入蜀的地理环境是从古以来就有定说的，以此为写作内容并非始于李白。南朝阴铿就写有《蜀道难》诗，其中还有"蜀道难如此，功名讵可要"的句子。这倒可以启发人思考。蜀道难怎么会和功名联系到一起呢？李白会不会因功名而写《蜀道难》呢？阴铿的诗他是读过的，杜甫还说李白和阴铿有风格源流的关系："李侯（李白）有佳句，往往似阴铿"。如果是这样，本篇的写作意图倒是有轨迹可寻的。李白在开元年间第一次进京求功名，但并未得到权贵的垂青，他的知名度远在王维之下。王维是当时最红的诗人，尽管两人年岁相仿，李白却完全被冷落，他是在失意中离开关中的。以李白的心性来看待这一次人生经历，他的苦闷和迷惑是不言而喻的。他本来相当自负，为什么却不能成功，求取功名为什么这样困难等问题肯定是他当时思考的中心。以他自己对蜀道的熟悉，他还有"山从人面起，云伴马头生"等描写蜀山的名句，用蜀道的难，蜀山的高不可攀来比况求功名的困难，好像也很恰当。因此诗中的"远道之人"和"君"完全可能是他自己。"西游"实际就是以当时的家居之地而言，当时诗人家居安陆，到长安正是西游。长安失意，心生东归之念，不如早还家。进一步说，"锦城"也不一定指成都，可能是指长安，锦绣之城，极言其繁华。杜牧就有"长安回望绣成堆"的诗句。这样解读，蜀道难就完全成了比喻象征，与入蜀没有关系了。中唐诗人姚合也说到"李白《蜀道难》，羞为无成归"（《送李余及第归蜀》）。李余高中了，李白无成而归，两相对比，都是就功名而言的。

有些问题早已被历史风尘覆盖，难以知道真相。本篇描写蜀山蜀道的奇绝却永远鲜明形象，文学欣赏的价值远高于弄清作者的写作意图。除了夸张写到极致之外，本篇的结构也很有特色。它不是只描写客体蜀山蜀道，而是时有主体（人）介入其中。如人的"扪参"，人的"抚膺"，人的叹息等等，有机地将客体串联起来，客体成了人的视听之下的动景，好像亲历其中一样。另外，三处的"蜀道之难难于上青天"并不是简单地反复，而是将蜀道难的描写不断推向极点的加力器，它们让蜀道难从始至终不停地展现出来，是结构紧密不可缺少的句子。本篇的句式与其说是诗，不如说是散文。句子的长短参差不齐，也不受诗句相对而出，两两行文的约束，就那样一气往下直行，行到何处是何处，但它又有整齐的韵脚。但说到整齐的韵脚，又不统一，有的长韵相连，如从开头到"凋朱颜"才止住；

蜀

道

难

有的两句就换韵，如"连峰"两句，换韵似乎也和意义层次无关。这些都是李白不按规则出牌的特点，也是作者鲜明的个性特征的体现，在当时就让人称奇。

春夜洛城闻笛

李 白

谁家玉笛暗飞声，散入春风满洛城。
此夜曲中闻折柳，何人不起故园情。

洛城：今河南洛阳市。**折柳**：指《折杨柳》曲子。

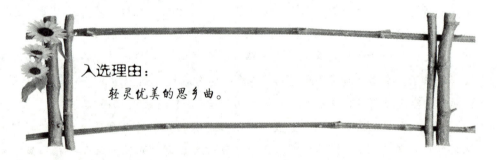

入选理由：

轻灵优美的思乡曲。

且立片论 这首诗大概作于开元二十三年（735）诗人客游洛阳时。

大量的古典诗歌小巧精致，几句话就写完，因为这些诗歌只是表达一个念头或一瞬间的情感经历，它们不需要更多的载体，本篇就是这样一首诗。诗人在洛阳偶然听到吹笛的曲子，一下动了乡思，提起笔，一挥而就。

诗歌语言流畅，自然生动，如笛声之悠扬柔和。但是，用字的精准也不能忽略。"暗飞声"三个字既切"夜"又合笛声，只有悠扬飘飞的笛声最适合"飞"字；"散入春风"也是妙语，笛声本来高低不定，春风又是吹拂轻柔，两者结合，自然就"散"在春风里四处感染了。《折杨柳》曲是送别的，表达依依不舍之情，听见它便易生思乡之情，就如响和应一样连贯自然，因此下面用"起"字就自见高妙了，而且是非"起"字不能入此诗了，这就是天然去雕饰的明证。

梦游天姥吟留别

李 白

海客谈瀛洲，烟涛微茫信难求。越人语天姥，云霓明灭或可睹。天姥连天向天横，势拔五岳掩赤城。天台四万八千丈，对此欲倒东南倾。我欲因之梦吴越，一夜飞度镜湖月。湖月照我影，送我至剡溪。谢公宿处今尚在，渌水荡漾清猿啼。脚著谢公屐，身登青云梯。半壁见海日，空中闻天鸡。千岩万转路不定，迷花倚石忽已暝。熊咆龙吟殷岩泉，栗深林兮惊层巅。云青青兮欲雨，水澹澹兮生烟。列缺霹雳，丘峦崩摧。洞天石扉，訇然中开。青冥浩荡不见底，日月照耀金银台。霓为衣兮风为马，云之君兮纷纷而来下。虎鼓瑟兮鸾回车，仙之人兮列如麻。忽魂悸以魄动，怳惊起而长嗟。惟觉时之枕席，失向来之烟霞。世间行乐亦如此，古来万事东流水。别君去兮何时还，且放白鹿青崖间，须行即骑访名山。安能摧眉折腰事权贵，使我不得开心颜！

瀛洲：古代传说中海里的神山之一。信：的确。天姥：天姥山在今浙江新昌县东。赤城：赤城山在今浙江天台县境内。镜湖：在今浙江绍兴市。谢公：谢灵运。殷：形容声音很大。列缺：闪电。洞天：神仙居住的地方。訇然：声音很大。青冥：天空。金银台：神仙所居住的宫殿。怳：恍惚。

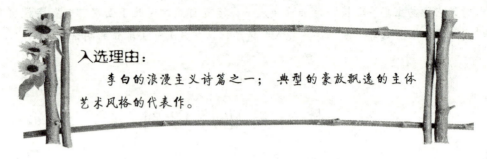

入选理由:

李白的浪漫主义诗篇之一; 典型的豪放飘逸的主体艺术风格的代表作。

且立片论 这首诗的题目一作《别东鲁诸公》,作于作者人生最得意辉煌的长安经历之后。诗以梦境为线索,写了游天姥山遇见仙人的美妙过程;当梦醒回到现实后,诗人表达了人生万事如流水的虚无思想,最后又以高傲不屈的人格精神振起,预示了他将寻求"开心"的人生未来。

此诗起笔飘忽,结尾豪放,梦境奇特,描写精彩,将本来没有的景象写得活灵活现,神仙洞天一节令人叫绝。能达到这样的艺术境界,与作者的性情有关,更与他"五岳寻仙不辞远,一生好入名山游"的人生实践有关。由此解读此诗时应注意另一个关键,人生经历的现实其实是作者创作想象的基础,不然就不会有"安能摧眉折腰事权贵"那样愤激的话语,因此这是一篇浪漫主义与现实主义巧妙结合的诗篇。此外还要注意,李白固然天才纵横,但他并非不读书。他的有些诗通篇用典,足见其博学功夫。此诗写得浪漫,对前人典籍的学习是必不可少的,屈原的《离骚》中飞腾上天的景象描写,不正是启发此诗的来源?诗中那些"兮"字,难道不是骚体的痕迹?因此,天空尽管绚烂奇妙,还须立地想去,没有地,何来天?诗如此,学习如此,人生如此。

宣州谢脁楼饯别校书叔云

李 白

弃我去者，昨日之日不可留；
乱我心者，今日之日多烦忧。
长风万里送秋雁，对此可以酣高楼。
蓬莱文章建安骨，中间小谢又清发。
俱怀逸兴壮思飞，欲上青天揽明月。
抽刀断水水更流，举杯消愁愁更愁。
人生在世不称意，明朝散发弄扁舟。

校书：校书郎，官名。云：李云，是李白的族叔。蓬莱：传说中的海中神山，是神仙的藏书之处。东汉时人们习惯将国家藏书的东阁与之相比，这里借指唐代的秘书省。壮思飞：带着宏伟的理想飞腾。散发：不束发，指不受礼仪风俗约束，自由随便的装束。

入选理由：

李白好游仙，本篇带着仙气；李白狂傲，本篇充满豪情；李白诗常常奔放抒情，本篇酣畅淋漓。因此可以说本篇是诗人性情和诗歌风格的集中体现。

且立片论 这是诗人晚年时的作品，大概作于天宝十二年（753）。这时的诗人已经过了施展才华实现理想抱负的渴望时期了，已经备尝了冷酷的现实并非自己的意愿所能改变的苦头，人生受挫也已经不止一次了，所以他深深地感到人生不称意。

　　诗歌的开头就突兀而来，一个独立苍茫的诗人形象满目忧愁，与酒宴送别的气氛一点也不沾边。开篇就奇特，清人方东树称其"发兴无端"。前两句句式也怪异，一是长得惊人，不像诗句；二是居然整齐对称。感叹岁月的流逝，苦于难以排解忧愁，调子低沉。但"长风"一句立即振起，一幅万里秋明的图画展现眼前，面对如此佳景能不酣饮于高楼吗？诗句马上又切入正题，说到饯行的酒宴上来了。一支笔就像天上的风云变幻，忽东忽西，咫尺万里。说到正题，一腔豪情又收控不住，自负举世无双的才华又占据内心，表面是称赞叔叔，实际是露才扬己，即使到老，诗人也没有委靡不振。汉代的文章好啊！建安诗歌妙啊！后来还有小谢清新俊发啊！小谢之后呢？当然是叔叔和我了，叔侄两人，当然是我更突出了。我们都有杰出的才华和非凡的胸襟，要飞腾上天去摘星揽月。"欲上"一句既可见诗人的个性，又充分体现其诗歌风格，所谓飘逸豪放即是。写到这里，虚幻的天地完全展现，超越的自由尽情释放。可是笔锋又突然转下，瞬间跌入低沉的调子之中。以酒消愁，愁更愁，就像想抽刀砍断水流一样，水流砍不断，还流得更急了。无限的忧愁又似回到了开头。以酒消愁和抽刀断水作比新颖独特，难怪至今流行歌曲还传唱不衰。但是，忧愁怎么能困住英雄豪杰，"我"的人生决不受拘束，一不如意就浪迹天涯，任性随意，不问其他。结尾处还是李白，他人不能替代，不过写到这里，似乎有些跑题了，不是在给叔叔饯行吗？

望　岳

杜　甫

岱宗夫如何？齐鲁青未了。
造化钟神秀，阴阳割昏晓。
荡胸生层云，决眦入归鸟。
会当凌绝顶，一览众山小。

杜甫（712—770），字子美，祖籍襄阳，后迁居河南巩县。官宦家庭出身。35岁进京城长安寻求人生前程，但很不如意，穷困中渐渐与下层人民接近，慢慢地走上了现实主义的诗歌创作道路。他的作品反映社会生活和民间疾苦，有很高的史料价值，风格沉郁苍劲，讲究格律形式，对后世影响很大。今存诗1400多首。**岳**：指东岳泰山，又尊称"岱宗"等。**钟**：聚集。**神秀**：指奇特的景物。**阴阳**：山北和山南。**决**：裂开。**眦**：眼眶。

入选理由：

杜甫早期的名作；写泰山的名篇之一。明代诗人莫如忠《登东郡望岳楼》说："齐鲁到今青未了，题诗谁继杜陵人？"

且立片论　此诗是诗人青年时北游齐、赵（今河南、河北、山东等地）后写的泰山名篇，是现存杜诗中年代最早的诗篇之一。

诗是押仄韵的古律，很多地方不合平仄，不是标准的五律。

此诗表达青年的壮怀，主题在结尾两句，是仰慕孔子"登泰山而小天下"的表达。因为有这样的壮怀，所以诗写得景象阔大，雄奇俊俏。首联一问一答，就将泰山绵延广远的气势写出来了。如果用白话解释，那就是"伟大的泰山究竟是怎样的山呢？它的郁郁葱葱的山色简直将齐鲁大地染成青绿的一片，还无边无际地扩展得更远了"。"青未了"三字可见诗人的写作天才。颔联赞美大自然把神奇的景色都集中到泰山来了，泰山的高峻将山北山南分割成明暗的天色，一山之中也不同。后一句与王维的"分野中峰变，阴晴众壑殊"意义相近。颈联想象登上泰山高处的感受，看到云卷云舒，让自己心胸激荡。目送飞鸟远去，一直到看不见为止，大瞪着眼睛好像眼眶都要裂开一样。这两句不是登山之后的所见，而是在山下望而心想的内容。这样的心想，其实表明了青年诗人欲登高望远，纵观天下的抱负。两句的词序都是倒装，是"生层云荡胸"和"入归鸟决眦"。尾联说明自己将来一定要登上峰顶，去感受放眼望去，众山在泰山之下变得低而矮小的壮景。

兵车行

杜 甫

车辚辚，马萧萧，行人弓箭各在腰。耶娘妻子 走相送，尘埃不见咸阳桥。牵衣顿足拦道哭，哭声直上干云霄。道旁过者问行人，行人但云点行频。或从十五北防河，便至四十西营田。去时里正与裹头，归来头白还戍边。边庭流血成海水，武皇开边意未已。君不闻汉家山东二百州，千村万落生荆杞。纵有健妇把锄犁，禾生陇亩无东西。况复秦兵耐苦战，被驱不异犬与鸡。长者虽有问，役夫敢伸恨？且如今年冬，未休关西卒。县官急索租，租税从何出？信知生男恶，反是生女好。生女犹得嫁比邻，生男埋没随百草。君不见青海头，古来白骨无人收。新鬼烦冤旧鬼哭，天阴雨湿声啾啾。

> **辚辚**：车行之声。**萧萧**：马嘶之声。**耶娘妻子**：爹娘和妻子儿女。
> **走**：跑着。**干**：冲犯。**里正**：里长，大概管一百户人家。**武皇**：汉武帝。这是借古讽今的表达，此处指唐玄宗。**山东**：华山以东。
> **"禾生"句**：意指庄稼种得不好。**秦兵**：和后面的"关西卒"都是指被征调的士兵籍贯。**县官**：指官府、国家。**信**：的确。**青海头**：青海湖边，即与吐蕃经常发生战事的地方。

入选理由：

　　唐代的战争给人民带来了巨大的灾难，诗人反映现实，反映民间疾苦，几乎是实录一样的写作，使本诗成为现实主义名篇。

且立片论　中唐白居易等诗人提倡写新乐府诗，就是学习杜甫的"即事名篇"的写作形式和精神，本篇就是"即事名篇"的代表作。所谓即事名篇，就是不同于旧乐府诗的标题方式，写什么内容，标题就要和它有关，或者说标题要概括内容。旧乐府诗的标题只是一个记号而已。本篇叫《兵车行》，当然内容就与出兵打仗有关。"行"是歌、曲的意思，不是出行的行，是旧乐府诗常用的标题标志。旧乐府诗大多是反映现实生活内容的，所以这里也用"行"字继承传统。

　　这首诗歌的内容很好懂。诗人借一名出征打仗的士兵和过路人的对话，叙述了人民经受战争灾难的痛苦：上前线的亲人离别时那撕肝裂肺的哭声，从少年时就开始的无休止地出征，数不清的人死在沙场，许多村庄变成了荒芜废墟，只剩下一些寡妇勉强在耕种，但根本难以交纳官家的租税。男子又上前线了，不知有多少人死去了，旧鬼都还冤魂不散，新鬼又要哀伤地哭冤了。

　　诗人以人哭开头，以鬼哭结尾，从人间到阴间，既是现实主义，又点缀着一点浪漫主义，愈发凄哀动人。既有叙述，又有记言问答，叙事角度转换自然，最符合纪实文学的风格。还有一个写作方面的包装，即诗人借古讽今、指东道西的表达。诗写于杨国忠当权的天宝后期（大概是天宝十一年），杨家兄妹炙手可热，欺上瞒下。明明是出兵打南诏吃了大败仗，出征的八万将士几乎全军覆没，杨国忠还说主将有功，并在关中大量征兵，强行分道抓人，造成哭声震野的现象。这就是本篇的写作背景。但是诗中一字未提南诏、云南等字，反将战场写到了青海头，又用了"武皇"等古人，好像在说古事，事实上任何读者都知道此诗批判的是当时的社会现实。

秋雨叹（其三）

杜　甫

长安布衣谁比数？反锁衡门守环堵。

老夫不出长蓬蒿，稚子无忧走风雨。

雨声飕飕催早寒，胡雁翅湿高飞难。

秋来未曾见白日，泥污后土何时干？

> **长安布衣**：诗人自称。**比数**：相比，相靠。**衡门**：穷人或隐居者的地方。**环堵**：四周的墙壁。**后土**：大地。

入选理由：

　　诗人曾经在长安过着穷困的生活，这是表现这一时期生活的作品；本篇又是描写秋雨绵绵的优秀作品。

且立片论　诗人科举考试不中，失去了进入仕途的敲门砖，但他又热衷于政治，于是来到京城长安，等待他的却是冷眼和失望，他自己都说是"处处潜悲辛"。仕途不顺，加上不停的秋雨，更在阴晦的心境上蒙了一层黑暗。三首《秋雨叹》都是古诗体裁。这一首换了一个韵部，正好是"雨"和"干"两个韵脚字，一个表生厌，一个表期盼，很恰当地与内容结合了。另外还有一个形式特点，首句和尾句都用问句，诗人心里充满了困惑，根本找不到出路，他对人生有很多问号，向谁问？问天？借雨问天公。浦起龙说"三叹皆寓言"，并认为本篇的结尾是"结意更远，日晦而土污，主德掩而庶事堕矣。推极言之，亦岂徒为一生叹哉"。未免求之过深，但也启发人思考，作者也许确实是借秋雨发端而感叹人生，不一定附会政治问题。诗中前四句写雨天难以出门，事实上是穷愁潦倒所致，隐含有无人帮助、无人可怜的意义。"稚子"一句写景如画，孩子们在雨中跑着玩耍，根本不知道生活的忧虑，反衬了"老夫"之忧的深沉，也是借景抒情的一招。"雨声"两句用平常的语言就准确地写出了秋雨的特点，"飕飕"传其声，"催"字逼迫着人，秋雨更使人心寒。借胡雁难以高飞而寄托人生艰难的思想情感的用意是较明显的。

自京赴奉先县咏怀五百字

杜　甫

杜陵有布衣，老大意转拙。许身一何愚？窃比稷与契。居然成濩落，白首甘契阔。盖棺事则已，此志常觊豁。穷年忧黎元，叹息肠内热。取笑同学翁，浩歌弥激烈。非无江海志，潇洒送日月。生逢尧舜君，不忍便永诀。当今廊庙具，构厦岂云缺？葵藿倾太阳，物性固莫夺。顾惟蝼蚁辈，但自求其穴。胡为慕大鲸，辄拟偃溟渤？以兹悟生理，独耻事干谒。兀兀遂至今，忍为尘埃没。终愧巢与由，未能易其节。沉饮聊自遣，放歌破愁绝。岁暮百草零，疾风高冈裂。天衢阴峥嵘，客子中夜发。霜严衣带断，指直不得结。凌晨过骊山，御榻在嵽嵲。蚩尤塞寒空，蹴踏崖谷滑。瑶池气郁律，羽林相摩戛。君臣留欢娱，乐动殷胶葛。赐浴皆长缨，与宴非短褐。彤庭所分帛，本自寒女出。鞭挞其夫家，聚敛贡城阙。圣人筐篚恩，实欲邦国活。臣如忽至理，君岂弃此物？多士盈朝廷，仁者宜战栗。况闻内金盘，尽在卫霍室。中堂舞神仙，烟雾蒙玉质。煖客貂鼠裘，悲管逐清瑟。劝客驼蹄羹，霜橙压香橘。朱门酒肉臭，路有冻死骨！荣枯咫尺异，惆怅难再述。北辕就泾渭，官渡又改辙。群水从西下，极目高崒兀。疑是崆峒来，恐触天柱折。河梁幸未坼，枝撑声窸窣。行旅相攀援，川广不可越。老妻寄异县，十口隔风雪。谁能久不顾？庶往共饥渴。入门闻号咷，幼子饿已卒。吾宁舍一哀，里巷亦呜咽。所愧为人父，无食致夭折。岂知秋禾登，贫窭有仓卒。生常免租税；名不隶征伐。抚迹犹酸辛，平人固骚屑。默思失业徒，因念远戍卒。忧端齐终南，澒洞不可掇。

老大：老年。**许身**：自认为能达到的人生目标。**稷与契**：都是尧舜时的贤臣。这一句说自己想做宰相那样的贤臣。**蒦落**：大而无用的东西。**觊豁**：希望有路可走。**"浩歌"句**：表示自己虽被他人取笑，但仍坚持志向，就像放声歌唱那样更加洪亮。**尧舜君**：指唐玄宗。**廊庙具**：以房屋的构件比治理国家的大臣。**葵霍**：即冬寒菜。**顾惟**：反观。**偃溟渤**：在大海中游。**干谒**：营求谋私利。**巢与由**：巢父和许由，都是上古时代的高士。**御榻**：皇帝的床，这里指玄宗皇帝。**嶔崟**：山高峻，这里指骊山。**蚩尤**：雾。**摩戛**：兵器互相撞击，形容侍卫森严。**乐动殷胶葛**：这一句形容音乐声响很大。**长缨**：高级贵族。**彤庭**：朝廷。**筐篚**：装丝帛的筐。**实欲邦国活**：这一句说皇帝赏赐官员们丝帛，是想让他们把国家治理好。**仁者宜战栗**：这一句说仁慈明理的官员应对挥霍浪费的现象感到吃惊。**内金盘**：宫内的珍贵宝物。**中堂舞神仙**：指杨贵妃姐妹。**烟雾蒙玉质**：形容场面盛大，香气缭绕，女子的皮肤白如玉。**煖客**：这里指来到此地的官员。**悲管**：动人的乐器声。"悲"不是悲伤、悲哀的意思。**崆峒**：山名，在今甘肃境内，是泾河和渭河的发源地。**坼**：断裂，垮掉。**庶**：希望。**登**：庄稼成熟。**骚屑**：本是形容风吹声猛烈。这里指动荡不安。**澒洞**：一直不断，无边无际。

入选理由：

现实主义创作的长篇，表现封建社会贫富不均的历史长卷，"朱门酒肉臭，路有冻死骨"让人触目惊心；优秀的长篇叙事诗。

且立片论 这首诗最高的价值在于它写在几乎是"安史之乱"爆发的同时。这时候，唐朝统治者还沉浸在歌舞升平的享乐之中，对即将来临的灾难毫无戒备之心，完全没有意识到安禄山、史思明的叛军已经气势汹汹地杀将过来了。一个月之后，也就是随着这首诗的问世，叛军攻破了东都洛阳，强盛的唐王朝从巅峰上跌落，并从此走向衰亡。诗人并不知叛军的情况，但已经看到了社会存在的突出问题：一边是骄奢淫逸的贵族生活，一边是艰难困苦的人民。反差极大的贫富不均，尖锐的阶级对立。连自己的家"生常免租税；名不隶征伐"也难免孩子饿死，其他穷人的生存状态就可想而知了。这样的社会，怎么不造成大的动乱？其先见之明体现了诗人的敏感，更表明了他关心政治，关注社会，关注民生的情怀。

诗人以真实的见闻经历写下的这首诗，描写了从京城出发一直到奉先县自己家里的全过程，侧重写了在骊山、华清池等地看到、听到、想到的皇帝和高级贵族们的享乐情状，联系政治和社会状况发表了自己的看法，这些都是很有价值的史料。

标题为"咏怀"，诗中也有不少篇幅写了诗人的志向和理想，从开头到"放歌破愁绝"一大段内容都是。还有结尾部分关心人民疾苦的诗句，合起来让我们看到了诗人由己及人的热切情怀，忧时伤世的深刻认识，希望众生皆饱暖的朴素愿望。诗人的伟大之处在本篇之中也有充分的体现，因此诗歌的思想价值也是极高的。

诗歌以空间为序，层次清楚地叙述了空间转换的见闻。同时，由于诗人带着强烈的感情在叙述见闻，因此诗中夹有大量的议论，而且很多议论都因警人而成名句，如"朱门酒肉臭"以下四句。可以说本篇的最突出的叙事特色就是夹叙

经典

夹议。

尽管是纪实叙述之作，但诗中的描写也因诗人高超的写作才能而增色。由于是岁暮，天气寒冷，"岁暮"以下的句子描写真让人感到严寒刺骨。还有过渡口那一段，光是河水中铺天盖地而来的冰块就让人生畏。诗人用恰当的夸张修辞表达，其效果就更为突出。

月 夜

杜 甫

今夜鄜州月，闺中只独看。
遥怜小儿女，未解忆长安。
香雾云鬟湿，清辉玉臂寒。
何时倚虚幌，双照泪痕干。

鄜州：今陕西富县。虚幌：薄而透明的帏帐。

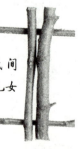

入选理由：
人们眼中的杜甫好像是一个只关心国事，关心民间疾苦的诗人，但本篇却让人看到了他的另一面，写儿女情长的诗歌他同样是高手。

且立片论 天宝十五年（756）六月，安史叛军破潼关，玄宗奔蜀，杜甫只得携眷北行，至鄜州暂住。七月，肃宗李亨即位灵武，杜甫只身前去投奔，途中被叛军掳至长安。这首诗就是身陷长安时所作。

诗的构思和结构别致精巧。首联二句，不说自己望月而想念妻子，偏说妻子见月而思念自己，比起一般的直诉自己情感的忆内之作，一开篇就有了新意。有人称这叫"对语写景"。颔联二句用儿女随母望月而不懂思念之情，衬托妻子思念的情深，也暗示了夫妻的情深，这也是写作的高妙之处。第三联由情到爱，也是想象对方的行为和心理活动，全是虚拟，而且诗人将自己的妻子写得如美女一样，可见爱得已经几乎有些痴迷了。王嗣奭认为此联"语丽情悲"，实为中肯。杜甫的诗歌中大多是沉重的叹息和痛苦，写妻子写得近乎香艳的确是绝唱。在诗歌的题材和风格中虽显得另类，但这才是大诗人"全能"不可或缺的部分。一气写完了对对方的想象之后，尾联才正面写自己的盼望。有朝一日相聚，再双双诉说别离的相思和痛苦。"双照"一句形象而内涵丰富，是高兴激动而涌出的泪水，还是诉说战乱的痛苦之后涌出的泪水，这是不确定的。不确定才能给读者更多的想象空间，才让诗有了更多的余韵。

春 望

杜 甫

国破山河在，城春草木深。
感时花溅泪，恨别鸟惊心。
烽火连三月，家书抵万金。
白头搔更短，浑欲不胜簪。

浑欲：简直要。**簪**：古人用来插住头发的首饰。

难忘
经典

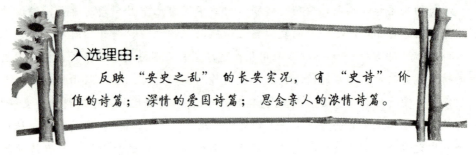

且立片论　这首诗作于肃宗至德二年（757）春天，当时诗人被安史叛军控制在京城长安。

首联写国家破败，京城的春天寂寞萧条，只有草木生长。为下一联的强烈抒情作了铺垫，好像静默中的准备。其实这一联还是很有内涵的，司马光曾说它用语少而蕴含深，"'山河在'，明无余物矣；'草木深'，明无人矣。"京城被叛军蹂躏洗劫后的景象都在这六个字中了。颔联向来被称为名句，其特点是用拟人手法，将己之情感移到花鸟，一同伤感，一同含情。春花本无情，也不会流泪。但春花有露水，看来恰似流泪。因为同处京城，都看到了景象的变化，不会因国家的兴亡而无动于衷，所以"我"伤时而流泪，"你"想必也是在流泪。与亲人离别让人愁怨，鸟儿的叫声听起来也是哀怨的，不，应该是鸟儿也在诉说着国破家亡的哀怨。其实万物都有灵，何处不关情？"恨别"一句既对偶上句，又联系了下面的意义。下面四句一气而下，抒发了战乱不息，信息不通，有家难归，老境凄凉的真挚情感。主要使用的是夸张的修辞表达，其中"家书"一句特别动人，只有在身处困境，前途未卜的情况下才能写得这样真实而又自然，也只有诗人那样既爱国又顾家的作者才写得出这样精练的句子。尾联的夸张真有伍子胥过昭关，一夜愁白了头的意味。人在长时间极度焦虑的状况之下，白头、掉发都是可能发生的。诗人对境况极度焦虑是必然的，因此"不胜簪"并非虚言耸听。

石壕吏

　　暮投石壕村，有吏夜捉人。老翁逾墙走，老妇出门看。吏呼一何怒！妇啼一何苦！听妇前致词："三男邺城戍。一男附书至，二男新战死。存者且偷生，死者长已矣。室中更无人，惟有乳下孙。有孙母未去，出入无完裙。老妪力虽衰，请从吏夜归。急应河阳役，犹得备晨炊。"夜久语声绝，如闻泣幽咽。天明登前途，独与老翁别。

投：投宿。石壕村在今河南陕县东。**一何**：多么。**邺城**：打击安史叛军的前线。**附书**：带信。**河阳**：在黄河北岸，今河南孟县。

入选理由：
　　杜甫现实主义诗篇 "三吏" "三别" 中的名篇，是关注人民疾苦的代表作，有 "诗史" 的价值。

且立片论　　诗人因为替朋友房琯说情而得罪肃宗皇帝，被贬为华州司功参军，于是有机会往来于华州到洛阳的途中。在这一段时期中，诗人目睹了 "安史之乱" 给人民带来的很多痛苦和灾难，怀着关心国事，关爱人民的炽热情怀，他用头脑和手中的笔写下了著名的《新安吏》、《潼关吏》和本篇，简称为 "三吏"，以及《新婚别》《垂老别》和《无家别》，简称为 "三别"。这六篇诗歌连同诗人的其他名作，是现实主义的优秀之作，是用诗歌的形式记录历史，是具有重要的研究价值的历史资料，因而有"诗史"之称。

　　这首诗真实地反映了"安史之乱"及唐王朝征兵拉夫给人民带来的痛苦，是作者当年往来于洛阳和华州时的真实见闻。

　　全诗以石壕村中一家人的遭遇和命运，以点带面地反映了当时社会底层人民的生存状况。诗一层一层地叙述见闻，一层一层地写出了那家人的痛苦遭遇。最让人扼腕悲叹的是在叙事的最后，连一个老太婆也被抓走充军干杂役去了。结尾处作者用呜咽的哭声为我们记载了永远难以抹去的人民的苦难。

春夜喜雨

杜　甫

好雨知时节，当春乃发生。
随风潜入夜，润物细无声。
野径云俱黑，江船火独明。
晓看红湿处，花重锦官城。

锦官城：成都的别称。

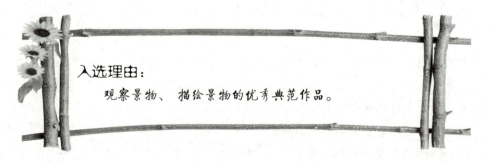

入选理由：

观察景物、描绘景物的优秀典范作品。

且立片论　这首诗写于上元二年（761）春，即作者在成都居住的第二年。

初到一个地方，对当地的天气和物候现象是最有新奇感的。成都地处秦岭之南，四川盆地西部，阴湿多雨是其特点。阴湿多雨如果是在春季，"春雨贵如油"，对亲自耕作，种菜种花，与农民几乎融合的诗人来说，那就是欢迎深爱的了。全诗洋溢着喜悦，写得那样亲切，也是顺理成章之事了。诗最突出的是感物之微，体物之细，"润物"一句几乎是出神入化般地准确和细腻。春雨不是暴雨，往往如丝一样绵绵不断，声音很小，对农作物的生长十分有益，而又是在悄无声息中施与的。这些特点全被诗人全抓住了。"野径"一联是实写，是诗人居住地所在的野外江边的实景，但诗人却写得那样真切如画，一"黑"一"明"映衬突出，是当地春雨之夜最鲜明的景象。这样既紧扣主题，又在结构上起到了承上启下的作用。因夜里下雨，第二天清晨花便含露而放。诗人使用了拟人的手法，将春雨当做一个善解人意的春姑娘来写，她知道什么时候来到人间，她知道她的到来意味着什么，因此决不错过春天；她还是一个只默默奉献，一点也不张扬，什么也不索求的人，悄悄地来，静静地润物而已。诗人的写作技巧还充分表现在炼字方面，"潜"字不仅准确地写出了春雨的特点，而且极有神态；一个"重"（zhòng）字，分量十足，一夜春雨润花之后，满是水汽，花明而朵重，非春雨春晨之花朵，不能当此"重"字，非"重"字无以形容春雨春晨之花朵。

蜀　相

杜　甫

丞相祠堂何处寻？锦官城外柏森森。
映阶碧草自春色，隔叶黄鹂空好音。
三顾频烦天下计，两朝 开济老臣心。
出师未捷身先死，长使英雄泪满襟。

蜀相：公元 221 年，刘备在成都称帝，国号蜀，任命诸葛亮为丞相，有"武乡侯"的封号。**三顾**：刘备请诸葛亮出山帮助自己，曾三次前往。**两朝**：诸葛亮辅佐了刘备和刘禅两朝。**开济**：开创匡济。**出师未捷**：指诸葛亮讨伐魏国时死在军中。

入选理由：

对诸葛亮的历史功绩和命运评价甚高并寄予了深切的同情；诗句 "三顾" 一联高度概括，成为名句。

且立片论　诸葛亮是三国时期著名的政治家和军事家。他曾经为刘备开创基业，建立了蜀汉政权，形成了与曹魏、孙吴三足鼎立的局面。后又辅佐刘禅，使后方安定。他多次出师北伐，因身心交瘁，积劳成疾，最后死于军中。"鞠躬尽瘁，死而后已"，赢得了后世人们的景仰和赞美。

　　唐肃宗上元元年（760）的春天，寓居成都的诗人探访了南郊的武侯祠，写下了这首感人的作品。首联写纪念诸葛亮的祠堂地点，而急于探访的崇敬心情已包含其中。颔联两句写碧草映阶，足见草深，表明祠堂缺人管理和修葺，游人也很少来到这里，只有黄鹂隔叶而鸣叫，空有悦耳之音，环境冷落，诸葛亮似乎已被后人遗忘了，历史竟是这样无情。看似写景之句，却含有无限深情。"三顾"一句是指当年诸葛亮在南阳隐居时，刘备三次登门请他。"频烦"是多次地烦劳的意思（还有人认为"频烦"是唐代俗语，意思与"郑重"差不多）；"天下计"是指打天下的谋略；"两朝"指蜀先主刘备和后主刘禅两代；"开济"的"开"指帮助刘备开创基业，"济"是指辅佐刘禅治理国家；"老臣心"指诸葛亮尽忠蜀国，不遗余力，死而后已的精神。这两句高度评价了诸葛亮的丰功伟绩，饱含了诗人的崇敬之情。崇敬之下也正好透露了诗人"致君尧舜上，再使风俗淳"的理想抱负和人

生观。诗人不止一次地歌咏诸葛亮，这正是以他为榜样的结果。浦起龙认为这个联语"句法如兼金铸成，其贴切武侯；亦如镕金浑化"，正是切中了两句的高度概括和情感深厚的特点。成都武侯祠中至今还挂着"两表酬三顾，一对足千秋"的名联，事实上就是这两句诗的意义移用。尾联既表现出诗人对诸葛亮献身精神的崇敬景仰和对他事业未竟的痛惜心情，更表达了古往今来一切人的共同情感。它以遗憾悲伤的基调来表达就更显出震撼人心的力量。

茅屋为秋风所破歌

杜 甫

八月秋高风怒号，卷我屋上三重茅。茅飞渡江洒江郊，
高者挂罥长林梢，下者飘转沉塘坳。南村群童欺我老无力，
忍能对面为盗贼，公然抱茅入竹去。唇焦口燥呼不得，
归来倚杖自叹息。俄顷风定云墨色，秋天漠漠向昏黑。
布衾多年冷似铁，娇儿恶卧踏里裂。床头屋漏无干处，
雨脚如麻未断绝。自经丧乱少睡眠，长夜沾湿何由彻。
安得广厦千万间，大庇天下寒士俱欢颜！风雨不动安如山。
呜呼！何时眼前突兀见此屋，吾庐独破受冻死亦足！

> **挂罥：**都是挂住的意思。**俄顷：**一会儿。**衾：**被子。**恶卧：**睡态不规矩，手脚乱放乱蹬。**丧乱：**指"安史之乱"。**何由彻：**如何挨到天明。**庇：**保护。

难忘经典

且立片论　这是诗人居住在成都草堂时的作品，是一首古体诗。

　　诗由秋风吹走自己居住的茅屋（草堂）顶上的草写起，描写了顽皮儿童抱草而去的内容，由此而来的是秋雨进屋，受雨受寒的生活景象，一切都自然而然，是生活中的常事，小事。但是，诗人却在这"常"和"小"中融入了大思想，选准了写作切入点。于是将立论由自己受雨受冻推想到了他人，尤其是贫寒的读书人如何才能不受雨受冻的高度上去，这就让诗歌有了感人的思想主题。加上作者动情的关爱表达，让诗歌的结尾部分变成了抒情议论的名句，影响了一代又一代的读者。王安石《题子美画像》"宁令吾庐独破受冻死，不忍四海赤子寒飕飀"就是有感于此而作。这种宁愿自己献身而关爱他人的深情，正是高尚的人格精神所在，正是和谐社会应该提倡的人格修养，正是被今天的青少年读者所忽略而又恰恰需要理解读书究竟是为了什么的关键问题。

　　诗歌分为四段，句式长短随意，少者两个字，多者长达九字，是表意抒情的需要；有的三句换韵，有的五句换韵，有的连续用韵，有的隔句用韵，都显出自由而特异的特点。清人浦起龙说这首诗"奇矞"，是有一定道理的。

绝 句

杜 甫

两个黄鹂鸣翠柳，一行白鹭上青天。

窗含西岭千秋雪，门泊东吴万里船。

西岭：指四川成都市崇州境内的西岭雪山。一说指成都西北方远处的岷山群峰。**东吴**：泛指三峡以东的地方。

入选理由：

　　写景明快，风格含蓄，表达诗人盼归情感的名作。

且立片论　这首诗大概作于广德二年（764），这一年诗人 53 岁，寓居四川成都西郊的草堂。

　　前两句写景，集中写鸟。黄莺在翠绿的柳荫中鸣叫，看来时令已是春末夏初；白鹭成行，高飞上天，它们多么自由。后两句写从窗与门里看到的景象。"千秋雪"永远不变，"万里船"能驶向最远的江南，当然也在"我"回乡的路程之中。小诗四句对仗，体现了整齐、圆满，人生如此该多好。小诗看似一幅景物鲜明，色彩有层次的画，这幅画的确很美，但仔细玩味，其中仍然潜埋着杜甫诗歌的主调——伤漂泊，盼回归，它并非只是一首简单的写景之作。"两个黄鹂"、"一行白鹭"都象征着有家，团聚，与自己的孤独漂泊形成对比。诗人在成都已经住了几年，盼归的希望到现在还是不能实现。从"千秋雪"的意象中可以寻求其深义，暗示人世依然如故，战事还是不断，完全没有变好的希望。"门泊"一句所含的情感就比较明白了，"望归"之意已凸显出来了。诗人的家在北方，诗人最难忘的是在京城做官的人生经历，"每依北斗望京华"，这比他的故乡更关情。但是，京城、北方还在打仗，各种军事势力还争斗不停，阻隔了成都向北的回归道路，要回去，就只有寄希望于水路。水路向东，出三峡后可以取道北上，这是蜀中人往北的常行路线。另外，即使回不了北方，到江南也是诗人退而求其次的愿望。因此，门外停泊的驶向东方的船，正是诗人朝思暮想的归乡之舟。

客 至

杜 甫

舍南舍北皆春水，但见群鸥日日来。
花径不曾缘客扫，蓬门今始为君开。
盘飧市远无兼味，樽酒家贫只旧醅。
肯与邻翁相对饮，隔篱呼取尽余杯。

醅：没有过滤的酒。

入选理由：

　　杜诗中的田园诗，快乐和自由充分表达的诗，是其主题风格和题材之外的诗。

且立片论　诗题原注有"喜崔明府相过"几个字，明府是唐代人对县长的别称，可见来客是一位县官。杜甫在成都草堂居住时期，来访的地方官员不少，其中最有名的就是他的老朋友严武和高适等高官。客人来访时酒食是不能少的，因此诗也就从酒上着笔。来客虽只是县长，但诗人对他却特别青睐。旧说此诗是诗人从东川回草堂后的作品，不是刚居草堂时作。从东川回草堂后，成都已经历了战乱影响，世事也发生了变化，来客，尤其是官位高的来客少了，花径也不常扫了，门也常闭了，所以崔县长一来，加上又是春天，就格外使人高兴，自然想要快饮一番。"一生大笑能几回，斗酒相逢须醉倒"。诗人与邻居相处甚善，县长也不会有什么架子，市场的酒菜太远，来不及满足急切的需要，自酿陈酒正可不拘。酒是让众人快乐的东西，一人独饮定是忧愁闷酒。心情这样好，邻翁自在邀请之中。这一下，"会须一饮三百杯"。全诗洋溢着欢快气氛，沉郁悲凉一扫而光。前四句只见"高兴"二字，后四句只见"痛快"二字。诗句是一气流畅，即使对偶句也互文见义，连贯紧密，形式与内容水乳交融。

登　楼

杜　甫

花近高楼伤客心，万方多难此登临。
锦江春色来天地，玉垒浮云变古今。
北极朝廷终不改，西山寇盗莫相侵。
可怜后主还祠庙，日暮聊为梁父吟。

锦江：从岷江分出的流经成都市区的一条河，因汉代常在水中濯锦缎而得名。**玉垒**：山名，在今四川都江堰市西北。**北极**：北极星，北辰。表示中心的意思，这里比朝廷政权。**西山寇盗**：指吐蕃。**后**

经典

主：刘备的儿子刘禅。祠庙：用作动词，有供人祭祀的意思。梁父吟：乐府诗篇名，传说诸葛亮隐居时爱吟此曲。

入选理由：

八句诗上下纵横，千头万绪，沉郁苍凉。沈德潜说："气象雄伟，笼盖宇宙。"

且立片论　三国王粲写有著名的《登楼赋》，抒发思乡怀土之深情，后世以此为题写作的诗文很多，几乎都集中表达伤感苦闷的主题。

本篇是广德二年（764）春天诗人在成都登楼时所见所感的作品。如同诗中所说的那样，其时是一个"万方多难"的时候。诗人先前送严武还朝做官，送到绵州（今四川绵阳）分别后，成都一带就发生战事，诗人便回不了草堂，于是在今四川北部的很多地方漂泊，两年之后才回到成都。回到成都后的前几个月，也就是广德元年十月，吐蕃攻陷京城，代宗皇帝只有东逃避难。虽然后来收复了京城，但紧接着吐蕃又攻陷了松、维、保（在今四川西北一带）各州，形势严峻。在这战火纷飞的乱世，即使春天来到，即使繁花满眼，也不会有什么好心情。首联的"伤客心"三字定下了全诗的基调。登楼所见，春花很美，好像还献殷勤似的拥上楼来，但诗人却心情沉重，根本无心赏花。颔联接着写春，成都的春天又来了，无边的春色天地同在，一年又一年；玉垒山的浮云古往今来不断变化，谁也捉摸不定会是怎样的变化结果。这一联写景壮阔，的确是名句，但这一联是有含义的。岁月的风景是周而复始有规律的，从春到冬，依次更替，而天上的浮云却是难以捉摸的。诗人用"玉垒"见意，显然是含着朝廷对吐蕃的侵犯难以控制的意思，因为玉垒山在成都西北方，那正是吐蕃所在的方位。吐蕃与唐王朝的关系时好时坏，变化不定。有了这样的解释之后，颈联就顺承而来了，任你如何侵犯，唐王朝是不会改变的，警告吐蕃莫胡来。尾联耐人寻味。为什么笔锋突然一转，转到三国人物上去了呢？如果说写诸葛亮，是缅怀他治理蜀地的历史功绩，能以攻心的方式和周边民族共处，那么写刘禅又有何用意呢？"还祠庙"三字显然表明了诗人的不满意，对他的无能不满意，从而突出诸葛亮的大能。有一点必须了解的背景，那就是当时治蜀的最高行政长官是诗人的朋友高适，时为西川节度使。他对吐蕃的侵略无能为力，抵御不了。写刘禅是影射讽刺他吗？似乎不太可能。是影射讽刺朝廷的某人吗？这倒可以寻思。还有，赞美诸葛亮，却用他早年隐居未出山时的故事，不用他安居平五路、七擒孟获等事，这又是为什么呢？因此，在诗人复杂的心绪之中，我们似乎看到了他对时局的无奈，对朋友高适的同情，以及处乱世不如隐居的心情。当然，也不能否认诗中寄寓的对治蜀、治国的殷切希望。

咏怀古迹 （其三）

杜 甫

群山万壑赴荆门，生长明妃尚有村。
一去紫台连朔漠，独留青冢向黄昏。
画图省识春风面，环佩空归月夜魂。
千载琵琶作胡语，分明怨恨曲中论。

明妃：王昭君。魏晋时因避司马昭的讳而改称。**紫台**：皇宫。**青冢**：王昭君死后安葬在草原，据说坟墓上的草常青。**省识**：看。

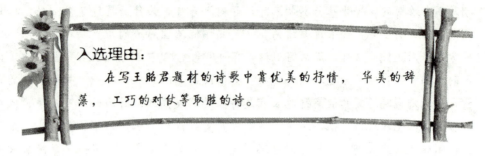

诗 词 Shi Ci

难忘经典

入选理由：

在写王昭君题材的诗歌中靠优美的抒情、华美的辞藻、工巧的对仗等取胜的诗。

且立片论 王昭君的故事流传久远，传说很多。唐诗中以她为题材的诗歌也很多，对她的评价约略可分为两派：一是悲其身世，感其不幸；一是认为她的和亲对和平影响甚大。前一派的作品很多，本篇也可归入；后一派的作品很少，但却如鲁殿之灵光，闪耀天地。中唐诗人张仲素有一首小诗，标题《王昭君》，诗曰："仙娥今下嫁，骄子自同和。剑戟归田尽，牛羊绕塞多。"结尾两句高度评价了昭君和亲带来的结果：汉朝与匈奴的战争完全结束了，人民安居乐业了，经济繁荣了。前一派诗歌最突出的是中唐戎昱的《咏史》，其中有"汉家青史上，计拙是和亲。社稷倚明主，安危托妇人"等句，他是坚决反对和亲政策的。

杜甫的诗也是咏史，只是诗人因流落夔州，其地与昭君的故乡秭归（今属湖北）较近，古今相感，连及自身而写了此篇。此诗的思想倾向是消极的，情感是哀伤的。它的流传全因为诗语和技巧与"愁苦之词易好"相结合的影响。首联写诗人所处的夔州到昭君生长的荆门（广义而言）都是山峰沟壑，一个"赴"字动感十分。诗人重在表现其地的险峻边荒，衬托第二句昭君的出生，险峻之地居然也生出这样的美丽女子。诗人的另一首诗《负薪行》写夔州一带的妇女生活艰辛，加上战争带来的灾难，因此很多人面容憔悴，相貌不佳，最后两句说道："若道巫山女粗丑，何得此有昭君村？"知道了这一点，就可以准确地解释本篇的"尚有村"三个字与前一句的关系。颔联很有名，关键是修辞用语和笔力概括。美丽的昭君一离开汉宫，到了北方的沙漠草原，立即就陷入了地狱一般，死后凄凉，只有一个个的黄昏伴着她的坟墓。诗的上句写"一去紫台"，下句马上就写"独留青冢"，中间什么也没有留下，好像昭君的生命立即就结束了一样。这与古代的某一个传说写昭君根本没有到匈奴，而是在途中自杀有一些联系。不过这样的传说是

根本不合史实的,《汉书》记载王昭君嫁给匈奴单于,还生有孩子。这里无论是依据什么来写,都可以看出诗人对她的出塞评价是否定的,诗句写颜色的强烈对衬,每句双用,这就是修炼的特点。"紫台"与"朔漠","青冢"与"黄昏",光是色彩就多么凄凉啊!尽管"朔"不是颜色字,但大雪黄沙是直接出现在读者眼前的,就像"黄昏"的"黄"也不一定是黄颜色一样,这样对偶才不死板。颈联从声音上着笔,还是情韵深长。人们只能看到昭君美丽的画像而思念了,只有月夜在幻觉中听她魂魄归来时衣饰上的环佩响声了。王安石的《明妃曲》有"低回顾影无颜色,尚得君王不自持"的句子,昭君即使忧愁的样子也很美丽,也让汉元帝失魂落魄。杜诗此处有讥讽汉元帝的含义。尾联借传说昭君去国时弹着幽怨的琵琶来哀悼她的不幸。真可怜呀!连琵琶声都变成"胡人"的腔调了。唐代诗人咏昭君的诗歌中,多以琵琶为主要意象来抒情表达。

登　高

杜　甫

风急天高猿啸哀,渚清沙白鸟飞回。
无边落木萧萧下,不尽长江滚滚来。
万里悲秋常作客,百年多病独登台。
艰难苦恨繁霜鬓,潦倒新停浊酒杯。

> **渚**:水中的小洲。**萧萧**:风吹落叶之声。**百年**:一生。**繁霜鬓**:比喻头发花白了。**潦倒**:犹言困顿,衰颓。**新停**:这时杜甫正因病戒酒。

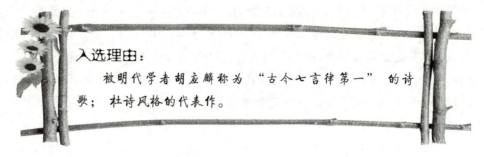

且立片论 这是作者大历二年 (767) 在夔州时的作品, 大概是九月九日所作。

这一年诗人 56 岁, 又因多病, 已经感到离生命的终点不远了, 因此是总结一生的作品, 是由一个短暂的个体生命推广到无限的自然宇宙中去思考的作品, 诗歌饱含哲理, 从形式到内容看都是精品。先说内容, 首联写景, 是登高所见, 一个 "哀" 字就融情于景, 是诗人情感外化的景。颔联向称名句, 但常被简单地看做写景名句。眼前所见为深秋之景, 登高视野开放, 显得阔大辽远, 无论落叶无边, 还是长江没有尽头, 都让人感觉莽苍雄浑, 似乎这景象的背后还蕴含着什么。事实上这两句写景是表象, 内里的含义是生命意识的灌注。无边落叶的秋天, 一年结束的开始, 人生又少了一岁, 老和病一起袭来, 本心报国却漂泊一世的诗人心中况味无限凄凉。生命就这样完结了吗? 望着滚滚而来的长江水, 关于无限和永恒的思考涌上心头。人生短暂和江河长流、自然宇宙永恒的对比, 尤其是失意而短暂的人生与之对比, 无限凄凉都注入无边落叶和不尽江水之中了。两句成为名句的内涵在此, 人生、生命、自然、宇宙的大思考, 尽在不言之中, 含蓄深沉, 情景交融。颈联虽明说, 不像颔联的深埋, 但概括力却很强。宋人罗大经的《鹤林玉露》说 "十四字中含八意", 他具体分析包含了哪八层意义。不过稍微留意就会读出诗人的 "一生总结" 来。如果说要用两句诗概括诗人的人生经历和诗歌主流风格, 那么这两句就是夫子自道, 最为恰当。到处漂泊, 感受的是秋天的悲凉; 从来多病, 度着孤独无助的岁月。尾联是颈联的补充, 也应时令解释不能登高饮酒的原因。一切都没有活力和生气, 一个 "停" 字似乎预示着生命即将结束。

诗歌被后人大加赞美, 除了内容感人之外, 还有突出的形式特点。本篇四联对偶, 是通体对偶的诗。对偶时诗人运用了叠字和双声叠韵的汉语特点, 加强了韵律的整齐美感。还有为人称道的"当句对"，即在一句之中自成对偶。首联的"风急"和"天高"，"渚清"和"沙白"都是主谓结构，形成对偶。中晚唐诗人深受其影响，李商隐就有一首标题为《当句有对》的七言律诗，每句句中都有对偶的格式。七言律诗的写作，在杜甫的晚年已是炉火纯青，他是第一个用这种格式写组诗的诗人。他对中国诗歌的一大贡献就是教会了后人如何将严格的格律和内容结合得和谐自然。本篇可以当做研究的范例。本篇还有一个结构上的突出特点，一三句写山景，二四句写江景，五七句写悲苦，六八句写多病，形成联与联之间交叉的结构，这样就打破了联的限制，全诗浑然一体。

登岳阳楼

杜 甫

昔闻洞庭水，今上岳阳楼。
吴楚东南坼，乾坤日夜浮。
亲朋无一字，老病有孤舟。
戎马关山北，凭轩 涕泗流。

岳阳楼：在洞庭湖边。**坼**：裂开，陷落。**乾坤**：天地。**戎马**：指战争。**轩**：栏杆。**涕泗**：这里都指眼泪。"泗"原意为鼻涕。

入选理由：

　　杜甫晚年的名作，与范仲淹《岳阳楼记》一起让岳阳楼成为名胜；宋人刘辰翁曾评点此诗"气压百代，为五言雄浑之绝"。

且立片论 此诗作于大历三年（768）冬季。诗人流落湖湘，登上岳阳楼，先感于水天气势，后感于家国身世，无限悲怆，写成了这首五律。此诗可分前后两解：前四句为一解，写闻名而登楼，登楼见洞庭湖之水势。开头平起，后两句突然造势，但也是紧承首句"水"字下笔，将洞庭湖的水域辽阔和水天相映的景象作了奇妙的夸张描写。幻觉之中好像整个吴楚大地都被水吞没了一样，进而还要扩大，连天和地都是浮沉在洞庭湖的水中，读后真觉得是置身在动荡的大水之中了。宋人唐庚评论说："一诗之中，如'吴楚东南坼，乾坤日夜浮'一联，尤为雄伟。虽不到洞庭者，读之可使胸次豁达。"后四句登临览胜之后，情感大变，内容急转直下，突然产生无限悲伤。如果不了解诗人的身世和写作年代以及当时的历史背景，还以为诗人是"为赋新词强说愁"呢。诗人一生漂泊，历尽艰辛，此时已是老病双煎，更悲伤的是有家难回，北方还因吐蕃入侵而战事紧张。亲人远离，自身不保；朋友下世，零落将尽；老境凄凉，更增孤独之感。"亲朋"一联不仅内容充实，真情感人，而且是反意成对，妥帖工整。尾联的诗人形象很鲜明，靠在楼栏上凄然北望，老泪纵横，天地之间只有一个孤独的身影，似乎很快就要消失在茫茫的大水之中了。

江南逢李龟年

杜 甫

岐王宅里寻常见，崔九堂前几度闻。
正是江南好风景，落花时节又逢君。

江南：这里指湖南长沙。李龟年：唐代著名的歌唱家。岐王：唐玄宗的弟弟李范。崔九：殿中监崔涤，排行第九。

入选理由：

　　心情沉重，风格含蓄的名作。

且立片论　　大历五年（770）春天，诗人流落在潭州（今湖南长沙市），遇见也是漂泊来此地的歌唱家李龟年。他乡逢旧知，几十年前的往事顿时涌上心头，人世沧桑的感慨千头万绪，诗人写下了这首诗。

　　大概在十四五岁时，诗人在洛阳就听过李龟年的歌声。由于歌唱得好，李龟年便成了高级贵族们的宠儿，经常出入于王公贵族之门。诗人当时虽年少，但已颇以文学自负，加上本是官宦子弟，所以也能出入王公贵族之门。这就是诗歌前两句的解释。后两句，初读不知究竟的人，还以为落花时节相逢，是他乡遇故知的人生快事呢。其实这两句蕴含的感情无比悲痛，因为今昔相比，昔是青春年少，国家太平（当时正是开元盛世）；今是老病穷愁，国难不断（连玄宗、代宗皇帝都被迫离开京城）。沧桑巨变，怎不叫人悲伤？后两句用的是《世说新语》的典故："过江诸人，每至美日，辄相邀新亭，藉卉饮宴。周侯中坐而叹曰：'风景不殊，正自有山河之异。'皆相视流泪。"东晋这些被赶到长江以南的贵族官员也是在春天里游玩，在草地花卉边宴会，周侯的两句话就让大家悲伤得流泪。为什么呢？因为他们原来的北方家园被异族侵占了。江南的风景虽然也很美，但山河却不同了，这是揪心的伤痛呀，所以大家情不自禁地流下泪来。诗人见李龟年的感觉就是这样的，也在江南，也是春天，也是好风景，但山河全异，还加上衰老，那揪心的伤痛比东晋的官员有过之而无不及。清人黄生评这两句说："言外黯然欲绝，见风韵于行间，寓感慨于字里。"诗人在这里是强忍着痛苦下的笔。两句的含蓄之美堪称一流。另外，从字面上看是落花纷飞、五颜六色的春光亮色，所含的情感却是黯然神伤的痛苦，似乎不和谐。其实这正是《诗经》以来就有的"以哀景写乐，以乐景写哀，一倍增其哀乐"的反衬手法。春天虽是良辰，春光虽是明媚，

157

但见之伤痛更甚。

这一年秋天，诗人凄然下世。

枫桥夜泊

张 继

月落乌啼霜满天，江枫 渔火对愁眠。

姑苏城外寒山寺，夜半钟声到客船。

> 张继，生卒年不详，字懿孙，襄阳（今属湖北）人。天宝十二年（753）进士。其诗多为旅游题咏之作，今存诗一卷。**枫桥**：在今江苏苏州市阊门外。**江枫**：水边的枫树。**渔火**：渔船上的灯火。

入选理由：

过去三岁小儿发蒙时就要背诵的诗篇，现在经过流行歌曲的传唱推广，几乎已是家喻户晓的诗篇了。

且立片论 这首诗意象很美，意境很深，韵律流转，朗朗上口。有人曾指出作者有意安排叠韵如"姑苏""寒山"等以增强音韵之美，大概这就是过去人们为什么都将它作为发蒙读物的原因吧。当然，这首诗的美不是如此简单就能讲清的。它的意象有密集和疏散结合运用的结构特点。前两句的落月、啼乌、满天霜、江枫、渔火、不眠人等，集中形成不明的心绪在冷落的声光点缀之下更显深沉的意境，好像有逼人愁苦的压抑。后两句舒缓而来，实为一个单句，只说半夜寺庙钟声传来，在寂静而不眠的夜里更显得寂寞空灵，更突出那"愁"字，好像那愁绪已弥漫在无边的夜空了。关于夜半钟声，欧阳修《六一诗话》曾云："诗人贪求好句而理有不通，亦语病也……唐人有云'姑苏城外寒山寺，夜半钟声到客船'，说者亦云句则佳矣，其如三更不是打钟时。"不过欧阳修误解了，唐代的寒山寺等寺庙是有夜半敲钟的习俗的。进一步说，诗人感悟兴会，只用钟声点染，融入意境，敲不敲钟不必细辨。诗人的"愁"又在哪里呢？尽管其心绪飘忽不定，但读者还是可以感觉到。乡愁，人生失意，恋爱婚姻困扰，病痛，如此等等，是任何人都难以避免的人生伤痛。因此就没有必要去追问究竟是什么愁了，只知道是人生常有的思绪，也就进入了诗人的心境。含蓄最好，说破反倒不是诗了。

送灵澈上人

刘长卿

苍苍竹林寺，杳杳钟声晚。
荷笠带夕阳，青山独归远。

刘长卿（？—789），字文房，宣州（今属安徽）人，一说河间（今属河北）人。天宝后期进士。为人很自负，写诗不署姓氏，只留"长卿"二字，自以为天下无人不知。**灵澈：**中唐著名诗僧。**上人：**唐人对僧人的尊称。**杳杳：**这里是悠远的意思。

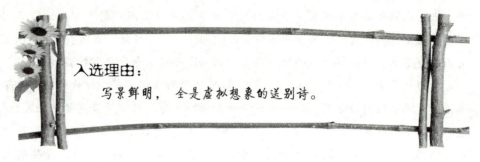

入选理由：

写景鲜明，全是虚拟想象的送别诗。

且立片论 唐代诗人很喜欢与僧人、道士交往。其原因有二：一是"天下名山僧占多"，道院僧房都在清泉白云山水之处，都在清幽之处。诗人爱山水自然，追求心境宁静。二是能诗能文的僧道很多，可以寻求知音同道。加上佛理阐扬、宗教关心，对生命、人生、前程、价值、自然、宇宙等玄理的探索，是敏感的诗人最感兴趣的。于是便多有了群分类聚的交往。

这首诗是诗人送灵澈回寺，想象他所居住的环境和融入自然的超凡生活的情状。竹树青翠，寺庙空寂的钟声传扬悠远，令人神往。灵澈在山水自然中自由往来，沐浴在朝晖夕阳之中，尽情地享受上苍的恩赐。当然，想象如此之美，是寄托了诗人的理想的，可以以此看出他的人生观和价值取向。不仅这一首，刘长卿还写了很多到寺庙道观游历的作品，表达的思想都与本篇相同，还留下了不少名句。"夕阳依旧垒，寒磬满空林"，"白云依静渚，芳草闭闲门"，"孤云将野鹤，岂向人间住"等等。

长沙过贾谊宅

刘长卿

三年谪宦此栖迟，万古惟留楚客悲。
秋草独寻人去后，寒林空见日斜时。

汉文有道恩犹薄，湘水无情吊岂知？
寂寞江山摇落处，怜君何事到天涯！

贾谊：西汉前期才华出众的人，因与一些老臣政见不合而调出京城，到长沙做太傅。后虽被汉文帝召回，但仍无大用。后忧郁而死，仅33岁。楚客：这里指贾谊。汉文：汉文帝。

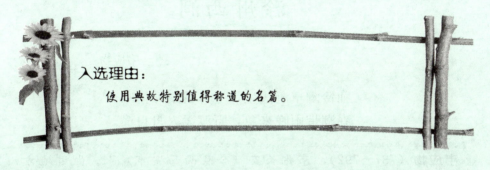

入选理由：
使用典故特别值得称道的名篇。

且立片论 刘长卿仕途坎坷，多次遭贬。这是他被贬中经过长沙贾谊故居时据所见所感写的一首七律。首联写贾谊被贬长沙三年，此地只留下他的悲伤往事了。颔联向称名句，有名在于用典贴切自然，吊贾谊而用了贾谊名作的成句，又用得一点痕迹都不留下。贾谊在《鵩鸟赋》中有"庚子日斜……野鸟入室兮，主人将去"等话语，"日斜"、"人去"是原文。刘长卿用于诗句中说秋草多么无情呀，只在主人离去后才猛长，巧妙地嵌入了"人去"两个字；他凭吊贾谊故居时正是下午，太阳偏西，又巧妙地嵌入了"日斜"两个字。两处嵌入都与诗意和诗风水乳交融般和谐，真是妙手偶得，浑然天成。两句诗抒情浓烈，对贾谊故居的荒凉冷落表示了深深的惋惜，进一步说是对封建社会人才的埋没表示出愤愤不平，也关联了自身的遭遇。这两句其实内涵丰富，很可品味。颈联就直说了，直接对汉文帝提出委婉的批评。汉文帝是历史上"文景之治"的好皇帝，都不过如此，对比不言的不好的皇帝就更加不满了。"湘水无情"一句也很动人，秋草无情，湘水无情，都是拟人的写法。这样写更生动，更能衬托"我"惺惺相惜的深情。这一句还关联了贾谊过湘水时吊屈原的史事，将怀才不遇的人物从古串到了自己，既深惜前贤，又痛在自身，似乎湘水尽成了悲伤的泪水。尾联故作问语也很有新意。

明明贾谊到长沙的原因是清楚的，却还要发此一问，诗歌就起了波澜，有了回旋的余味。所以沈德潜称赞说："谊之迁谪本因被谗，今云'何事而来'，含情不尽。"正说到此诗曲折含蓄的风格上去了。

滁州西涧

韦应物

独怜幽草涧边生，上有黄鹂深树鸣。
春潮带雨晚来急，野渡无人舟自横。

韦应物（737－792），京兆长安（今陕西西安市）人。做过地方州刺史官，最后为苏州刺史，人称"韦苏州"。诗歌内容较广，主要有山水寄情之作。**滁州**：今安徽滁州。**西涧**：城西门外的一条山涧。

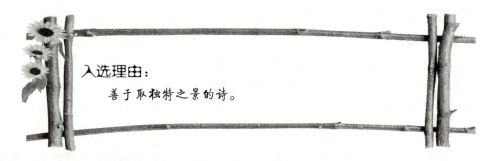

入选理由：

善于取独特之景的诗。

且立片论 宋代皇家画院常常用唐诗中的名句作为考试题目。本篇的"野渡无人舟自横"就是题目之一。

诗如画，画面独特是本篇的突出特点。画面的背景是春天里一个傍晚时分，一个山涧旁的小渡口，那里长满了青草，水边树上的浓阴深处黄莺鸟在鸣叫。画

面的醒目之处是涧水流得很急，春潮汹涌，一只渡船被冲得歪斜横着。这种常见的村野之景，当地人是不会注意的，但诗人是到这里来做地方长官刺史的，他要到处去视察，关注民情。他在另一首诗中写到："身多疾病思田里，邑有流亡愧俸钱。"可见他是一个爱民，有良知的官员。既是官，又是诗人，自然有不同于他人的敏锐感觉，所以他看到这样的村野之景不仅在意，而且立即将之纳入到审美的视野，引起其他的联想。村野之景是诗人爱的，首句"独怜"二字可见。他人未必爱，"我"偏爱。"我"是父母官，这是"我"的人民生息的地方，应该爱。另外，景中有情，"我"为什么爱此景？因为此景就是自然，就是本真。下雨了，渡口无人；水涨了，渡船被冲得歪斜；天晴了，有人过涧，就有人摆渡。一切都自然而然，这不是为政之道么？

塞下曲 （选二首）

卢　纶

其二

林暗草惊风，将军夜引弓。
平明寻白羽，没在石棱中。

其三

月黑雁飞高，单于夜遁逃。
欲将轻骑逐，大雪满弓刀。

经典

卢纶（? —799），字允言，蒲州（今山西永济）人。诗歌创作在当时较有名，为"大历十才子"之一。**白羽**：箭尾的羽毛，这里指箭。**石棱**：石头有棱角的地方。**单于**：匈奴首领。

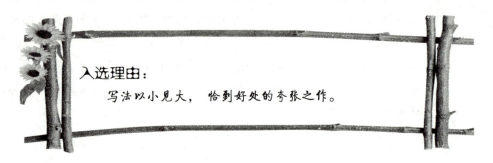

入选理由：

写法以小见大， 恰到好处的夸张之作。

且立片论 诗歌的题目全称是《和张仆射塞下曲》，是六首组诗，这里选的是其二、其三，形式是五绝。

第一首既是边塞诗，也是咏史诗，因为诗的全部内容都与一历史人物故事有关。《史记·李将军列传》说："（李）广出猎，见草中石，以为虎而射之，中石，没镞。视之，石也。"李广打猎时看见草丛中的石头，以为是老虎而一箭射去，箭头陷进石头中。这事记载本已夸张，但也并非不可能。如果石质疏松，箭头正好射在缝隙处，那是完全可能的。故事展现英雄风采，让人拍案惊奇，于是成为典故，成为文人的写作题材。诗句很精致，用字很考究，叙事切其要，只写一个场面。"惊"字很生动，让人想起前贤的"惊风飘白日"（曹植），"惊沙坐飞"（鲍照），风沙一下就有了灵性。正因为草像被突然吹来的风惊吓后一样，忽高忽低，加上"林暗"的背景，所以将军才误认石为虎，拉弓射去。射什么诗中没有说，也用不着再费笔墨，李将军射虎的故事人人尽知。诗写射虎事而通篇不见"虎"字，也是精简的用意。后两句更是夸张而精彩。历史故事只说箭头陷进去了，这里却说"白羽"，又说"没"，读后便有连箭尾都陷进去了的感觉；历史故事没说箭头射进什么地方，这里却突出射在棱角上，棱角是最硬的地方，这才显出将军的功夫手段，显出诗句的精神。

第二首叙事只叙结尾，没有过程；不写如何激战，只写敌人溃逃；写追击只写出发那一瞬间的场景；写场景不写全部，只特写大雪飞落在战士们的刀和弓上的镜头；也不交代猛追逃敌的结果，敌人首领究竟抓住没有，似乎一切尽在掌握之中。全诗表现的是不费吹灰之力就取得了胜利。这是展现英雄气概，高扬英雄主义精神的表达。

这两首诗歌都有短而精的特点。受诗歌体裁字数的限制，叙述必须简洁，但该突出的地方诗人一点也不少。月黑风高、单于夜逃，正是英雄用武的好时机，于是紧接着写轻骑追击。"大雪满弓刀"，以雪的寒冷衬托将士们杀敌的热情。一个"满"字运足笔力，透出十分豪气，雪满志也满，必胜毫无疑问。这种衬托的写法后世诗人也常用，如陆游写杀敌胜利，举行庆功会时是"三更雪压飞狐城"，以极冷之景衬极热的场面。

夜上受降城闻笛

李　益

回乐烽前沙似雪，受降城外月如霜。
不知何处吹芦管，一夜征人尽望乡。

> **李益**（748—827），字君虞，陇西姑臧（今甘肃武威）人。大历四年（769）进士，在边地做幕僚时多，所以多写边塞诗。诗歌体裁最成功的是七言绝句。**受降城**：这里指西受降城，在今内蒙古境内乌加河北岸。**回乐烽**：在西受降城附近。**芦管**：笛子。

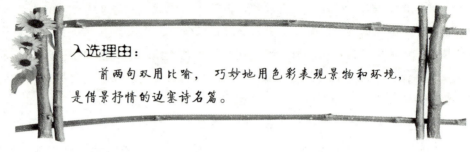

入选理由：

前两句双用比喻，巧妙地用色彩表现景物和环境，是借景抒情的边塞诗名篇。

且立片论 边塞诗是唐诗中的奇葩，数量不少。盛唐时最盛，是盛唐气象的标志之一；中唐以后衰落。本篇以及作者的其他同类作品就是诗歌史上由盛而衰的转折点。

边塞诗的题材内容丰富，写法也各异。本篇侧重写征人思乡，厌战的思想包含在其中。盛唐的英雄气概没有了，这正是随着唐帝国国力日渐衰弱而来的必然趋势。

本篇的艺术表现力强。背景描写双用比喻，天地之间一片白，空旷茫茫，广漠无边，同时又是死一样的寂静。在这空旷寂静之中，人的生命个体显得愈发渺小，变得无足轻重。但是，人的情感却是不死的精灵，它比任何事物都更强大。人在边疆戍守打仗，日复一日，艰苦的生活好像永远也不完结，胜无希望，败也不能承受，恐惧和死亡随时都萦绕心头。想家想亲人，想战争快些结束以告别恐惧和死亡，回归田里做一个自由人。想得很多很远，尤其是在夜里。诗写夜里，时间就选得很好。夜深人静，最容易动思念之情，加上冷霜似的月光照耀。吹笛之声来自何处何人不重要，但都能在此时产生极强的效果，何况笛声是思乡怀人的伤感曲子。就这一支曲子，引得"一夜征人尽望乡"，多么深情，多么形象的望乡啊！诗中一字不说愁苦，而愁苦全在征人的望眼之中。明代学者王世贞说："绝句李益为胜，'回乐峰'一章，何必王龙标、李供奉。"竟将其评价在李白、王昌龄的七绝创作之上了。清代学者李慈铭说这首诗"高格、高韵、高调"，尽管有些玄虚，但诗押"阳韵"的响亮却是可以感受到的。

游子吟

孟 郊

慈母手中线，游子身上衣。
临行密密缝，意恐迟迟归。
谁言寸草心，报得三春晖。

> **孟郊**（751—814），字东野，湖州武康（今属浙江）人。贞元十二年（796）进士。诗歌创作自成风格，后人褒贬不一。**游子**：远行在外的人，这里主要指为功名仕宦在外的人。**寸草**：小草。**三春晖**：春天的阳光。

入选理由：

写母子亲情细腻感人；"谁言"两句脍炙人口。

且立片论　诗题之下原有作者自注："迎母溧上作"。可见是感发而作。作者人生比较坎坷，近五十岁才终于考中进士，高兴得几乎发狂，写下了"春风得意马蹄疾，一日看遍长安花"的诗句。但是，中进士并没有给他带来官运亨通，而是沉沦在溧阳（今江苏境内）做尉，相当于副县级。他不满，就不处理事务，常在工作时出行垂钓，县长因他名声大还不能扣其俸禄。作者是个极具孝心的人，副县级总还算国家官员，也可光宗耀祖一番，因此把母亲接来享享福自在情理之中。

可是副县级的俸禄毕竟有限，要想完全完美地报答慈母还显得心有余而力不足。想着这些，尤其是想到母亲抚养自己的辛劳往事，不禁惭愧之至，诗情涌动，写成此篇。

　　诗共六句，是一首古体诗。有两个突出的特点：一是以点带面，只写母亲为自己缝衣的细节，而概括对自己的全部关爱。以具体的缝衣来表达抽象的关爱，用形象说话，用质朴家常动人，是创作成功之处。二是末两句以议论作比喻很有特点，议论正大，比喻高明。避免了议论的空洞，形象感很强，又含有可普遍应用于人类的道理，涉及天下一切为人子女的人。小草难以报答春天阳光给它的养育之恩，为人子女的能完全报答母亲的养育之恩吗？两句用问句效果更好，正好让天下为人子女者拷问心灵，净化情感。

早春呈水部张十八员外 (其一)

韩　愈

天街小雨润如酥，草色遥看近却无。
最是一年春好处，绝胜烟柳满皇都。

韩愈（768—824），字退之，河南河阳（今河南孟县）人，因韩家郡望在昌黎，故世称"韩昌黎"。死后谥"文"，后世又称"韩文公"。贞元八年（792）进士。曾为吏部侍郎等官。宣扬儒家思想，倡导"古文运动"，为"唐宋八大家"之一，影响很大。诗歌创作自辟蹊径，试图以雄奇创新。今有诗文集传世。**张十八**：张籍，是韩愈的朋友。**员外**：员外郎，官名。**天街**：京城的街道。**皇都**：京城。

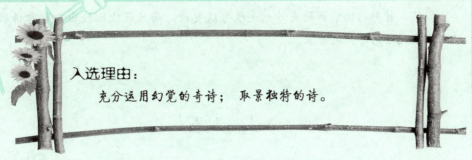

入选理由：

　　充分运用幻觉的奇诗；　取景独特的诗。

且立片论　题目有"早春"二字，点明写诗时令；有"呈"字，呈的什么值得注意。这首呈给朋友的诗其主要目的是让朋友出来赏春，不要老蜗居在家，不要太专心于写作而影响身体，完全是为关心朋友而写。京城的早春最可欣赏的是什么景色呢？是柳色。诗中不是写的"草色"吗？为什么不说欣赏草色呢？这正是解读本篇的关键。

　　很有影响的《唐诗鉴赏辞典》（上海辞书出版社）解释本篇说："远远望去，朦朦胧胧，仿佛有一片极淡极淡的青青之色，这是早春的草色……当你走近去看个仔细，地上是稀稀朗朗的极为纤细的芽，却反而看不清什么颜色了。"这样解释大概是受了诗的后两句的语法误导所致。"绝胜烟柳"，似乎是说这样的草色远远胜过烟柳满皇都的景色。不过这种解释大可商榷。诗中的"草色"并非说草，而是诗人巧妙地运用了幻觉，将京城早春一片嫩黄的柳丝感觉成草色了。"遥看"最容易产生这样的幻觉。"近却无"即走近看却没有了，正说明不是草色，而是其他。如果说是草芽，再小再细也是有的，不能说"无"。京城长安的柳是非常有名的，各种季节有不同的景致，是诗人常咏的题材。作者在这里取景向朋友推荐，正是欣赏它早春似草色而非的嫩色，不同于其他时节的绿暗深浓的景色。这就是取景的新意。相反，京城长安的早春是没有淡绿的草长出的，不会有草芽呈现出来让人远看就感到是草色的现象。对末句的语法分析，"绝胜"是"绝对胜过"还是其他的意思，这是分歧的焦点。我们认为应解释为"非常美"、"美极了"（这是完全有训诂学依据的）。这一句的意思是：京城早春烟蒙蒙一片的柳色真是美极了。连同上一句，就表明了作者独特的赏景视角和趣味，这就是向朋友推荐的理由。

当然，首句的比喻新颖美妙也是很可欣赏的，而且还能比较出与韩愈诗歌创作的主流风格的不同之处来。

山 石

韩 愈

山石荦确行径微，黄昏到寺蝙蝠飞。
升堂坐阶新雨足，芭蕉叶大支子肥。
僧言古壁佛画好，以火来照所见稀。
铺床拂席置羹饭，疏粝亦足饱我饥。
夜深静卧百虫绝，清月出岭光入扉。
天明独去无道路，出入高下穷烟霏。
山红涧碧纷烂漫，时见松枥皆十围。
当流赤足踏涧石，水声激激风吹衣。
人生如此自可乐，岂必局束 为人靰？
嗟哉吾党二三子，安得至老不更归？

> **荦确**：崎岖不平，险峻。**支子**：栀子花。**疏粝**：粗粮。**穷烟霏**：只在烟云中走。**局束**：拘束。**为人靰**：受人控制。**吾党二三子**：指志同道合的几个人。

170

入选理由：

韩愈的代表作；被金人元好问称为是真正表现男子汉风格的诗。

且立片论 这首诗写了一次游历的过程，完全按时间顺序安排结构，分为"黄昏到寺"、"夜深静卧"、"天明独去"三个主要部分，最后四句议论点题，阐明希望不受拘束，永远自由地生活在自然之中的思想。

这首诗可以看到作者感受外物的胸怀，驾驭语言的能力。几个时段的不同景物都写得形象鲜明，让人如历其境。佛寺的深暗，夜月的明亮，红叶与碧水的映照，参天的大树等等，都使人历历在目。特别值得注意的是作者的审美趣味和性情胸襟在诗中景物上的体现。他喜欢雄奇壮美的景物，欣赏十人合抱的高大松栎，感到赤脚淌水踏石的快乐，乐于临风披襟，任山风狂野。他喜欢出头露面，喜欢议论，喜欢站出来说话，有时甚至毫不掩饰自己的观点，他的两次遭贬都与性情有关。这些在他的诗歌创作中也有充分体现，不仅是用字用语，还喜欢训人，例如《调张籍》的"李杜文章在，光焰万丈长。不知群儿愚，那用故谤伤。蚍蜉撼大树，可笑不自量"，就是直接训斥元稹、白居易的，将他们视为愚蠢的小儿。即使景物没有粗豪有力的特点，作者也会移情于彼。他人看到的"新雨"是柔情，他感到的却是"足"的力度，一个"足"字很能显示韩愈的个性特征；"芭蕉叶大支子肥"，一"大"一"肥"，使景物在独特的视角之下似乎发生变异，但却更显精神，更有生气。特别是"肥"字可以和李清照的"绿肥红瘦"的"肥"相比，明显地看出了两人的审美差异，李清照是讨厌那"肥"的。韩愈诗歌的这些特点对后人很有影响，以至于有人借此贬低柔美纤细的艺术风格。元好问在论诗绝句中将秦观《春日》的"有情芍药含春泪，无力蔷薇卧晓枝"讥评为"女郎诗"就是一例。

江 雪

柳宗元

千山鸟飞绝，万径人踪灭。

孤舟蓑笠翁，独钓寒江雪。

柳宗元（773－819），字子厚，河东（今山西永济）人。贞元九年（793）进士。为礼部员外郎时，因政治集团斗争被贬为永州（今湖南零陵）司马，十年后调任柳州（今属广西）刺史，卒于任上。世称"柳柳州""柳河东"。是"古文运动"的领袖人物，"唐宋八大家"之一，与韩愈齐名。诗歌风格与韩愈不同，较为含蓄深沉。有诗文集传世。**蓑笠**：遮雨雪的用具。

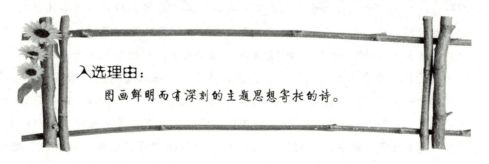

入选理由：

图画鲜明而有深刻的主题思想寄托的诗。

且立片论 小诗很可能作于作者初贬永州不久，很可能是虚构的内容，真实生活中没有这样一个"独钓寒江雪"的人，只是作者的意念而已，是他自己说的"虽万受摈斥，不更乎其内"的精神外化图景。他被贬之时，心情极度苦闷，但性情又"倨野不能摧折"。韩愈《柳子厚墓志铭》说他很早就显示了超人的才华，结果二十一岁就中进士，又连中博学鸿词科，可谓少年得志，一帆风顺。但几年之后就遭遇人生挫折，贬到远方，做了一个有名无实的司马。他没有过错，无辜受此重创，怎么也想不通；他困惑，又难以心平，为人性格又较内敛，于是便用文学的方式来宣泄郁闷。本篇是图解意念，主题先行的作品。为了突出他的不满和孤独抗争的思想，就虚构了独钓人物和场景，事实上那场景中除了独钓者外就是白茫茫的天地，一无所有。白茫茫的天地之间一点生气也没有，这正象征着他眼里的政治形势。从常理讲，垂钓是闲情逸趣的表现。在冰天雪地中垂钓，不是愤世嫉俗独行卓立的人物，就是精神病患者。诗中的"孤舟蓑笠翁"就是诗人自己，凌寒冒雪象征松柏品性，无畏而不屈。不过作者用具体的形象来描述，写得似乎真有这样一个独钓者一样，不得不让人叹服他的构思和文学功力。另外，本篇是一首古绝，选择"绝""灭""雪"入声字押韵，有阻塞压抑的发音感受，韵尾急迫而音节短促（入声字有喉塞音韵尾），与严酷的现实，诗人内心的苦闷及不屈抗压等内容十分和谐。

渔 翁

柳宗元

渔翁夜傍西岩宿，晓汲清湘燃楚竹。
烟销日出不见人，欸乃一声山水绿。
回看天际下中流，岩上无心云相逐。

汲：打水。欸乃：划桨的声音。

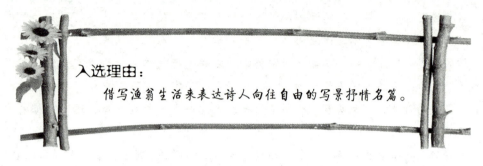

入选理由：

借写渔翁生活来表达诗人向往自由的写景抒情名篇。

且立片论 湘江边真有这样的渔翁，江湖中真有这样的自由。

这首诗大概是作者在永州（今湖南零陵）居住了较长时间之后所作的。刚来时的苦闷强度减弱了，孤独的抗争意志淡化了。他在思考以一己之力如何能抵抗专制集团的高压暴力，古往今来的宦海浮沉中，个体显得是多么的渺小和不测，还不如在山水之中寻求苦闷的排解。于是写《永州八记》以抒情见志，写本篇诗歌以寄托人生理想。

本篇画面迭出，动感很强，色彩变幻，很有视觉冲击力，与《江雪》死一般的静止大不相同。渔翁的生活情状是作者从夜里取景到朝日照耀之后的一段，从渔翁的动作和视野变化来分解组合。画面的背后是渔翁不问世事，远离尘世，远离纷争，远离烦恼的悠然，无拘无束的自由生活方式。更深层的解读是表达了作者政治失意后的人生价值取向，希望在自然中释放自由心情，消除烦恼，如同渔翁那样生活。

本篇突出"自由"主题，于是形式也随意配合，是一首只有六句的古诗。因为随意，结构便成了后人的话题。苏轼曾说最后两句"虽不必亦可"，意思是删去还更好，"欸乃一声山水绿"境界优美含蓄。再加后两句就留下了痕迹，一是有陶渊明的"云无心以出岫"在前，二是向往自由说得太露。到了清代的古文大师刘大櫆手里，后两句干脆不用，明白地说是绝句诗了。当然，认为不能删的也有。明代文人领袖李东阳就认为"若只用前四句，则与晚唐何异"。

秋 词

刘禹锡

自古逢秋悲寂寥，我言秋日胜春朝。
晴空一鹤排云上，便引诗情到碧霄。

刘禹锡（772－842），字梦得，祖籍洛阳（今属河南），后迁居浙江。贞元九年（793）进士。性情刚强，能顶住压力，后出任刺史等官，一直到太子宾客，人称"刘宾客"。有诗文集传世。**寂寥**：寂寞萧条。**排云上**：冲云层。**碧霄**：蓝天。

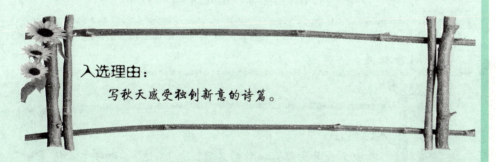

入选理由：
写秋天感受独创新意的诗篇。

且立片论 自从宋玉开创了"悲秋"文学后，古代文人因自己的经历遭遇不好而逢秋必有悲伤愁苦之感，写成作品，就是"悲秋"主题。不计其数的悲秋作品尽管也抒发真情实感，也很动人，但几乎千篇一律，写多了，特别是后来有些应景之作就成了陈词，缺乏创新，影响了读者的兴趣。

本篇一反传统，热情歌颂秋天，思想性突出，立意新。诗歌意象清朗，境界开阔，风格刚健。诗人抓住秋天万里晴空的常有特征着笔，先摆出"天高任鸟飞"的大背景，再让一鹤冲天而起，这就有了点和面有机结合的图景，形象便已取胜。

进一步说，一鹤冲天的形象是有含义的，它象征着勇敢无畏的精神。诗人正是一个像鹤一样高飞的人，他被贬了二十多年，并没有被压垮而失节。后来回到京城，很多敌对势力的人已经死去，他却高唱着"前度刘郎今又来"的近乎挑衅的诗歌自豪。连白居易对他的遭贬都感到不公平，有"命压人头可奈何"的悲叹，但刘禹锡却朗吟"沉舟侧畔千帆过，病树前头万木春"，以穿越时空的眼光看待人生和历史，给我们展现出一个独立伟岸的形象来。

竹枝词

刘禹锡

杨柳青青江水平，闻郎江上唱歌声。
东边日出西边雨，道是无晴却有晴。

> **竹枝词**：原是重庆、湖北、湖南相邻一带流行的民歌。**晴**：与"情"同音双关。

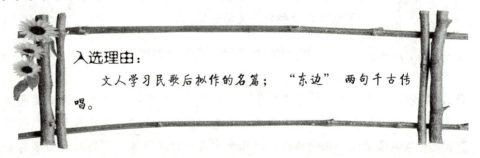

入选理由：
文人学习民歌后拟作的名篇；"东边"两句千古传唱。

且立片论 作者长期在今重庆东部和湖南西部一带做地方官，与人民朝夕相处，有条件学习民间文学的内容和形式。本篇就是他在夔州（今重庆奉节）任职期间，根据当地民歌的语言通俗，形式活泼且多有男女相爱的内容而新创的诗歌，仍以旧名称标题。

诗歌以男女相爱为内容，这在《诗经》以来就是诗歌创作的主要题材之一。诗歌以民间最常见的男女对歌的风俗为主要形式，抓住了沉醉于爱情的男女双方微妙的心理变化特点，集中在有情无情上表达，使全诗有了轻灵活泼的风味。同时，来自于民间的歌谣常以起兴和比喻的方式表达，本篇也有这样的突出特点。"东边"一句的比喻非常恰当，使用的"晴"与"情"的双关修辞十分准确，让读者真实地感受到了男女相爱时感情的难以捉摸的心理。另外，诗歌虽然学习民歌而作，但其语言洗练，不像真正民歌那样朴素，与典型的汉乐府民歌相比显得更为精练，不像"上邪！我欲与君相知"、"闻君有他心，拉杂摧烧之"那样口语般质朴。

金陵五题（选二首）

刘禹锡

石头城

山围故国周遭在，潮打空城寂寞回。
淮水东边旧时月，夜深还过女墙来。

乌衣巷

朱雀桥边野草花，乌衣巷口夕阳斜。
旧时王谢堂前燕，飞入寻常百姓家。

石头城：在今江苏南京城内，是三国时孙权修建的。周遭：四周，周围。淮水：秦淮河，流经金陵城内。女墙：城墙上呈凹凸形状的矮墙。乌衣巷：东晋时金陵城内高级贵族居住的一条街道。朱雀桥：金陵城南跨秦淮河的一道桥，与乌衣巷邻近。

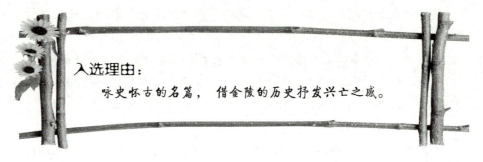

入选理由：

咏史怀古的名篇， 借金陵的历史抒发兴亡之感。

且立片论 这两首诗是同时作的，是作者到金陵游历后写的五首组诗中的两首，都与城内的历史名胜有关，都与六朝的历史有关，由标题可见。名胜是凝固的历史，它们默默无声地诉说着百年、千年的兴亡，诉说着世间的繁华和萧条，诉说着英雄豪杰的喜怒哀乐。名胜沉甸甸地压迫诗人的思考，人世社会究竟是怎样的？何以繁华要风流云散？何以英雄有末路悲凉？如火如荼的兴旺为什么会变成白茫茫大地的萧条？还有太多太多的问号。每当伫立在有历史印痕的地方，诗人总在思考，总有诗篇穿越古今。

第一首遥想当年孙权为江东豪杰时的历史，虽不说孙权，但石头城已经足够说明了。孙权是一个雄才大略的皇帝，留下了多少故事。"生子当如孙仲谋"成了人们的企盼。可是"如今安在哉？"诗人没有从他的历史业绩着笔，而是将其辉煌全部荡开，回到眼前的废墟上，望着那永远在天上悠悠游走的冷月，它又从石头城的矮墙上旋过来了，却不照孙权，而照今人了。诗人所表达的是历史沧桑的悲凉，表达的是生命的短暂和微不足道的思想。诗歌的风格含蓄，一字不提思想情感，只在意象上关照，只有寂寞的潮水透出人的悲声。这是这首诗最突出的艺术价值，因此前人曾将它推举为唐代第一流的七绝。

第二首写东晋高级贵族的居住地，也不写他们曾经的风流繁华，而只写眼前的景物。野草都开花了，人又到哪里去了呢？又是人间的一个黄昏了，人还能归来吗？燕子又归来了，可是已经换了人间，如今它们飞进的是平民家中了。燕子年年来，永不停息，不择富贵或贫穷，永远亲近人家。富贵和贫穷又有什么区别呢？一旦拥有它的人消失在历史时空中的时候，富贵和贫穷原来都毫无意义。当年的王家大族和谢家子弟是多么风流富贵的名士啊！可是他们的大宅无影无踪了，荣华富贵无影无踪了。每当形成古今对比的时候，诗人就只剩下一声长叹，悲从中来，消极之至。从诗歌表达思想的角度看，诗人悲叹的背后是群体的理性认识，即否定荣华富贵的永恒为人生指南。从"古诗十九首"开始就有明显的认识，"生年不满百，常怀千岁忧。昼短苦夜长，何不秉烛游?""不如饮美酒，被服纨与素"等都是因人生不能久长，荣华富贵不能久长而产生的及时行乐的文学思想。这种思想在唐代的咏史怀古诗中比比皆是。李白的慨叹"功名富贵若长在，汉水亦应西北流"，李峤的《汾阴行》结尾处有"山川满目泪沾衣，富贵荣华能几时。不见只今汾水上，惟有年年秋雁飞"四句，艺人将它谱曲演唱，将唐玄宗都感动得流泪，连声称赞李峤是真才子。也如前一首的风格，本诗中一字不提诗人的什么情感思想，只让景物说话，而情感思想全在其中。

两首诗都小，语言有限，但都能尺幅见万里，语言外是沉重的大主题。大概这就是绝句优秀的标准。

近试上张水部

朱庆馀

洞房昨夜停红烛，待晓堂前拜舅姑。
妆罢低声问夫婿，画眉深浅入时无?

朱庆馀（797—?），名可久，字庆余，越州（今浙江绍兴）人。敬宗宝历二年（826）进士。曾官秘书省校书郎，游历边塞。诗歌风格清新。**近试**：接近考试时。**张水部**：张籍。**停**：点燃。**舅姑**：公婆，丈夫的父母。**入时无**：符合时尚吗。

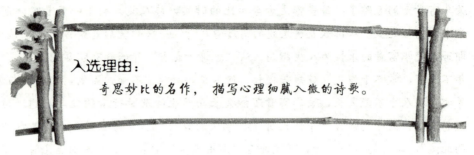

难忘经典

诗 词 Shi Ci

且立片论　这是一首比体诗。所谓比体诗，就是全篇写的是某类事物、人物，而实际表达的意义是另一类事物、人物。

本篇作者将自己，一个将要参加进士考试的男子，比作一个新婚后第二天要去拜见公婆的新娘，把接受他呈诗的张籍比作新郎，把公婆比作决定命运的主考官。通篇都是比，比得十分得体。唐代的科举考试中，年轻无名，没有地位的人往往要向有地位的名人"行卷"，就是用自己的作品（不一定是诗歌）来表明自己的才能，希望得到引荐帮助，以求考中或其他获益。本篇就是在这样的文化背景下写出的，就是"行卷"。之后还有张籍的答诗，也是用比体写成，诗曰："越女新妆出镜心，自知明艳更沉吟。齐纨未足时人贵，一曲菱歌敌万金。"很自然地也把朱庆馀比作一个女子，而且还是一个美丽的歌女。朱庆馀是越州人，所以用"越女"见意。既然美丽又有歌唱才能，就用不着刻意梳妆打扮了（成竹已在胸）；那些用绫罗绸缎精心打扮出来的女子不一定吸引人（考不中），只凭自己的功力唱一曲江南的清新自然的采莲歌，就是帝王也要受感动，肯定会取得成功。

本篇的场景描写，人物的声情动作刻画，堪称一流。尤其是新娘的心理微妙之处也细腻地表达出来了，很能传神。那一句"画眉深浅入时无"的问句，不仅生动，还超越了本题，成为写作、演讲、讨论等谦虚风趣表达、征求别人意见的理趣名句。

观刈麦

白居易

田家少闲月，五月人倍忙。夜来南风起，小麦覆陇黄。

妇姑荷箪食，童稚携壶浆。相随饷田去，丁壮在南冈。

足蒸暑土气，背灼炎天光。力尽不知热，但惜夏日长。

复有贫妇人，抱子在其旁。右手秉遗穗，左臂悬弊筐。

听其相顾言，闻者为悲伤。家田输税尽，拾此充饥肠。

今我何功德，曾不事农桑。吏禄三百石，岁晏有余粮。

念此私自愧，尽日不能忘。

白居易（772—846），字乐天，祖籍太原（今山西太原南），后迁下邽（今陕西渭南北）。曾任过左拾遗、江州司马等职。白居易的诗歌以通俗浅显著称，今留有作品3000多首，他自己分之为讽喻诗、闲适诗、感伤诗、杂律诗四类，元稹为之编辑为《白氏长庆集》。**箪：**装食物的竹器。**饷田：**给田里干活的人送饭。**秉：**拿着。**弊：**破烂。**岁晏：**年终。**尽日：**永远，一生。

入选理由：

这首诗的思想性很突出，作为封建社会的官员，能够关注民生疾苦，同情人民，自我反思，实属可贵。

且立片论 这是作者早年任周至县县尉时所写的一首诗。作品对造成人民贫困之源的繁重租税提出指责，对于自己无功无德又不劳动却拿很高的薪金而深感愧疚，表现了一个封建官吏的良知。

全诗分四层。"农家少闲月，五月人倍忙"两句总领全篇，交代时间，营造气氛；"夜来南风起，小麦覆陇黄"，一派丰收景象，暗示下文。"妇姑"以下八句为第二层，写农户忙于收割及其生存状况。第三层选了一个典型的画面，即一个贫穷孤苦无依的妇女，她家被租税剥削得一无所有，只有靠拾一点遗落在地里的麦穗来充饥。这一层饱含感情，最为动人。最后一层是"今我"以下六句，是作者触景生情后的反省。全诗语言通俗，如实描写，叙述层次分明，议论观点鲜明，不难解读。

赋得古原草送别

白居易

离离原上草，一岁一枯荣。
野火烧不尽，春风吹又生。
远芳侵古道，晴翠接荒城。
又送王孙去，萋萋满别情。

赋得：唐代按大家约定的题目作诗歌，前面多加"赋得"两个字，就是写的是什么题目的意思。**离离**：草摇动而茂盛。**侵**：蔓延生长。**王孙**：这里指远行的人。**萋萋**：草茂盛。

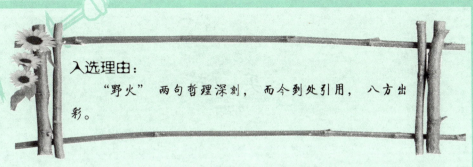

入选理由：

　　"野火"两句哲理深刻，而今到处引用，八方出彩。

且立片论　　旧说这首诗是诗人青年时的作品。白居易初到长安，拜见知名诗人顾况，顾况便用他的名字开玩笑说："长安百物皆贵，居大不易。"后来读到了"离离原上草"以下四句诗就说："有句如此，居天下亦不难。老夫前言戏之耳。"

　　这首诗写草的特征很细，尤其受人称道的是写出了草的生命力强和草有感情两大特点。诗的结构可分为前四后四。前四句写草的生长特点，突出其生命力，重在揭示道理；后四句写草的蔓延特点，在空间上做文章，突出其无所不在，重在抒情。因为题目有"送别"，写草是为送别服务的。送别必然动情，除了参与的人之外，最好能调动外物动情，于是无情感的草就成了人。前人已有这样的构思，本篇也如此。"古道"、"荒城"算是通向最远最边的地方了，然而草还是在那里生长，草在那里生长不是无目的的，而是因为"王孙"要远行，草便永远伴随其而生长。当然，这里用"王孙"的典故有望远行人早归的意思。

　　关于草与相思及送别含情的文学表达，很早就有了，它与古代赠芳草结恩情的风俗有关。"古诗十九首"的"涉江采芙蓉，兰泽多芳草。采之欲遗谁，所思在远道"，蔡邕《饮马长城窟行》的"青青河畔草，绵绵思远道"等算是开头。到了唐诗就多了，王维的"惟有相思似春色，江南江北送君归"，刘长卿的"江春不肯留行客，草色青青送马蹄"都是名句。李煜的"离恨恰如春草，更行更远还生"又翻出新意。白居易本篇只能居中流了。

买 花

白居易

帝城春欲暮，喧喧车马度。

共道牡丹时，相随买花去。

贵贱无常价，酬值看花数。

灼灼百朵红，戋戋五束素。

上张幄幕庇，旁织笆篱护。

水洒复泥封，移来色如故。

家家习为俗，人人迷不悟。

有一田舍翁，偶来买花处。

低头独长叹，此叹无人谕：

"一丛深色花，十户中人赋。"

> **度**：往来。**灼灼**：花色鲜艳。**戋戋五束素**：小小的五束白色花。**幄幕**：帐篷。**泥封**：用泥土包住花的根部。**谕**：明白，理解。**中人赋**：中等人家所交纳的租税。

入选理由：

借买花一事反映社会现实，揭露唐代社会贫富不均的诗篇。

且立片论 白居易早年在长安做官时写了一组《秦中吟》，共十首，都是反映社会现实的作品。后来他自己也以此为自豪，写诗说"一篇《长恨》有风情，十首《秦吟》近正声"。自以为接近"正声"，那标准已是很高，是《诗经》的标准了。诗人自称是"讽喻诗"，写作的目的是让官员注意，让皇帝注意，注意社会现实，注意民生民情，希望改良政治。

　　这一首诗虽是反映现实，但题材比较特殊。"买花"生活不是山野乡间所能有的，只有京城等大城市的官员、有闲而又富裕的阶级才知道"欣赏"花的。诗写买牡丹的人之多，惜花、护花都追求其高价，影响范围很广，这倒是当时的社会风气。白居易的朋友刘禹锡就写过"惟有牡丹真国色，花开时节动京城"的诗篇。不过贵族、有闲阶级为花而狂，却忽略了生活艰难困苦的劳动人民。他们中有很多人连果腹都成问题，哪里还有条件"欣赏"花呢。作者的用意显然是对贫富不均感慨不满，所以在结尾处借一个老农来感叹发言，真是一丛颜色好的牡丹花，要抵十户中等人家的租税价值！这一对比之下，一边是不惜钱财买花的剥削阶级，一边是流着血泪却还要为交租犯愁的劳苦大众。这是多么不公平的社会啊！

上阳白发人

白居易

　　上阳人，红颜暗老白发新。绿衣监使守宫门，一闭上阳多少春。玄宗末岁初选入，入时十六今六十。同时采择百余人，零落年深残此身。忆昔吞悲别亲族，扶入车中不教哭。皆云入内便承恩，脸似芙蓉胸似玉。未容君王得见面，已被杨妃遥侧目。妒令潜配上阳宫，一生遂向空房宿。宿空房，秋夜长，夜长无寐天不明；耿耿残灯背壁影，萧萧暗雨打窗声。春日迟，日迟独坐天难暮；宫莺百啭愁厌闻，梁燕双栖老休妒。莺归燕去长悄然，春往秋来不记年。唯向深宫望明月，东西四五百

回圆。今日宫中年最老，大家遥赐尚书号。小头鞋履窄衣裳，青黛点眉
眉细长；外人不见见应笑，天宝末年时世妆。上阳人，苦最多。少亦
苦，老亦苦，少苦老苦两如何？君不见，昔日吕向《美人赋》；又不见，
今日上阳白发歌！

> 上阳：上阳宫，在洛阳，是唐代皇帝的行宫。绿衣监使：穿绿衣的
> 太监。耿耿：明亮的样子。萧萧：风吹之声。"梁燕"句：意指老
> 宫女已经看惯了燕子双飞，对自己的孤独已经麻木得不会嫉妒了。
> 大家：宫女们对皇帝的称呼。尚书：女官也有尚书。吕向：唐玄宗
> 时的文人，作赋讽刺皇帝好色。

入选理由：
    揭露封建统治者毫无人道的诗篇，反映古代宫女们
痛苦生活的史诗。

且立片论　白居易创作了 50 首新乐府组诗，多方面地反映了当时的社会现实。
这是第七首。

　　古代皇帝为了满足自己奢侈生活的需要，从各处选进宫女，数量巨大。许许
多多的宫女从少女时进宫后直到衰老，一生就消耗在深宫之中了。她们失去了做
人的许多权利，实际上一生都没有人关爱，从来没有感受过爱情，有的还从未见
过皇帝的面，因为她们是住在远离京城的行宫之中。

　　本篇以唐朝的东都洛阳行宫的宫女为例，在离京城那样近的大城市之中，宫
女们仍然过着与世隔绝的生活。美丽少女从十六岁"脸似芙蓉胸似玉"时选进上
阳宫，美丽在漫长的秋夜中渐渐寂寞地消失；到六十岁时，已经孤独地望见月亮
"东西四五百回圆"了，白发渐渐满头，竟还从未出宫，这是什么样的人间呀！她

们的感觉已经迟钝，思想被岁月折磨得已近麻木。还穿着五十年前的时装，"小头鞋履窄衣裳"；化妆也早已过时，"青黛点眉眉细长"，潜意识里还想将自己打扮好等待皇帝的到来，人性的本能使她们还残存着被爱的希望，这真是欲哭无泪的悲哀！同时的诗人元稹也有一首同样题材的小诗，含蓄地表达了行宫中宫女们寂寞无聊的生活状况，就是那首很有名的《行宫》："寥落古行宫，宫花寂寞红。白头宫女在，闲坐说玄宗。"将两首诗合起来看，这些应该是当时真实的状况，而不是诗人虚构的内容。

卖炭翁

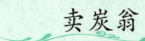

白居易

卖炭翁，伐薪烧炭南山中。满面尘灰烟火色，两鬓苍苍十指黑。卖炭得钱何所营？身上衣裳口中食。可怜身上衣正单，心忧炭贱愿天寒。夜来城外一尺雪，晓驾炭车辗冰辙。牛困人饥日已高，市南门外泥中歇。翩翩两骑来是谁？黄衣使者白衫儿。手把文书口称敕，回车叱牛牵向北。一车炭重千余斤，宫使驱将惜不得。半匹红纱一丈绫，系向牛头充炭直。

南山：终南山。何所营：做什么用。辗：碾轧。辙：车轮碾轧道路后留下的痕迹。翩翩：轻松快速的样子。黄衣：唐朝地位较高的太监穿黄衣，无品级的穿白衣。可见这两人是一个头目，一个随从。把：拿着。敕：朝廷的命令。北：皇宫在城北边。直：值。

入选理由：

借一老人烧炭卖炭的遭遇来反映现实，揭露统治阶级的罪恶，关心民间疾苦的新乐府名篇。

且立片论 这是 50 首新乐府中的第 32 篇，小序说是"苦宫市也"，告诉我们诗的内容与"宫市"有关。"宫市"是怎么一回事呢？原来皇宫中也开设有所谓物品交易的市场。有这样的背景，太监们便假传命令，在民间巧取豪夺，侵吞老百姓的劳动成果。

诗的内容清楚明白，叙事有头有尾，还把爱憎情感包含在叙述之中，不作另外的表达。一个在终南山辛辛苦苦烧炭的老人，好不容易烧成一车炭，运到京城去卖，心想卖一个好价钱，以求维持生计。竟被两个太监借口宫市需要强行夺去，随便用一点穷人根本不需要的绫缎，就作为一千斤炭的价值。这哪里还有公理可言呀！诗人以一典型事例，概括了无数的被压迫受苦的不公平现象，揭露了社会的黑暗。

诗歌的语言虽然通俗易懂，但写作还是很有特色。除了叙事，还有描写，人物形象的描写不仅有肖像，如"满面"两句写卖炭翁很形象，还有心理描写，让卖炭老翁的立体感很强。两个太监虽然没有作具体描写，但他们的动作、声音其实已传递给读者了，他们的胡作非为已引起了读者的憎恨。还有诗中反衬手法的运用也很成功。老人本来身上就衣单，还希望冬天更寒冷，这样炭就可以卖一个好价钱，结果却全被太监夺去，对比反差多大啊！

琵琶行 ^{并序}

白居易

　　元和十年，予左迁九江郡司马。明年秋，送客湓浦口，闻舟中夜弹琵琶者，听其音，铮铮然有京都声。问其人，本长安倡女，尝学琵琶于穆、曹二善才。年长色衰，委身为贾人妇。遂命酒，使快弹数曲，曲罢悯然，自叙少小时欢乐事，今漂沦憔悴，转徙于江湖间。予出官二年，恬然自安，感斯人言，是夕始觉有迁谪意。因为长句，歌以赠之，凡六百一十二言，命曰《琵琶行》。

　　浔阳江头夜送客，枫叶荻花秋瑟瑟。主人下马客在船，举酒欲饮无管弦。醉不成欢惨将别，别时茫茫江浸月。忽闻水上琵琶声，主人忘归客不发。寻声暗问弹者谁，琵琶声停欲语迟。

　　移船相近邀相见，添酒回灯重开宴。千呼万唤始出来，犹抱琵琶半遮面。转轴拨弦三两声，未成曲调先有情。弦弦掩抑声声思，似诉平生不得志。低眉信手续续弹，说尽心中无限事。轻拢慢捻抹复挑，初为《霓裳》后《六幺》。大弦嘈嘈如急雨，小弦切切如私语。嘈嘈切切错杂弹，大珠小珠落玉盘。间关莺语花底滑，幽咽泉流冰下难。冰泉冷涩弦凝绝，凝绝不通声渐歇。别有幽愁暗恨生，此时无声胜有声。银瓶乍破水浆迸，铁骑突出刀枪鸣。曲终收拨当心画，四弦一声如裂帛。东船西舫悄无言，唯见江心秋月白。沉吟放拨插弦中，整顿衣裳起敛容。自言本是京城女，家在虾蟆陵下住。十三学得琵琶成，名属教坊第一部。曲罢曾教善才伏，妆成每被秋娘妒。五陵年少争缠头，一曲红绡不知数。钿头银篦击节碎，血色罗裙翻酒污。今年欢笑复明年，秋月春风等闲度。弟走从军阿姨死，暮去朝来颜色故。门前冷落车马稀，老大嫁作商人妇。商人重利轻别离，前月浮梁买茶去。去来江口守空船，绕船月明江水寒。夜深忽梦少年事，梦啼妆泪红阑干。

我闻琵琶已叹息，又闻此语重唧唧。同是天涯沦落人，相逢何必曾相识！我从去年辞帝京，谪居卧病浔阳城。浔阳地僻无音乐，终岁不闻丝竹声。住近湓江地低湿，黄芦苦竹绕宅生。其间旦暮闻何物，杜鹃啼血猿哀鸣。春江花朝秋月夜，往往取酒还独倾。岂无山歌与村笛，呕哑嘲哳难为听。今夜闻君琵琶语，如听仙乐耳暂明。莫辞更坐弹一曲，为君翻作《琵琶行》。感我此言良久立，却坐促弦弦转急。凄凄不似向前声，满座重闻皆掩泣。座中泣下谁最多，江州司马青衫湿。

> **左迁**：贬官。**凡**：共。**轻拢慢捻抹复挑**：都是弹琵琶的技巧动作。《**霓裳**》《**六幺**》：曲子名称。**间关**：鸟鸣声。**虾蟆陵**：下马陵，其附近是歌女聚居地。**秋娘**：歌妓们的通称。**争缠头**：竞相赠送财物。**钿头银篦**：妇女头上的饰物。**浮梁**：今江西景德镇。**呕哑嘲哳**：形容声音嘶哑杂乱刺耳。**向前**：刚才。**青衫**：唐代官员不同等级穿不同颜色的衣裳，青衫是最低一级的服色。

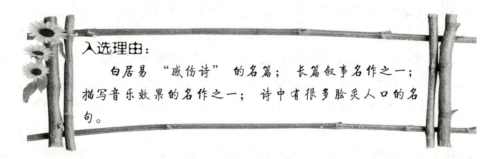

入选理由：

白居易"感伤诗"的名篇；长篇叙事名作之一；描写音乐效果的名作之一；诗中有很多脍炙人口的名句。

且立片论 白居易将自己的诗歌分为四大类，其中一类是"感伤诗"，本篇就是这一类的代表作。

诗人在这首诗中叙述了琵琶女的人生经历，反映了人生得意和失意的难以把握，抒发了"同是天涯沦落人"的感情，重在对自己的遭贬表示不满。

　　诗歌按时间顺序叙述。开头写"秋夜送客"，"忽闻""琵琶声"，于是"寻声""暗问"，"移船"相见，经过"千呼万唤"，然后女子才"犹抱琵琶半遮面"地出来了。这样写人物形象生动，写出了琵琶女见生人时的羞涩之态，因此成为后世用来形容人物的容貌和态度的名句。接着写琵琶女弹奏乐曲，"未成曲调"先"有情"，然后"弦弦""声声思"，诉尽了"平生不得志"和"心中无限事"，可见其琵琶弹奏的技巧高超，情感完全可以在其中表达。不过这还只是一个序幕。再下来写琵琶的音乐声，用了一连串的比喻，就成了经典描写了。"如急雨"、"如私语"、"水浆迸"、"刀枪鸣"、"大珠小珠落玉盘"、"莺语花底""幽咽泉流"等等，几乎让读者应接不暇地饱餐琵琶盛宴了。琵琶女弹奏结束时的描写也很精彩，作者还加上一句"此时无声胜有声"的感受，反衬了弹奏时听者的聚精会神，忽然乐声停了，而听者还停在回味的欣赏思索之中。有了这一番描述，后面的琵琶女自述身世就顺势而来了，因为前面已经表现了她有无限心事。琵琶女的经历遭遇是这一类人的共同归宿，年轻时青春美色，加上技艺精湛，肯定是大红大紫，人生无限风光；年老后色衰人枯，技艺也退化，能嫁什么人就不一定了。而她的真情偏遇上了商人的无情，这是她悲惨的结局，但也在规律之中。商人有钱是一大因素，不过"商人重利轻别离"，此处似乎又有点像作者虚构了嫁商人的情节，好在价值判断上拉开距离，显出文人的情重情深，以至最后结尾"江州司马"哭得跟泪人儿似的。不管怎样，"商人"一句成了高度概括的名句。琵琶女的辛酸往事勾起了诗人的迁谪伤感，于是在夹叙夹议中完成了自我表现抒情。一来二去，再弹一曲就更有感情了。这一篇本有虚构嫌疑的作品就在"情"上缠绕，于是后来的杂剧就把它弄假成真了，一幕《青衫泪》又赚了多少后人的眼泪。

　　本诗的结构完整，叙述清楚，描写生动，抒情强烈，怎么看也是文学作品中的上乘之作。由于带男女情事的影响，更由于写作的优秀动人，因此此诗与诗人的另一长篇《长恨歌》比翼双飞，成了大众争宠的流行曲。在诗人逝世后皇帝还写诗悼念，特别提到这两篇："童子解吟《长恨》曲，胡儿能唱《琵琶》篇。"

琵琶行

钱塘湖春行

白居易

孤山寺北贾亭西，水面初平云脚低。
几处早莺争暖树，谁家新燕啄春泥。
乱花渐欲迷人眼，浅草才能没马蹄。
最爱湖东行不足，绿杨阴里白沙堤。

> **钱塘湖**：杭州西湖。**孤山**：西湖中的山名。**贾亭**：贞元间在杭州做刺史的贾全所建的亭。**云脚**：接近地面的云气。**暖树**：向阳一面的树。**白沙堤**：白堤。唐以前已有。

入选理由：
  写春景清新可爱，诗句精致而流畅；写西湖的早期代表作。

且立片论　杭州西湖的闻名，半因湖光山色，半因诗文歌咏。歌咏西湖的名作是从唐代开始的，白居易便是歌咏西湖的著名诗人。后来宋朝更盛，与南宋建都与此有关。到了明代，张岱的《西湖梦寻》《陶庵梦忆》更成为绝唱。

本篇写早春胜景，侧重写湖边景色，取景的角度很有新意。其次，诗人观察细微，用笔细腻，最能抓住早春的景物特点。"早莺争暖树"，可见还有微寒。既显出了时令的"早"，又突出了春意已来；"新燕啄春泥"，正是早春之景，农谚有

"七九河冻开，八九燕子来"，燕子衔泥做窝还在春耕之前。用"几处"，可见并不普遍；用"谁家"，可见还很稀少，有刚见到燕子的新奇之感。不过江南春早，如诗人王湾由北入南后的突出印象"江春入旧年"那样，本篇的"乱花"已可沟通其意，虽是早春，但好些花都开放了，已让人眼花缭乱。但在下一句又点明并非春深，草只有寸许长，才刚能遮住马蹄。这样的表达用语准确，让景物更加鲜明，可又不是"暮春三月，江南草长"的景象。第三，结构紧密。前两句点湖水是一笔带过；中四句工笔描景，对仗整齐而句子流畅。"马蹄"二字既与尾联的"行"字自然衔接，又回应诗题，可见诗题字字不虚下。第四，虚词的运用也很有特点。"渐欲"与"才能"都是虚词，双用而恰当。"渐欲"就是将要怎样怎样，只是预示，与上下文联系，就是万紫千红将要到来，但还没有来；"才能"就是只此而已，限制得好。还有尾联的"最"字，将诗人的情感完全倾泻在景物上，同时也表达了自己的偏爱，个性突出。

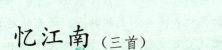

忆江南（三首）

白居易

江南好，风景旧曾谙。日出江花红胜火，春来江水绿如蓝。能不忆江南？

江南忆，最忆是杭州。山寺月中寻桂子，郡亭枕上看潮头。何日更重游？

江南忆，其次忆吴宫。吴酒一杯春竹叶，吴娃双舞醉芙蓉。早晚复相逢？

谙：熟悉。蓝：蓝草，可以作青蓝色的染料。郡亭：杭州官衙中的亭子。吴宫：这里指代苏州。春竹叶：酒名。吴娃：苏州歌伎。

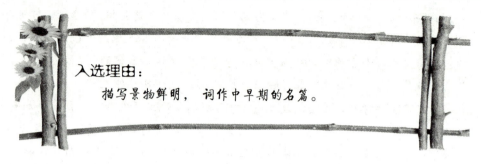

入选理由：

描写景物鲜明，词作中早期的名篇。

且立片论 据《乐府杂录》说，《忆江南》本名《谢秋娘》，后来改名就是因为白居易的词，可见其优秀和影响。

这三首是作者晚年退居洛阳时写的。是对早年在苏州、杭州等江南名胜之地做官和游历的美好回忆。就现在的传播情况来看，第一首最为知名，又以"日出江花红胜火，春来江水绿如蓝"脍炙人口。这两句的确将江南的春景写出了生机，写得色彩明丽，可作为江南春天的一张名片。第二首写江南的秋景，集中写杭州景物。写作者以独特的官员身份赏月寻桂花之事，似乎真能从月中飘下桂花来一样，透露了作者的灵机和情趣不凡的特点。还有钱塘大潮的天下壮观不能不让人留下深刻记忆，因此又写观潮盛事，突出其天下独有。第三首从自然景观转而写人，写美丽的女子，写难以忘怀的歌女们。江南多美女，且"千家养女先教曲"，江南女子的歌曲音乐技艺都很高超。作者又是诗人，填词作曲相得益彰，所以至老仍然留恋，还希望与之重逢，展现了作者的情感世界。作曲表演，煽情激动，当然还要有名酒相助，于是又带出"春竹叶"酒来。带出酒来也是为了突出歌女们酒后的醉眼和身姿，那是最让诗人动情的记忆。

题都城南庄

崔护

去年今日此门中，人面桃花相映红。
人面不知何处去，桃花依旧笑春风。

崔护，生卒年不详，字殷功，郡望清河东武城（今属山东），籍贯博陵（今属河北）。贞元十二年（796）进士。后与白居易、元稹等同时考取"才识兼茂明于体用科"。文宗时做过京兆尹、岭南节度使等官。今只存诗几首。**城南庄**：京城长安南郊的某村庄。

入选理由：

有传奇故事的动人诗篇；反复修辞使诗句流转回环，结构精巧的诗篇。

且立片论　此诗的写作背景是一个男女相爱的离奇故事。晚唐人孟棨《本事诗·情感篇》中说崔护是一个英俊潇洒的青年，某年到京城考进士不中，就到城南去游春，因口渴到一家花木繁荫的人家要水，一个女子迎他进庭院，女子青春美丽，看着他喝水时就倚靠在小桃树边，桃花映衬着她红润的脸，美丽极了，眼神中似乎流露出爱恋之情。崔护用言语挑逗她，她只用眼看而不说话，崔护只有辞去，她又相送到门边，含情转身回去。后来不知为什么，崔护就很久不去了。时间过了一年，又是春风桃花开的季节，崔护忽然想起了往事，又去寻春，门墙还是和去年一样，但却被锁锁住了。崔护不胜感慨，就在左边的门上题了此诗。过了几天，偶然又到那里，就听见里面有哭声。敲门一问，有一个老人出来说："你就是崔护吧？你杀了我的女儿。"崔护惊恐万状。老人告诉他，从去年后女儿神思就恍惚不定，前几天读了题诗后就病了，也不再进食，然后就死了，原来女儿是想着崔护的。说完老人又大哭。崔护进屋后，看见女子真躺在床上，妆貌衣服还清楚整齐，崔护将她的头放在自己的腿上，哭着说："我在这里，我在这里。"不久女子的眼就睁开了。老人大喜，就把女儿嫁给了崔护。

故事的真伪难辨，但诗歌却很美。一是色彩鲜丽，充满生气的姑娘和桃花互相映衬。二是韵律美，用"去年"和"今"相对而言，句式更紧，因而读的时候感觉韵更密，更有音韵的冲击力。三是意象集中，集中在"桃花"和"人面"上写，反复修辞，不仅不嫌重复，而且加强了形象，再用桃花"笑"于春风之中映带，更突出了姑娘的青春美丽。四是情景交融，爱在景中，一个"依旧"就缠绵不断。美好的东西多么让人留恋，失去了又多么让人遗憾，全诗的深情都表现在得而复失的懊恼之中。

离思（其四）

元 稹

曾经沧海难为水，除却巫山不是云。
取次花丛懒回顾，半缘修道半缘君。

元稹（779—831），字微之，河南洛阳人。贞元九年（793）明经科进士。后官至宰相。与白居易友谊深厚，兴趣爱好多同，诗歌史上称"元白"。有《元氏长庆集》传世。**离思**：离别思念。**除却**：除了，除去。**取次**：随意，随便。**缘**：因为。**君**：指亡妻韦丛。

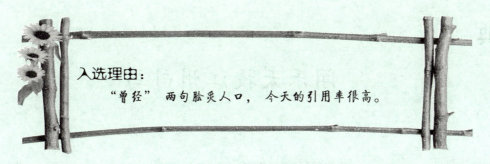

入选理由：

"曾经"两句脍炙人口，今天的引用率很高。

且立片论 这首诗大概作于元和五年（810）。作者当时被贬在江陵府（今湖北江陵）做一个小官，心情苦闷，想起了前一年去世的妻子韦丛（当时只有二十多岁），写下了这首充满深情怀念的诗。韦丛是宰相的女儿，又是一个温柔而贤惠的女子，诗人因此而受益很多。诗歌虽是思念亡妻之作，以表达爱情的成分为主，但读者也要看到作者醉心于政治，失意之后的复杂心理因素，因而才有转移用情的极度夸张表达。

前两句用《孟子》中"观于海者难为水"的语意和宋玉《高唐赋》中的故事意象"巫山云雨"，表达对韦丛的爱情深和思念切。通俗一点解释，就是用比喻的方式说"我"只爱你，对其他人再不可能有爱。只有沧海的水才叫水，其他的水都难以比拟；只有巫山的云才叫云，其他的云都难以比拟。这样极端的表达很适合文学修辞，它的感染力达到极点，能收到即使片面但也深刻的效果。后两句说自己沉浸在思念的情感之中，即使不经意地在花丛中行走也无心赏花。为什么这样呢？一半原因是"我"寻求内心的宁静，虔诚地修身养性；一半原因是因为难以忘却的你。"花丛"的表达显然又是用比的方式，比喻相遇的很多女子。

离

思

闻乐天授江州司马

元 稹

残灯无焰影幢幢，今夜闻君谪九江。
垂死病中惊坐起，暗风吹雨入寒窗。

> **乐天**：白居易的字。**江州**：今江西九江市。**幢幢**：昏暗不明。**谪**：
> 贬官。**垂**：将。

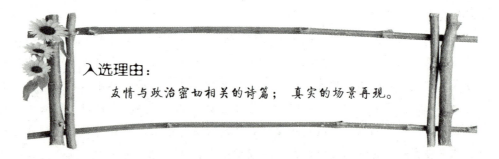

入选理由：

友情与政治密切相关的诗篇；真实的场景再现。

且立片论 白居易贬官，作者为什么要写得如此惊骇，如同晴天霹雳一般？除了两人的友谊之外，还有足以让人惊骇的内容。元和十年（815），元稹被贬往遥远的通州（今四川达州市），也是司马官，这时，京城发生的一件骇人听闻的大事传到他的耳里。当朝宰相武元衡竟被淄青节度使李师道派来的刺客刺杀在街边，那正是凌晨上朝的途中。另一个坚决主张消灭藩镇割据的大臣裴度因头上帽子和包裹较厚虽受伤但幸而不死，这在当时是惊天动地的新闻。地方割据的军阀们竟猖狂到了如此地步！在京城舆论哗然的背景之下，白居易感情激烈，站出来坚决要求缉拿凶手。可他当时任的是左赞善大夫，是陪伴太子读书和修身的闲官，按规定是不能越级言事的，更重要的是他的慷慨陈词触犯了某些权贵，因此在他并

无过错的前提下被贬为江州司马。作者听说后才如此震惊，由此可见政治的黑暗和为官命运的不测。作者被贬在通州，更有同病相怜的感情触动，写起诗来一挥而就，完全是真情驱使。诗用夸张的手法，将灯影的黑暗，风雨的吹打等意象营造为恐怖的气氛，用"残""死""病""暗""寒"等字眼暗示政治形势的险恶及人生旦夕祸福的不测。诗不写对朋友的安慰和鼓励，反而写自己垂死病中的境况，是一瞬真实的思绪，可见他与白居易之间的友谊已经超越了人间寒暄的形式。

寻隐者不遇

贾　岛

松下问童子，言师采药去。
只在此山中，云深不知处。

> **贾岛**（779－843），字阆仙，范阳（今北京附近）人。先前曾出家为僧，法号无本，后还俗，多次参加科举考试而不中。与韩愈交往甚密。做过长江（今四川境内）主簿官。诗歌风格有独特之处。
> **寻**：寻访。**童子**：这是指隐居者的弟子。

入选理由：
　　写隐居者特殊生活方式的诗；短小而内涵丰富、结构很有特点的诗。

且立片论　标题用"不遇"，实际上是文学上安排的"不遇"，"遇"则无题，就

199

不能宣扬远离红尘的生活方式，遇其人反是毫无意义的事了。古典诗歌中借"云深""云中""云外"来写的人生，大多表达一个主题：远离俗世，自由随性。由诗中的"隐者"可以分析出作者潜意识流露出来的人生观。作者是有出尘经历（当和尚）的人，后经韩愈的劝说而还俗，但在红尘中并未显达，还是仕途蹭蹬。他潜意识会向往那空寂的天地，对那里的人感兴趣，那正是其价值取向所在。诗中的隐者有童子，不是修行学道的人，就是求长生的人。说"采药"正是修炼的需要，而不是采药来卖的人，不然怎么会隐居呢？因此，诗的主题是赞赏修道求长生的人生，表达了对尘世生活的鄙夷思想。

诗的结构很有特点。短短四句，容量却不少。全由问答句组成是诗的基本结构，在简单的问答中完成了复杂而深刻的内涵的表达。作者的裁剪省略，留下大量空白让读者填补，也是其结构上突出的特点。"我"在松树下问童子，问话略去了，至少应该有几句问童子的话，才符合日常生活的交流，但这几句话读者自可补出。童子说"师傅采药去了"之后，肯定还应该有"我"问"在哪里采药"等话语，然后才应该是童子的回答，也就是末两句，可是"我"的问话作者也略去了。末两句当然是诗的精华。表面看似乎是很平常的答话，事实上是文学的描述。这两句很美，一是景象好，云雾缭绕，包含天地，阔大无边，而且虚实相生；二是隐者的高人身影让人景仰；三是诗歌的主题含蓄不露；四是语言美，看似明白如话，实是洗练精纯。

悯 农

李 绅

其一

春种一粒粟，秋收万颗子。四海无闲田，农夫犹饿死。

其二

锄禾日当午，汗滴禾下土。谁知盘中餐，粒粒皆辛苦。

李绅（？—846），字公垂，无锡（今属江苏）人。元和元年（806）进士，后官至宰相。他是写新乐府诗歌的主要诗人之一，曾创作《新题乐府》20首，只可惜未能流传下来。今存诗四卷。**子**：籽。**餐**：指饭食。

悯

入选理由：

用形象和具体说理，用平常见深刻的方式说理，表现农民辛劳和应该如何对待劳动成果的思想的名篇。

农

且立片论 这是两首古体诗，标题还有《古风二首》的版本。古体诗是相对于近体的格律诗而言的，是不讲平仄的。这是应该注意的形式，它不用受更多的限制，可以较自由地使用语言。

这两首古诗通俗易懂，近于口语，用对比手法效果显著。到处都长着庄稼，可农夫还是饿死了；"日当午"干农活，汗不停地流下来，形象鲜明，突出"辛苦"。这些看似平常的语句，却能打动每个人。诗中的议论都用形象或具体的事情阐明道理，有很强的说服力。作者的创作意图很明显，在于让人们，尤其是执政者认识农夫的辛劳，收成的不易，应特别关心农夫，重视农业。两首诗内容互相联系，前写农夫辛劳耕种，但还有饿死的人。"四海"两句以点带面，很有形象感和教育意义。后一首写种粮辛劳，要珍惜粮食。关注民生，关心农民，改良政治，这是当时新乐府诗歌写作的主题，属于主流的文学思想。李绅写的20首新题乐府大概跟这两首古诗的内容和形式差不多，那20首可以肯定很有影响，才使白居易用心写出新乐府 50 首与他较量。白居易在《编集拙诗成一十五卷因题卷末戏赠元九李二十》中的戏语是"苦教短李伏歌行"一句，下面自注有"李二十常自负歌行，近见予乐府五十首，默然心伏"。"短李"就是李绅，因个子矮而得名；"苦教"可见白居易在意的程度；"伏"可见白居易自认为已经战胜他了。当时的诗人常负气竞争，就是朋友之间也如此。李绅的这两首古诗其实已经可以看出他的写作能力。

李凭箜篌引

李 贺

吴丝蜀桐张高秋，空山凝云颓不流。
江娥啼竹素女愁，李凭中国弹箜篌。
昆山玉碎凤凰叫，芙蓉泣露香兰笑。
十二门前融冷光，二十三丝动紫皇。
女娲炼石补天处，石破天惊逗秋雨。
梦入神山教神妪，老鱼跳波瘦蛟舞。
吴质不眠倚桂树，露脚斜飞湿寒兔。

李贺（790—816），字长吉，福昌（今河南宜阳）人，唐皇室后裔。因避父亲名讳而不准参加科举考试，最后抑郁而死。他全力创作诗歌，形成了独特的风格，有《李长吉歌诗》。李凭：朝廷的乐师，以弹箜篌闻名。引：就是"歌"的意思。吴丝蜀桐：吴地产的丝很有名，蜀地的桐木最适合做乐器。这里代指箜篌。江娥：湘水女神。素女：传说是主管降霜的女神。昆山：昆仑山，以产玉著名。十二门：指京城长安。二十三丝：竖箜篌共二十三根弦。紫皇：这里指天神。神妪：女仙。吴质：传说在月宫中砍桂树的人。

入选理由：

表现浪漫主义写作手法的优秀诗篇；描写音乐效果绘声绘色的优秀诗篇。

且立片论 李贺的诗主体性很强，凭感觉表达最奇特。这一首着重写箜篌的演奏效果，作者根本不写演奏对人的影响，而是集中在现实社会的人之外，将那些无知、无生命的事物拟人来写，写演奏对它们的感染效果。开头四句写李凭刚开始演奏，立即就把山中的云吸引住了，连湘娥和素女也感动得忧伤啼哭。接着用了一连串的比喻状写音乐巨大的感染力，箜篌声像昆仑山的玉碎，像凤凰鸣叫，像荷花上的露珠滚动，像兰花传来幽香，连京城的空气都变暖了。然后再从地下感染到天上，玉皇、女娲、吴质、玉兔等都在倾听，并且动了情感，下起雨来，那是神仙们的眼泪和柔情。更厉害的是连女仙似乎都没有听过如此美妙的箜篌音乐，竟主动要求学习演奏，结果效果更佳，连成了精的老鱼和瘦蛟等都开始起舞跳动，天上的仙国一片喧腾。此诗虽是凭着感觉而写，其实很有层次感，先写弹奏，次写影响下界，再写影响天国。

雁门太守行

雁门太守行

李 贺

黑云压城城欲摧，甲光向日金鳞开。

角声满天秋色里，塞上燕脂凝夜紫。

半卷红旗临易水，霜重鼓寒声不起。

报君黄金台上意，提携玉龙为君死。

经典

燕脂：即胭脂，指塞上的红土，暗指将士的血迹。一说指暮色霞光。**黄金台**：战国时燕昭王为延揽人才所筑。**玉龙**：剑的代称。传说晋初雷焕于丰城县得玉匣，内藏二剑，后入水变为龙。

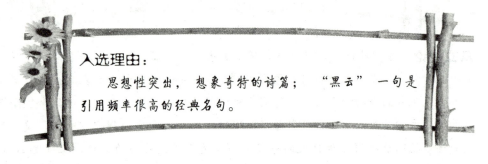

入选理由：

思想性突出，想象奇特的诗篇；"黑云"一句是引用频率很高的经典名句。

且立片论 这首诗是乐府诗，诗题可能有意义，也可能只是一个记号，不要盯住"太守"两个字，可能与太守没有关系。"行"是"歌"的意思。

这首诗讴歌了镇守边关与藩镇作战的将士，他们将鲜血和生命献给了国君。唐朝自"安史之乱"后，各地的军将节度使们便开始不听中央号令，飞扬跋扈，经常和中央军发生战争，中央军常常战败，诗就是在这样的大背景下写的。前两句说敌军来势凶猛，如黑云将要把城墙压塌一样；云缝中透出的日光映照在铠甲上，如同鳞片闪闪发光。次两句写战斗从白天一直进行到晚上，战士们的鲜血染红了边塞的泥土。"半卷"两句写退却时的情况。大概是因为战败了，连红旗都显得沮丧，进军的鼓声在寒冷的季节里似乎也被冻住了一样，没有精神，失去了鼓舞士兵前进的力量。最后两句重振豪气，即使战死沙场，也要为国而死，也要报答国君的重托和恩情。这首诗的意象充满了冷意和死气，写得苍凉悲壮，"黑""秋色""夜""寒""死"等字眼，让人感到沉重。这既与战败的悲剧色彩有关，也和作者好用幽冷的意象有关，是其诗歌的基本风格特点。诗人杜牧在给李贺诗集写序时就说屈原的作品对他影响很大，细读这首诗，的确感到其中有《国殇》的影子。

金铜仙人辞汉歌

李 贺

茂陵刘郎秋风客，夜闻马嘶晓无迹。画栏桂树悬秋香，
三十六宫土花碧。魏官牵车指千里，东关酸风射眸子。
空将汉月出宫门，忆君清泪如铅水。衰兰送客咸阳道，
天若有情天亦老。携盘独出月荒凉，渭城已远波声小。

金铜仙人：汉武帝时在建章宫中神明台上铸造的铜人，铜人手擎承露盘以接仙露之水，据说和玉粉末服用，可以延年益寿。茂陵：汉武帝的陵墓。三十六宫：汉代京城长安有 36 所宫殿。魏官：指魏明帝时受命到长安拆迁金铜仙人的官员。君：指汉武帝。渭城：这里指长安。

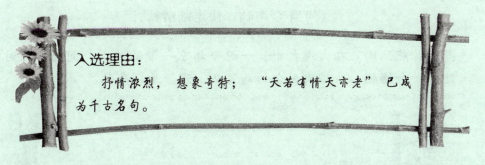

入选理由：

　　抒情浓烈，想象奇特；"天若有情天亦老"已成为千古名句。

且立片论　魏明帝时，命令将汉代所造的金铜仙人搬迁到京城洛阳，尽管最终未能搬迁到目的地，但仍拆迁离开了长安。作者以这一历史事件为题，以新奇的想象，将铜人以及其他的景物赋予了人的情感，重点写了铜人离别的情景，抒发了厚重的人世沧桑感。对唐王朝走向没落的无可奈何，对自己驾驭不了的命运发

难忘经典

出了悲叹，一切都在悲情之中，而一切都无处索解，因而望眼苍天，移情于苍天，觉得命运是如此悲伤，即使苍天也要为之动情而衰老。前四句写汉武帝在秋风中一夜之间逝去，汉宫变得荒凉，苔藓碧绿，桂花散发着冷香。中四句写魏官拆迁铜人离去，铜人思念汉武帝，依恋难舍，眼泪沉重地落下。后四句先写目睹离情的兰草动情送别，连苍天也受到感染。最后写铜人越走越远，随着渭水波声变小，一切都在无声无息中成了历史。

　　此诗的用字用语很值得玩味。"秋风客"充满了抒情意味和丰富的含义，一个"悬"字写出了寂寞无主的无奈。"铅泪"的比喻简直新颖无比，因为难过悲伤，一切都显得重，因此感觉泪水如铅沉。兰本是佳品，但着一"衰"字就境界大变，完全切合了主题。"月荒凉"三字写尽了诗人心中的古往今来和大千世界的本质。

马　诗（其五）

李　贺

大漠沙如雪，燕山月似钩。
何当金络脑，快走踏清秋。

> **燕山**：燕然山，在大漠之中。一说今北京一带的燕山。**何当**：何时能够。**金络脑**：装饰有黄金的马笼头。**走**：跑，奔驰。

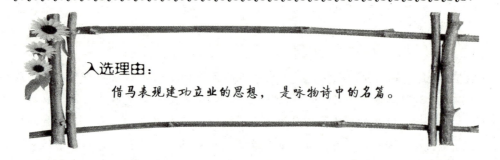

入选理由：
　　借马表现建功立业的思想，是咏物诗中的名篇。

且立片论 李贺一共写有23首《马诗》，这是第五首。

诗歌咏物言志，借马的飞驰来寄托自己建功立业的志向。诗人是一个有抱负的人，在诗歌中多有体现。如"少年心事当拿云"（《致酒行》），"男儿何不带吴钩，收取关山五十州"（《南园十三首》之五），"我当二十不得意，一心愁谢如枯兰"（《开愁歌》）。由这些诗句可以看出他的心是急切的，焦虑的，20岁以前就想着要干成一番事业。本篇的后两句也如此表现。"何当"两字就显得急切。就是在写诗方面作者也在急急地努力。据说他成天背着一个破旧的锦袋外出，每有所得，就赶快写下放进袋中。母亲看他天天如此，感到十分忧虑，觉得这孩子将会把心呕出来（过于劳累而大病）。

诗歌的前两句双用比喻，写黄沙大漠景象，有点像"回乐烽前沙似雪，受降城外月如霜"两句。这两句并非闲笔，大漠和燕山都是男儿为国效力杀敌、博取功名的地方，因此两句正是展开用武之地的大背景，以霜雪和冷月为意象，正是激励热血男儿的衬托。有了用武之地，有了热情志向，自然就剩下必不可少的战马了。骑上金饰马笼头的名马，飞奔而去，挥杀冲锋，马踏残敌，多么痛快，多么让人振奋。人生价值的实现是多么崇高，多么伟大。"踏"字用得十分精神，当年青年将军霍去病不是20岁左右就有马踏匈奴的英风吗？一个"秋"字既是韵脚，但同样是意义所在。古代所谓"防秋"，秋高马肥，正是北方民族军事进攻的大好时机，要加强防备。秋天因此是战争季节，这里的"踏清秋"不是表达被动的防备，而是主动出击，这样描写才能张扬英雄气概。

金陵怀古

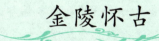

许　浑

玉树歌残王气终，景阳兵合戍楼空。
松楸远近千官冢，禾黍高低六代宫。
石燕拂云晴亦雨，江豚吹浪夜还风。
英雄一去豪华尽，惟有青山似洛中。

经典

许浑（788—858），字用晦。润州丹阳（今属江苏）人，后迁居京口（今江苏镇江）丁卯涧，后以此命名诗集。大和六年（832）进士。任过县令和州刺史等官。一生专写格律诗，不写古体。有《丁卯集》传世。**玉树**：陈后主作的舞曲《玉树后庭花》的简称。**王气**：古代传说金陵有帝王之气。**景阳**：景阳宫，陈后主亡国时的宫殿。**六代宫**：东吴、东晋、宋、齐、梁、陈六朝都在金陵建都。

入选理由：

著名学者金圣叹仅评论此诗的开头和结尾的呼应结构时就连用两个"妙"字，至于其穿透历史的笔力就更是妙不可言了。

且立片论 许浑有"山雨欲来风满楼"（《登咸阳城东楼》）的名句为今人知晓，但他最有名的七律却是本篇，这是从唐代就开始盛传的作品。

诗大概写于大和八年（834）前后，当时诗人中进士之后在江南游历，试图以才学为当地权贵所赏识。金陵是江南重镇，历史悠久，还是六朝建都的名胜之地。历代文人到此往往都有创作，最是显示才华之处，本篇显然是作者十分在意的作品。前人到金陵的怀古之作大多是一景一咏，而本篇却大笔挥写，"涵盖一切"（俞陛云《诗境浅说》），所以有点集金陵怀古众作之大成的味道。首联从陈朝灭亡着笔，就涵盖了六朝的灭亡，以灭亡开篇，最能警人，所以金圣叹评论说："分明大物改命，却作儿戏下场。"颔联回视六代英雄业绩，结果全为累累坟墓，为松楸高树所荫。坟墓之外，是前代宫殿今禾田，历史沧桑即如此。两句既是作者所见景象，也是意念所构之象，用意在横扫六代，否定荣华富贵。颈联对比颔联，一是灰飞烟灭，一是永恒如此。石燕晴雨都在，时时如此，江豚戏水如昔，年年不变，一切都永无休止。诗句的妙趣还在于表现六代的帝王一时多么豪杰，可而今

都消失得影踪全无；石燕、江豚都是动物，却能经历无尽岁月，真是英雄豪杰还不如动物。两联都有深沉的历史幻灭感。尾联补足此意，英雄时代的繁华已一去不复返，只有洛阳的青山永恒。

　　诗歌的意象之美，用字之精，尤其是动词对仗之工，韵律之美，还有虚实结合，句意串联转换的安排，都使它无愧于"名作"的称号。

江南春绝句

杜　牧

千里莺啼绿映红，水村山郭酒旗风。
南朝四百八十寺，多少楼台烟雨中。

> **杜牧**（803－852），字牧之，京兆万年（今陕西西安市）人，祖父杜佑是宰相。大和二年（828）进士。曾任州刺史和中书舍人等官。为人风流潇洒，多有韵事。诗歌风格清俊明丽，为中晚唐著名诗人。有诗文集传世。**郭**：城墙。

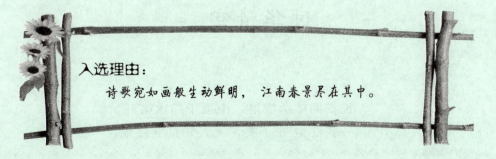

入选理由：
　　诗歌宛如画般生动鲜明，江南春景尽在其中。

且立片论　　前两句写江南春景，最能抓住江南春景的普遍特征来写。江南的莺声有名，这在六朝时已有著名的"群莺乱飞"的描述。江南春早，草绿花红，也有"杂花生树"的描述，还有很多有名的唐诗描述。但是作者加上"千里"二字，却是前人未及之处。如果说区别，那就是这一句写出了壮阔的江南全景，没有这两个字就显句弱。以前杨慎还批评说"千里莺啼，谁人听得？千里绿映红，谁人见得？"认为应将"千里"改成"十里"才好。这是杨慎将文学创作的虚实、超越时空的构思理论拘泥于生活真实的典型例子，是尺有所短的局限。江南的水也很有名，所谓河湖汊港水乡泽国，小桥流水，画船听雨，都离不开水。于是诗中就有了傍山依水的小城，流水环绕的小村庄，还有酒店，有酒店就有了人气，一个"风"字既押韵，又让这些地方春风荡漾，充满生机。

不过后两句虽是江南之景，但与前面的景是什么关系，就颇让人费解。南朝政权在江南，南朝君臣崇拜佛教，修建了很多寺庙，写这些寺庙在春风之中有一点风雨飘摇的感觉，似乎与前面的图景不太和谐。进一步思考后我们得出一个结论，这首诗并不是赞歌，而是借前两句江南春景之美来反衬讽刺唐朝的统治者又重陷佞佛的泥淖，忘记了历史的教训。唐朝的统治者多有崇尚佛、道的，殷鉴不远的宪宗皇帝佞佛还差一点让前来劝告的韩愈掉了脑袋，后来的武宗皇帝灭佛又从一个极端走向了另一个极端。杜牧是一个历史感很强的诗人，他写有不少优秀的咏史诗，还有著名的《阿房宫赋》，那就是借古讽今，暗示唐敬宗大兴土木的作品。因此，本篇的主题是相当含蓄地表达的。

过华清宫 (其一)

杜 牧

长安回望绣成堆，山顶千门次第开。
一骑红尘妃子笑，无人知是荔枝来。

> **次第**：依次，一个接着一个。**红尘**：灰尘。**妃子**：杨贵妃。

且立片论　　《过华清宫绝句》一共是三首，这是第一首。华清宫在长安以东临潼骊山下。骊山是一个凝结着历史血泪的地方，当年周幽王烽火戏诸侯，将国防视为儿戏，结果被犬戎杀死在骊山下，成了百代笑柄。唐玄宗宠爱杨贵妃，每年农历十月就要到骊山下的温泉洗浴避寒，更是为了玩乐。即使在安史叛军已经举起反旗的时刻，他们还在华清宫中享乐，这是诗人杜甫《自京赴奉先县咏怀五百字》一诗中写到的。杨贵妃还爱吃荔枝，那是要不惜工本从遥远的南方运来的。这些内容对百年后的诗人杜牧来说已经是历史了。但当他经过临潼华清宫，登上骊山的时候，回头远望京城长安，思绪顿时穿越历史，时空交会在一个点上，他感觉到当年唐玄宗和杨贵妃也是这样回头望京城长安的，长安城真美呀！简直像锦绣堆成的。两人多高兴呀！这锦绣的京城是我们的，我们应尽情地享受这锦绣繁华。渐渐地马路上飘起一溜灰尘，随后骊山的山门一道又一道相继打开，是快马秘密运送荔枝来了。光是那一道风景就足以让杨贵妃露出笑容，且不说荔枝的美味了。

　　咏史就咏这风流趣事么？虽然诗句的表面意思就是这些，但是诗句之外还有内涵。运送荔枝可不是一件简单的差事，荔枝的色香味会在极短的时间内变化，杨贵妃可是要吃鲜荔枝的，色香味变了，谁能负责？所以一匹马又一匹马接力飞奔，千万人为之担惊受怕，马跑死了，人累死了，任你多少，都不值贵妃一笑。苏轼在《荔枝叹》中说："十里一置飞尘灰，五里一堠兵火催。颠坑仆谷相枕藉，知是荔枝龙眼来。"运送荔枝的代价多大呀！不过诗歌写怜悯生灵还只是其表层的含义，写只图欢乐而荒疏政治，荒疏政治而导致亡国才是诗人的深意。第二首有"舞破中原始下来"一句，就清楚地表明了唐玄宗宠杨贵妃的后果。

过华清宫

泊秦淮

杜　牧

烟笼寒水月笼沙，夜泊秦淮近酒家。

商女不知亡国恨，隔江犹唱《后庭花》。

秦淮：秦淮河，流经金陵（今江苏南京市）城内的河流。**商女**：歌女。**《后庭花》**：舞曲《玉树后庭花》的简称。陈后主创作，因有"玉树流光照后庭"一句而得名。

入选理由：

触景生情，似乎信笔写来，却成就了一首讽刺社会，批判现实的好诗。

且立片论　金陵城是六朝古都，是最能触发思古之幽情的地方，所思之古都是偏安一隅的亡国之古，发为诗歌文章大多是伤感的基调。晚唐诗人李山甫有高度概括南朝历史的诗："南朝天子爱风流，尽守江山不到头。总是战争收拾得，却因歌舞破除休……"政权交替频繁，亡国接踵而来。原因很简单，爱风流，爱歌舞女人。因此，听见金陵歌女的歌唱，看见金陵舞女的舞姿，似乎就成了诗人的定向思维，这是亡国的标志呀！

　　本篇写诗人在一个烟月朦胧的晚上，停船于金陵繁华的秦淮河边酒店，隔江听见歌女的声音隐约传来，唱的竟是亡国之君陈后主所作的《玉树后庭花》的曲

子，就备受刺激而产生联想，激愤之际奋笔写下此诗。最动人的是后两句，借听歌而表达自己忧时伤世的思想。歌女是无知的，但听歌的人中肯定有达官贵人，肯定有肩负国家兴亡命运的公职人员。他们是有知识的，懂得历史的，可他们也沉醉在享乐之中，谁也不理会歌女唱的是亡国之音，谁也不去关心日渐衰落的帝国命运，他们竟麻木到这样的地步！似乎诗人悲凉的心境中已经感到了国运的不可挽回。

山 行

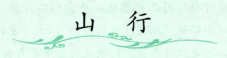

杜 牧

远上寒山石径斜，白云生处有人家。
停车坐爱枫林晚，霜叶红于二月花。

坐：因为。

入选理由：
　　诗情画意上佳的名篇；"霜叶红于二月花"的感觉是多么奇妙。

且立片论　诗句都涉"行"字切题，但不是重点，重点还在对山景山色"独爱"的感觉上。观山景山色而爱意流连，写山景山色而涉笔成画。奇思妙想，情动于中，浑然交融，这就是画意诗情妙合的好诗。画面感很强是此诗的突出特点，爱这样的景致，与诗人独特的审美视角有关，是诗人善于从平常的景物中取出"美妙"的体现。"石径斜"是典型的山路特征，但与"白云生处"（一作"白云深处"）一相连，就有了不同的内涵：一是山道弯弯的远处是白云，引人好奇；二是白云之中有人么？云中人家，云中高士，那是离尘脱俗的象征。试想，如果空有深山云雾，而无隐士高人在其中，除了空寂之外，却失去了灵气。王维的"空山不见人，但闻人语响"，贾岛的"只在此山中，云深不知处"，梅尧臣的"人家在何处？云外一声鸡"等，都有人点缀。没有人，事实上也就没有景，可见这是诗人审美的通则。其次，此诗取秋山之景，而且是深秋之景，既有点染，如"寒""霜"二字，更有焦点，"霜叶"一句是秋山之景的灵魂，有了灵魂，才让秋山之景精神焕发。将红枫霜叶与二月春花相比，感觉比二月春花更红艳，更美，有情趣和思想灌注其中。刘禹锡说"我言秋日胜春朝"，太直露，这里只说美，不露声色，两者观点差不离，但是风格各异。比较说，后者更有余韵。俞陛云说："诗人之咏及红叶者多矣，如'林间暖酒烧红叶'，'红树青山好放船'等句，尤脍炙诗坛，播诸图画。惟杜牧诗专赏其色之艳，谓胜于春花。当风劲霜严之际，独绚秋光，红黄绀紫，诸色咸备，笼山络野，春花无此大观，宜司勋特赏于艳李秾桃处也。"说得好，说到了诗人"好色"的个性了。

夜雨寄北

李商隐

君问归期未有期，巴山夜雨涨秋池。
何当共剪西窗烛，却话巴山夜雨时。

李商隐（约813—858），字义山，号玉谿生，怀州河内（今河南沁阳）人。开成二年（837）进士，为晚唐著名诗人。他的诗歌创作常以清词丽句构造优美的形象，精致的结构寄情深微，意蕴幽隐，富有朦胧婉曲之美。**巴山**：本指今重庆以东之地，巴山在今重庆市南江县以北。作者写诗时在梓州（今四川三台），当时属东川节度管辖，所以这里是泛指。**共剪西窗烛**：在西窗下共剪烛蕊，表示相聚在一起。**却话**：回头谈起。

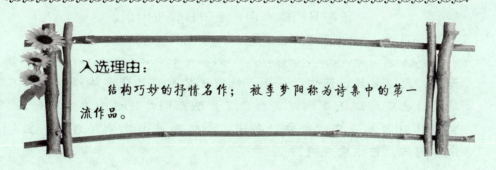

入选理由：

结构巧妙的抒情名作；被李梦阳称为诗集中的第一流作品。

且立片论　诗大概作于作者做东川节度使柳仲郢幕僚期间，但是所寄之"君"究系何人，则其说不一。《万首唐人绝句》题作《夜雨寄内》。著名的李商隐诗歌注解者清人冯浩也认为"语浅情深，是寄内也"，"寄内"就是寄给妻子的诗，但这时李商隐的妻子已经去世了。因此此诗所寄之"君"为谁还是一个谜，不过诗意诗情缠绵细腻，似乎又只能认为是寄给情人的。

　　诗的结构最有特色。"我"无法确定归期，因为巴山秋雨水涨，什么时候能回来在灯下剪烛私语倾情，回头再叙巴山秋雨夜涨时候"我"的相思。诗的内容是一个谜，结构像回环的套子，转来转去，还是在原点上，什么话也没有说。乍一看近乎文字游戏；细读之后，才觉得美不胜收。巴山是客居，是他乡，处境是幕僚，时令是秋天，是夜雨水涨，情感是凄清惆怅的相思，而且相思的隐曲处还不能明说，只有等以后再一一道来，告诉你巴山夜雨时发生了什么。深藏的心事被回环的套子套住了，怎么也出不来。其实，这正是诗美所在，耐人寻味，含蓄隽永。

夜雨寄北

锦 瑟

李商隐

锦瑟无端五十弦，一弦一柱思华年。
庄生晓梦迷蝴蝶，望帝春心托杜鹃。
沧海月明珠有泪，蓝田日暖玉生烟。
此情可待成追忆，只是当时已惘然。

> **无端**：无缘无故。**庄生**：庄子，他曾说梦见自己变成蝴蝶，就分不清是自己变蝴蝶还是蝴蝶变自己了。**珠有泪**：传说南海中有鲛人，哭泣时泪水都能变成珍珠。**蓝田**：今陕西蓝田，是有名的产玉之地。**可待**：可以实现的。

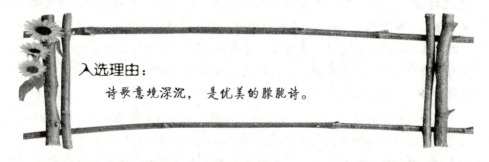

入选理由：

诗歌意境深沉，是优美的朦胧诗。

且立片论 金代诗人元好问说"独恨无人作郑笺"，就是针对本篇的难解而言。清代学者王士禛说"一篇《锦瑟》解人难"，也感觉其解读的困难。这一首根本不能全部解读的朦胧诗，还是应该归入"无题"之中，因为它的标题根本无法概括内容。尽管前人花了很大的精力去研究此诗究竟写的是什么内容，主题在哪里，但至今还是一团迷雾。是爱情诗吗？悼亡诗吗？政治寄托诗吗？人生失意诗吗？

还是其他？都难以确定，甚至还有人认为"锦瑟"是令狐楚家一个女奴的名字，诗人爱的就是她。尽管众说纷纭，但这首诗之美却是很多人的共识。梁启超曾说此诗写得很美，但要让他解释诗句的意义、宗旨，具体美在哪里，他就茫然无计了。这就是所谓只能意会，不可言传的道理。诗美只是凭"感觉"而得。文学艺术有时是说不清楚究竟的。汉代的学者已经说过"诗无达诂"的话，诗有时的确无法确解，其实也用不着确解，只要在阅读时心领神会，随着它的韵律品味，让你的联想翻飞，沉浸在一种境界之中，有了感觉，就是最深入地解读了。

　　本篇意旨虽然朦胧，但有些方面的好仍是可以索解的。锦瑟本是二十五根弦，无缘无故一下变成了五十根弦，显然是弦断了。弦断意味着什么，无论如何不是人生的好事。由此而来还可以解出抒情的忧伤基调，深情之中让我们似乎看到了诗人忧郁的眼神。中间两联用典的意图何在不能知晓，但迷惑和执著的心思却是可解的，那对仗的整齐之美也是可解的。因此这是一首并没有超过度的朦胧诗，它虽难解却并不晦涩。

无　题

李商隐

相见时难别亦难，东风无力百花残。
春蚕到死丝方尽，蜡炬成灰泪始干。
晓镜但愁云鬓改，夜吟应觉月光寒。
蓬山此去无多路，青鸟殷勤为探看。

镜：照镜，动词。**蓬山**：蓬莱，传说中的海上三神山之一。**青鸟**：神话中可以带物传信的鸟。

经典

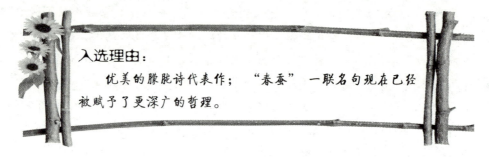

且立片论　这又是一首不能确解的朦胧诗。前人有认为是写送别的，政治寄托的，爱情的，不一而足。不过诗中有一个关键字眼"丝"（思）不能轻易放过，因为全诗都笼罩在相思缠绵和离别愁苦的氛围中，将它看做爱情诗或许更接近诗人的原意。李商隐的婚姻因政治纷争中的人物矛盾而倍感尴尬，似乎首联就透出了信息。与爱人见面困难，离别又难舍难分，特别是在春天里春心萌动时分，因而感到春风无力，百花凋零。这完全是诗人的心境，正如他的另一首《无题》诗所表达的一样："春心莫共花争发，一寸相思一寸灰。"爱情是灰暗的，相思是苦涩的，但爱是不变的，思是不灭的，于是第二联便有了表达爱和思的极端情感，除非春蚕到死，蜡烛成灰，才没有爱和思。南朝乐府诗有"春蚕不应老，昼夜常怀丝。何惜微躯尽，缠绵自有时"的表达，将"丝"和"思"同音双关，显然李商隐是从这里得到启发而创作的，不过这里的表达远胜前诗，"到死丝方尽"，掷地有声地坚定执著。正因为有这样的坚定执著，才成了感动千万人的名句，才成了一代代引用不衰的誓言，而且还超越爱情范畴，成为了在其他领域内执著追求的比喻。换一个角度看，能写出这样的坚定执著，应该有真实的感情基础，而不是仅限于文学的表达。恰好李商隐就与妻子的感情一往情深。历史记载，他的妻子死后，东川节度使柳仲郢选了一个色艺俱佳的张姓歌女相赠，希望能抚慰他的寂寞和忧愁，但被他断然拒绝了，有《上河东公启》为证。由此可以推衍开说为什么李商隐写了那么多朦胧的《无题》诗，恐怕大多主题都可解成与爱情相关。第三联写痛苦相思后的变化，"云鬓改"一句，好像是从对方着笔，事实上相思的双方都如此。想写诗相寄，却感到月光下的寒冷。"寒"字下得好，既押韵，又关意义，透出了诗人的心寒。与上一联串通，使人想起"衣带渐宽终不悔，为伊消得

人憔悴"的形象和信念。尾联写阻隔，呼应首句"相见难"，通消息问候就成了唯一的希望和寄托。如此看来，似乎全诗意脉紧连，浑然一体，真是一首爱情诗了。

商山早行

温庭筠

晨起动征铎，客行悲故乡。
鸡声茅店月，人迹板桥霜。
槲叶落山路，枳花明驿墙。
因思杜陵梦，凫雁满回塘。

温庭筠（812—870），本名岐，字飞卿，太原祁（今山西祁县）人。才华出众，生性倨傲，因而多次考试不中，仕途不顺，只做过县尉、国子助教等小官。与李商隐齐名，称为"温李"。**商山**：在今陕西南部。**铎**：铃铛。**驿**：驿站，旅店。**杜陵**：汉宣帝的陵墓，在长安城南。这里是留恋京城长安的意思。**回塘**：堤岸弯曲的池塘。

入选理由：

诗歌有别具一格的写景名句 "鸡声" 一联，说来也只有这一联难忘。

且立片论　这首诗写初春旅途的见闻，表达了诗人留恋长安，不愿离京的愁思。除了一联写景的名句之外，诗的其他部分没有什么值得特别称道的地方，只是

"槲叶"和"枳花"可证不是秋冬时令（枳花初春开花），能为解读服务。"鸡声"一联意象集中，形象地描绘了初春早晨的景象：冷月高悬，鸡鸣划破清静，诗人已动身上路了；由于时间还太早，只见木板桥上的白霜上印着些许脚印，已有更早的行人了。说是"些许"，才与白霜的底色映照鲜明，才合诗句的"人迹"。因为如果行人已很多，脚印杂乱，白霜的底色就不明显了，而且也和诗题"早行"脱节，更缺少诗意画面了。两句不仅画面鲜明，而且还有"道路辛苦，羁愁旅思"（梅尧臣语）含在其中，这样融情于景更能感人。

　　另外，两句的结构别具一格。两句都没有谓语，全是名词性结构组成，这是不合汉语语法规则的。但是，它们却正是古典诗歌，尤其是格律化以后诗歌常用的句式结构。这种结构将名词意象集中在一起，形成密集冲击，最有形象感，而且还能将情感集中表达，常成为情景交融的名句。如"西山白雪三城戍，南浦清江万里桥"（杜甫），"桃李春风一杯酒，江湖夜雨十年灯"（黄庭坚），"枯藤老树昏鸦，古道西风瘦马"（马致远）等。

望江南（二首）

温庭筠

　　梳洗罢，独倚望江楼。过尽千帆皆不是，斜晖 脉脉水悠悠。肠断白蘋州。

　　千万恨，恨极在天涯。山月不知心里事，水风空落眼前花。摇曳碧云斜。

斜晖：夕阳的光辉。**脉脉**：指女子含情远望的眼神。**白蘋州**：长着白萍的水中陆地。**摇曳**：摇动，移动。

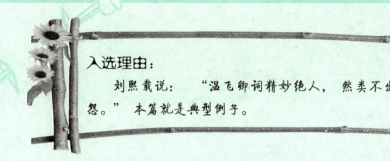

且立片论　温庭筠以前的词，内容题材还多样，到了他手里似乎词就变成了以女子为中心，专言男女相思的载体，而且之后的词创作基本就沿着这条路走下去了。

　　这两首词写女子思念情人的愁怨。第一首尽管很抒情，却仍有叙事的特点。痴情的女子清晨就急忙梳妆打扮好，她要去迎接她的爱人。跑到江边，为了看得更远，她登上了望江楼，希望从楼上远远地看见爱人的归船。可是，一条船过去了，两条船过去了，许许多多的船过去了，竟都不是爱人的归船。时光在静静地流逝，太阳已经西斜，她还在望，那眼神中充满了爱意，充满了期待。江水无声不停地流去，渐渐黄昏了，为了看得仔细一点，她又靠近江边去望。结果又是失望的一天，真叫人痛苦啊！这首词紧紧抓住一个"望"字来写，将女子期待的眼神和心理以及失望的神态凸显出来，而且还将自然景物赋予情感，使得情景交融。水在夕阳的余晖中缓缓流动，就像女子的情感波动一样。

　　第二首首先顶出一个"恨"字，又点明所恨在天涯，这就让游子思妇的主题骤然突出。游子远在天涯，思妇无限怨恨。前两句来得猛烈而热切，但下面却迅速转折，转入含蓄幽微。思妇心中思念的痛苦，山月竟然不知，它还是那样明亮地照着；风儿也来添乱，将花儿从女子眼前吹落；云儿也一点不解人意，一直在天上悠然游动。"山月"三句是名句，状物言情既细腻入微，又通灵有趣，拟人化的手法运用恰当。后来晏殊的名作《蝶恋花》"明月不谙离恨苦，斜光到晓穿朱户"等，显然受此词的影响较大。

望　江　南

菩萨蛮

温庭筠

小山重叠金明灭。鬓云欲度 香腮雪。懒起画娥眉。弄妆梳洗迟。
照花前后镜。花面交相映，新帖绣罗襦，双双金鹧鸪。

小山：指屏风上雕或画的山水图。**金明灭**：阳光闪耀的样子。**鬓云**：像云片似的鬓发。**度**：覆盖。**香腮雪**：比喻白皙的面颊像雪。**弄妆**：梳妆打扮。**帖**：一种缝绣方式。**罗襦**：丝绸短袄。**鹧鸪**：这里指刺绣的鸳鸯图案。

入选理由：

词写女性的美，写男女相爱相思，浓抹描写，成为"香艳词"的代表作。

且立片论 这首《菩萨蛮》的人物描写堪称一绝，不仅色彩鲜明，就是香气也似乎从字里行间阵阵透出。词的上片写房中女子床前屏风的景色，以及她梳洗时的娇慵姿态。她松软乌黑的头发飘散在白嫩如雪的脸庞上，一个"度"字化静为动，精妙恰当。她很晚才梳妆，"懒"和"迟"字都下得很准，将女子的慵柔之态描绘得十分生动。下片具体写梳妆和妆成后的情态，暗示了人物孤独寂寞的心境。她先是对镜簪花，用前后镜子照看，真是"人面桃花相映红"，美极了。其次是成功地运用反衬手法。这里有两个要点：一是用鹧鸪（鸳鸯）双双的图案，反衬女子的孤独；二是用容貌的亮丽和服饰的华美，反衬女子内心的寂寞空虚。抓住了这两点反衬的表达，就可以进一步分析人物的身份和词作的意图，大概作者还是略含微讽，对贵族妇女虚度青春的哀怨生活表示惋惜而怜悯，而不只是表达一种欣赏美女的心态。

未展芭蕉

钱 珝

冷烛无烟绿蜡干，芳心犹卷怯春寒。
一缄书札藏何事，会被东风暗拆看。

钱珝，生卒年不详，字瑞文，临安（今浙江杭州市）人，诗人钱起的曾孙。广明元年（880）进士，昭宗时做过中书舍人，后贬为抚州司马。有五绝《江行无题》100首较为有名。**缄**：封闭。**书札**：书信。

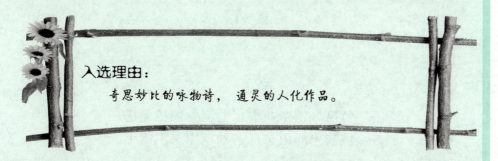

入选理由：
　　奇思妙比的咏物诗，通灵的人化作品。

且立片论　早春时芭蕉叶还没有舒展开，诗人竟能将它感觉成一个闺中娇羞的少女。她在春寒中非常拘束，似乎怕见到人一样，更怕别人看到她内心深处的春情，于是将春情藏着，不露芳心，又生怕人知道她的秘密，便卷了又卷地包裹着。

卷起的芭蕉叶又像是一封少女表白爱意的情书，封闭着她对意中人的绵绵情思。究竟她的意中人是谁？封闭的书信中又说了些什么？多么撩拨人去猜想，多么引诱人去探密，尤其那些青年男子，或许觉得那书信里的爱就是给"我"的。不过任何人的跃跃欲试都是徒劳，因为那书信是给春风的，只有春风才能慢慢拆开，看到其中的秘密。

诗歌除了诗人感觉事物的独特神思可称道之外，还有两个突出的特点：一是比喻巧妙。诗中一共用了三个比喻来形容叶片还没有舒展开的芭蕉。先是将之比作还未点燃的绿色蜡烛，然后又比作女子，最后再比作书信。比作女子和书信非常美妙，用语"芳心"、"怯"、"缄"、"藏"等都准确而形象，问句也韵味悠长。女子和书信两者之间是自然关联的，女子含羞，书信传情，可以看做是相关联的一个比喻。但是，比作蜡烛似乎就不怎么相关联了，似乎第一句的比喻还有未尽善尽美之处。如果与第二句相连描写女子的环境（当然也要符合芭蕉生长的环境特点），那么效果应更好一些，可以避免不关联的拼凑。二是拟人生动，尤其是将东风拟作人最为精彩，东风将光和热带给芭蕉，芭蕉叶就渐渐舒展开了，与书信慢慢被拆开太有相似之点。看书信的只能是人，于是东风就成了多情的小伙子，与芭蕉姑娘就自然结合了。

焚书坑

章　碣

竹帛烟销帝业虚，关河空锁祖龙居。
坑灰未冷山东乱，刘项原来不读书。

章碣，生卒年不详，桐庐（今属浙江）人，诗人章孝标的儿子。晚唐僖宗时进士。当时颇有诗名，今存诗20余首。**竹帛**：文字的载体，指书籍。**关河**：函谷关和黄河，一说渭河。**祖龙**：秦始皇的别称。**山东**：崤山以东。**刘项**：刘邦和项羽。

入选理由：

对秦始皇焚书作了辛辣而深刻的讽刺，在这一类题材的诗歌中堪称一流。

且立片论 传说焚书坑是当年秦始皇焚书留下的一个洞穴，遗址在今陕西省临潼县东南的骊山上。诗人经过那里，目之所触加上史事传闻，于是无限感慨，写了这首怀古咏史诗。

诗用夸张、对比映衬的手法讽刺了秦始皇焚书坑儒的做法，对秦朝的迅速灭亡给予无情的嘲讽。秦始皇焚书坑儒本来是为巩固统治而施行，但迅速亡国却不是读书人带来的，偏偏还是最讨厌读书的刘邦和项羽一先一后进入关中灭掉秦朝，火烧秦宫殿，使其变成一片废墟的。这种对比反差多大呀！讽刺多深刻呀！历史记载，刘邦很讨厌儒生，还用他们的帽子撒尿，刘邦当然不是读书人了；项羽一读书就头疼，司马迁的《史记·项羽本纪》中有详细而生动的记述。他两人就被诗人如此准确地选中了，选材的角度好。本篇的艺术性还在于极度夸张但又得体。书籍一烧，秦朝本想万世为皇帝的基业就成了废墟，秦朝的迅速灭亡是诗歌夸张的依据。"坑灰未冷山东乱"一句，既夸张又有气势，秦始皇一死，秦二世元年（前209年），陈胜、吴广就在大泽乡揭竿起义，从此烽火遍天下，怎一个"乱"字了得，"乱"中涌出多少豪杰。诗的喜剧色彩也增强了本诗的讽刺意味。曾几何时，秦朝是多么强盛，秦始皇是多么威风，"振长策而御宇内"。为了能长久地统治国家，统治者们几乎绞尽脑汁想到了一切办法，连烧书，具体要烧那些书都想到了，但却没有想到刘邦、项羽那样的不读书的人会来威胁他们的统治，真是人算不如天算。大概秦始皇在九泉之下的永久遗憾就是这一点，诗人就抓住这一点大写，既讽刺深刻，又促人思考。

思帝乡

韦 庄

　　春日游，杏花吹满头。陌上谁家年少？足风流。　　妾拟将身嫁与，一生休。纵被无情弃，不能羞。

> 韦庄（836－910），字端己，京兆杜陵（今陕西西安市）人。昭宗乾宁元年（894）进士，后入蜀做了前蜀皇帝王建的宰相。诗词兼长，词风与温庭筠接近，史称"温韦"。**风流**：风度飘逸美好。

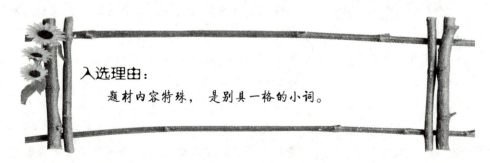

入选理由：

　　题材内容特殊，是别具一格的小词。

且立片论　清人评论词作有"小词以含蓄为佳，亦有作决绝语而妙者"的观点，正说到这首小词。

　　词只截取生活中的小景，先是摄影式地定格于春游路上的一男一女，男子英俊，女子多情，然后就全写女子多情了。女子也太多情了，春天里看到一个英俊小生，就立即以身相许，非嫁不可，固然英俊小生很惹女子眼球，但在古代社会那样表现也太过头了。这使人想起《诗经》中那个"之死矢靡它"的姑娘，想起女性的勇敢。不过生活中是常有那样的真实情形的，诗人大概没有贬义，而是作为女子的知音，为其呐喊，毕竟在那个年代敢爱敢恨，肆情而为是难得的。但是结尾处又说出"纵被无情弃，不能羞"的话语来，就让人有些费解了。那英俊小生究竟是什么样的人，难道女子仅仅因其容貌就不顾一切地以身相许了吗？看看词牌，诗人的用意就可以解释了。原来那女子的行为诗人并不赞同，因为她是追求富贵而为的，想到那英俊小生是"帝乡"的公子王孙，就不顾羞耻了。那样的女子能可爱吗？

生查子

牛希济

　　春山烟欲收，天淡星稀小。残月脸边明，别泪临清晓。　　语已多，情未了。回首犹重道。记得绿罗裙，处处怜 芳草。

牛希济，生卒年不详，陇西（今属甘肃）人。牛峤侄子。前蜀王衍时做过官，后来还在后唐做过官。"花间派"词人，风格学温、韦。
绿罗裙、芳草：都代指女人。**怜**：爱。

入选理由：
　　五代时编选的《花间集》多是写男女相爱，感情缠绵的内容，描写细腻，辞藻华美，后人称为"花间派"词，本篇就很有代表性。

且立片论　作者选择清晨离别的时刻，以景衬人，由人染景，景与人一同被情融化为难舍难分的画面。首先是景象的朦胧凄迷，烟蒙蒙的春山，晨星微明的似夜非夜的天空，起两句就好。清人陈廷焯说："'春山'十字，别后神理，'晓风残月'不是过也。"评价很高。接下来"残月"与脸相连，让人联想起女人白皙的脸庞，再由脸而及泪水，衔接自然，就像真实的离别情牵一样，缠绵不断。下阕概括说情和话语，结构上复用，实际正是语不能不多的离别实录，因此结尾还要用叮咛的话语。"记得"两句是女人的心声：无论你在何处，别忘我啊！我穿的绿色罗裙，你走到天涯海角，也有芳草伴随，见到草的绿色就应想起我啊！

谒金门

冯延巳

　　风乍起。吹皱一池春水。闲引鸳鸯香径里，手挼红杏蕊。　　斗鸭阑干独倚。碧玉搔头斜坠。终日望君君不至，举头闻鹊喜。

冯延巳（903—960），字正中，广陵（今江苏扬州）人。南唐宰相。其词深婉含蓄，对北宋词的影响很大。**闲引**：逗弄。**挼**：揉搓。**斗鸭**：古代有斗鸭取乐的风俗。**搔头**：首饰，玉簪的别称。

入选理由：
　　"风乍起"两句当时就很有名，还有故事流传；写女子的神态和心理都细腻入微。

且立片论　开头两句描写春水很是生动，为当时的人赏爱，据说皇帝李璟曾和作者开玩笑说："'吹皱一池春水'，干卿何事？"言下之意是春风吹水与你何干呢，你再写得好那也是风和水的现象。当然，作者也顺势将李璟的词句借来调侃，于是成为文坛佳话。

　　这首词写闺中女子的春日情状。题材虽不新，但和许多同类作品相比，它有很多优秀之处。首先从选材的角度说，它侧重表现的是女子由愁到喜的过程，超越了许多以哀伤结尾的模式。其次，词中对人物刻画很注重性情心理，使人物更有可感的特点。词中的女子思念情人，显得有些焦躁、烦恼，但作者并没有直接写，而是通过她的动作和侧面描写来表现。当春风吹动她的春心后，为了避免孤独相思，她来到庭院中逗弄鸳鸯消遣；她手上不知不觉地揉搓着杏花花瓣，心里肯定在想着远方的情人，作者只写动作而已透入内心。她百无聊赖，只能看斗鸭来转移心思，连首饰都歪斜了。就在已经忘情之间，突然听见喜鹊叫，她一下就高兴起来了，因为这预示着情人将要回来。第三，词的起句和结句前后呼应，使主人公的情感变化一脉相承，使词的结构浑然一体。起句风吹春水，暗示女子春情泛起；结句"喜"字收住，也在春情之中。第四，词的余韵不断。虽然女子听见喜鹊叫了，但并非情人已至，情人必至，以后怎么变化，作者没有交代，读者自可想去，想象就没有定格，于是生出许多猜测来。

浪淘沙

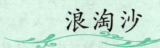

李　煜

　　帘外雨潺潺，春意阑珊。罗衾不耐五更寒。梦里不知身是客，一晌贪欢。　　独自莫凭栏，无限江山，别时容易见时难。流水落花春去也，天上人间。

经典

> 李煜（937—978），字重光，初名从嘉，号钟隐，南唐中主第六子，史称南唐后主。徐州（今属江苏）人。前期词风风格柔靡，亡国后的词作题材扩大，意境深远，在唐末五代词中具有极高的成就。潺潺：雨水声。阑珊：将要完结。罗衾：丝绵被子。一晌：片刻。

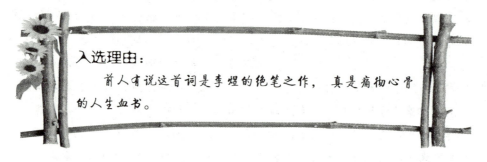

入选理由：

前人有说这首词是李煜的绝笔之作，真是痛彻心骨的人生血书。

且立片论 这首词写得哀伤悲痛，将人生的苦状表达得彻底淋漓，五更寒呀！真如地狱般难受。

如同作者的其他作品一样，起结自然，随情所适，同时又往往交织于无情的现实和无限的回忆之中。作者极善于从梦境着笔，然后再形成今昔对照，由此生出无尽的凄哀之情。本篇的梦还是好梦，但好梦总有梦醒时分，与现实对照后就更加痛苦，因为好梦中的情景永远不再来了。好梦是被摧残春花的风雨声惊破的，暮春时节特别容易产生繁华已过的人生伤感。下片还是思念故国，而且是绝望地思念。哀莫大于心死，所以有人间天上的困惑。有人曾将"天上人间"分为两句读，标点为"天上，人间？"这是独具只眼的解读。这样解读，则作者的问春之语就显得意味深长，前句说"春去也"，春去何处，这就是一惑。春还在人间吗？春归天上？如果还在人间，就意味着如春一般的好生活还会重来；如果归天上，那就只有死后相逢了。因此这时的作者已被死亡的阴影深深罩住了。

相见欢

李 煜

　　林花谢了春红，太匆匆，无奈朝来寒雨晚来风。　　胭脂泪，相留醉，几时重？自是人生长恨水长东！

> **胭脂泪：**此指雨中的落红，犹如美人伤心至极和着胭脂滴下的血泪。

入选理由：
　李煜做了亡国奴后的深沉悲痛的抒情名作。

且立片论　这首词是作者亡国后的作品。词的最动人之处是情感，是有牵挂而无可奈何的痛苦情感。另外，写作上也有突出的特点。既有纯真感情一气而下的倾泻，又有在意脉相连中的别出巧思。起句用"林花"、用"春红"，过头又应之以"胭脂"，让人想起杜甫《曲江对雨》中的"林花着雨胭脂湿"。作者借其意象，一层写春景，信手点染，自然切合。风雨无情摧残了春花，春天就这样匆匆地过去了，令人伤感。另一层借花比旧宫美女，借春去暗示繁华不再。"胭脂泪"一语最可称道，它巧妙地起到了承上启下的作用。将春花春景的自然转到了皇帝、俘虏、江山、美女的人情一面，引出后面的人生长恨无限悲愁。它还可以收到双关修辞的效果。杜诗是"胭脂湿"，就是红花湿，红花湿加以拟人，就是花流泪，花

231

流泪就是女人流泪。作者在另一首词中写到的"垂泪对宫娥"和这里的表达是可以窥见其心境的，他难忘那些美丽的女人们，悲伤和愁苦与她们相关。词的结句也写得好，前人说"濡染大笔"，的确如此。结句感情丰沛，沉痛苍凉，以江水比愁怨，景象阔大，震撼力强。

相见欢

李 煜

无言独上西楼，月如钩。寂寞梧桐深院，锁清秋。　　剪不断，理还乱，是离愁。别是一般滋味在心头。

入选理由：

不用任何典故却写得如此动人，作者对语言的把握真到了神化的境地。

且立片论　前人曾有"此词最凄婉，所谓'亡国之音哀以思'"的评语，就是说此词是作者当了俘虏之后的作品。但是从词中所表现的离愁情感来看，也有可能是前期的作品，因为写的是离愁，前期也可能有。

　　词写得明净简洁，紧扣"离愁"一气神行，从始至终，一贯而下，浑然一体。王国维说作者的词"神秀"，这一首就可以看做小令中的神品。起句"无言"，就关系心中有事，什么事？一个"愁"字；接写如钩之月，写梧桐深院，静夜无人，寂寞无主，一切都是虚无，有什么？还是一个"愁"字。"锁"字用得好，实际是心结如锁，外物皆为之锁闭，死寂无声，又突出"愁"字。然而"愁"本抽象，

于是化虚为实，用"剪"剪之，巧思新颖，又是神思神笔。抽象怎么能剪？于是理不清而乱，而且愈发纷乱。"愁"更集中而来，于是干脆直说"是离愁"而不是其他愁。离愁最缠人，又埋在心里，隐私难以言表，还只有锁闭在心头，那滋味只有当事人才感觉得真切。

词还有一个特点，就是押韵"楼"字起，"头"字收，一韵通接，但中间却有"断"、"乱"仄声转换，真如一石激浪，尽起波折，韵律上既紧凑又高低抑扬结合，阅读时别有一番美感。

清平乐

李　煜

　　别来春半，触目愁肠断。砌下落梅如雪乱，拂了一身还满。　　雁来音信无凭，路遥归梦难成。离恨恰如春草，更行更远还生。

> 砌：台阶。雁：古代有大雁传书信的故事。

入选理由：

　　涉想奇妙，比喻新颖，以春草比离恨，就这两句已经可以使之成为文学艺术的永恒。

且立片论　旧说这首词是乾德四年（966）作者的弟弟李从善出使北方宋朝，很久没有回来，作者因思念弟弟而写，这种说法很难凭信。从词意看，"离恨"很深，"愁肠"百结，"归梦"期望也很深，因此应是作者成了俘虏之后的抒情之作。

不过不论作于何时，它都是一个精品。且不谈其思想内容，仅就艺术价值而言，它就是不朽的。首先它的比喻取象独具匠心，以长遍天涯，无处不生的春草比离愁别恨，这是前所未有的创意。古诗中有"青青河畔草，绵绵思远道"等表达，但那仅是起兴而已，也只是关联男女相思，尽管对创作启发，前后源流可以构成联系，但毕竟与此处的用法不相同。后来欧阳修写"离恨渐远渐无穷，迢迢不断如春水"，虽借象不同，但构思的意脉却是相连的，不能不说是受了李煜词作的启发。其次，词的描写形象生动。"砌下"两句，让人如见梅花纷飞之景，如见满身落梅之伤春愁人形象。第三，全词的语言洗练优美。一个典故不用，没有任何繁难字眼，却能达如此妙境，不得不让人感叹是大家手笔。第四，词的韵律很优美。除了韵脚密而响之外，作者似乎有意安排了起伏波折以增加其抑扬高低，这样对表达情感更有效果。词中上下两片结处都用"还"字，就足见其缠绵韵味；煞拍两叠"更"字，就更见其"剪不断，理还乱"的逼人情怀。

虞美人

李 煜

　　春花秋月何时了，往事知多少。小园昨夜又西风，故国不堪回首月明中。　　雕栏玉砌应犹在，只是朱颜改。问君能有几多愁，恰似一江春水向东流。

> **雕栏玉砌**：雕花楼栏，玉石砌成的台阶。**朱颜**：红色的面容，青春年少的面容。

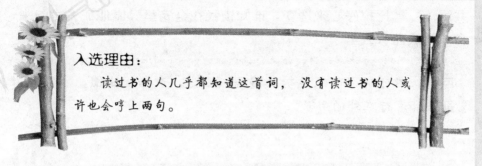

且立片论　这首词的写作年代很值得推敲，因不同版本的文字差异而区分为春季和秋季。通行的是"小楼昨夜又东风"的版本，这当然应该是春季写的了。但是，最早记录这首词的北宋人马令，在他的《南唐书》中却是"小园昨夜又西风"，还有宋人的笔记《默记》说："后主（李煜）在赐第，因七夕命歌妓作乐，声闻于外。太宗闻之大怒，又传'小楼昨夜又东风'及'一江春水向东流'之句，并坐之，遂被祸。"据历史记载，李煜是被宋太宗毒死的，死于公元 987 年七夕后的第三天。由此可以说这首词是惹祸的创作，是真正的绝命词。宋太宗是一个极为阴险的皇帝，李煜如此深重的思念故国是他不能容忍的，决不能养虎遗患，于是将其处死。这样分析和记载完全吻合，只因词中有"春水"字眼而在传抄刻印的时候出了错乱，将"西风"变成了"东风"，渐渐被受众接受，一直到今天。

　　词的写作之优秀自不待言，仅结尾两句就涉想新奇，化虚为实，将忧愁比作滚滚春潮，变无形为有形有声，成为千古名句。还有词中三问，是人生之问，是天问，是自己之问，也是他人之问，而且是只有情感而没有答案的问，只打动人而无理性的问。

鹊踏枝

无名氏

叵耐灵鹊多谩语，送喜何曾有凭据？几度飞来活捉取，锁上金笼休共语。　　比拟好心来送喜，谁知锁我在金笼里。愿他征夫早归来，腾身却放我向青云里。

> 叵耐：不可耐，不能忍耐。谩语：假话，谎话。比拟：本来打算。征夫：远行在外的男子。

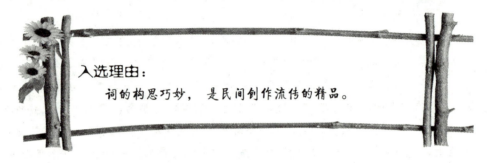

入选理由：
　　词的构思巧妙，是民间创作流传的精品。

且立片论　20世纪在甘肃敦煌发现的曲子词中有很多是民间创作的。民间创作的文学作品常有口语表达生动，大量运用比喻、拟人等修辞格的特点，本篇就是敦煌曲子词中的此类。它还有押重韵的现象，上下阕都有，这在文人词中几乎没有。首先，词有浓厚的民间文化色彩：喜鹊报喜。其次让喜鹊说话，将它当做人来写。当然，最妙的是全词的构思巧妙。它通过像童话一般的人与动物的交谈，将盼望远行的丈夫归来的女子的心理和性情表现得生动传神，交谈对话的生活气息很浓。同时，它又是一个完整的故事，甚至连细节都着力表现。上阕以女子抱怨开头，她见喜鹊飞来，高兴极了，认为这是丈夫马上要归来的信息。的确如此，她的丈夫应该在回家的路上了。但是她太性急，望望路上，没有见到丈夫的身影，就将怨气向喜鹊倾泻。她将喜鹊捉住，锁进笼里，惩罚它，觉得它报喜不实，这样的女子形象真是憨态可掬。接下来作者还有巧思，喜鹊来报喜，却没有得到好报，反而被关进了笼里，也自然生出怨气，于是张口说出话来：希望她的丈夫在路上走快一点，早一点到家，好恢复我在天空飞翔的自由。

山园小梅

林 逋

众芳摇落独暄妍，占尽风情向小园。

疏影横斜水清浅，暗香浮动月黄昏。

霜禽欲下先偷眼，粉蝶如知合断魂。

幸有微吟可相狎，不须檀板共金樽。

> 林逋（967—1028），字君复，钱塘（今浙江杭州）人。长期隐居西湖孤山，种梅养鹤，终身不娶，有"梅妻鹤子"的雅号。不做官，死后人称"和靖先生"。他的梅花诗脍炙人口。**摇落**：凋谢。**暄妍**：色彩鲜明，有生气。**疏影**：指梅枝稀疏映水的影子。**霜禽**：冬天的鸟儿。一说白鸟。**合**：应，会。**狎**：亲近。**檀板**：唱歌时用来合拍的木板。**金樽**：指美酒。

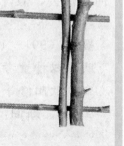

入选理由：

写出了梅花的精神和品格的第一流作品。

且立片论 写梅花的咏物诗歌宋代最盛，其数量难以统计。这一首可以算是开风气的作品，是咏梅诗词中的杰作。诗人林逋为时人所知、为后人所仰，都是因为这首《山园小梅》。

237

首先，作者将他对梅的爱融进了诗中，在梅中折射出了他的人品和情趣。换句话说，梅就是作者的化身。其次是对梅的描写细腻入微，写出了梅的独特品性，写活了梅树、梅花的形象，还写出了梅的神韵和灵魂。尤其是"疏影横斜水清浅，暗香浮动月黄昏"一联，真是梅之绝唱，抓住了梅的骨力和清香，又将其环境作为背景和映衬物，让它们起到了十分恰当的烘托点染的作用，通过烘托和点染，就把梅的超凡脱俗的精神映在天地之间了。第三是虚笔空灵，作者将自己的主体感受做了奇妙的想象，尽情地发挥，如"霜禽"一联将鸟、蝶与梅之间根本不存在的联系打通，又让鸟和蝶做了梅的陪衬之物，陪衬之下，使梅的高洁表现到了极致，用拟人的修辞手法效果很好。

这首诗在当时就很有名，大文豪苏轼也十分赞赏。由于后来写梅的诗篇很多，爱梅的人激增，推波助澜，使它的地位更是抬高到了无以复加的高度。

浣溪沙

晏 殊

一曲新词酒一杯，去年天气旧亭台。夕阳西下几时回？　　无可奈何花落去，似曾相识燕归来。小园香径独徘徊。

> **晏殊**（991—1055），字同叔，抚州临川（今属江西）人。少年聪明，以神童考试，赐同进士出身。官至宰相，引荐有范仲淹、富弼、欧阳修等名臣。死谥"元献"。诗词兼善，尤长于词。有《珠玉词》。**新词**：指去年在此宴会时创作的歌词。

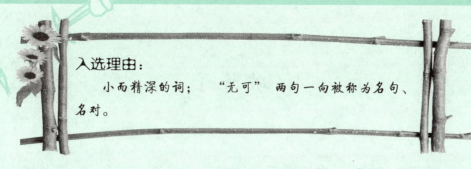

且立片论　　从字面上看，词是写今年春季有感于去年同时同地的以歌助兴的酒宴；今年的春天景物引发的沉思。事实上这首小词却蕴含着人生思考、生命意识等大的主题，只是作者将其深埋在新词酒会、春花春燕等景物之下了。新和旧，去年到今年，花已落去，燕又归来，年年有新词酒会，时间连续不断，人生过程真是快乐无比！但是词的主题思想不是歌颂快乐悠然的人生，而是想表现人生看似快乐的过程就这样在连续不断的新与旧中消解了，过去了，死亡了。人生就不能改变么？人生的意义是什么呢？快乐的本质是什么呢？词的结句写在庭院中的花径"独徘徊"，头脑里想的大概就是这些问题。想得简单，就容易找到快乐的本质；想得深沉，可能就找不到答案，只会"忧从中来，不可断绝"，但还要执著地想下去，这恐怕就是多愁善感的诗人气质决定的。词中对花落的伤感，实是悲时光之流失；与燕的曾相识，有了一分亲切，但燕又将归去，新终成旧，又多了几分惆怅。特别是"夕阳"一句的问，看似幼稚天真，实是深刻透彻；看似答案简单，实是根本无解。如果将其看做不变的太阳，那么明天它就会回来；如果将其看做此时此刻的太阳，那么它将永远不再回来。就像"不知江月待何人"一样，任何人也不知道答案。词的主题经过句式组装、景物点化一番后，就变得特别耐人寻味，特别美。前人激赏"无可"两句，因为它们是那样流畅，又是作者将虚词和实词组合的对偶妙句，而且还有深情和哲思灌注其中，真是怎么品怎么美。

浣

溪

沙

破阵子

晏 殊

燕子来时新社，梨花落后清明。池上碧苔三四点，叶底黄鹂一两声。日长飞絮轻。　　巧笑东邻女伴，采桑径里逢迎。疑怪昨宵春梦好，元是今朝斗草赢。笑从双脸生。

> **新社**：指春天祭祀土地神的日子。**巧笑**：特指女子笑貌很美。**元**：原，原来。**斗草**：古代妇女在春夏时候用各种花草交叉成"十"字来比赛娱乐的一种游戏。

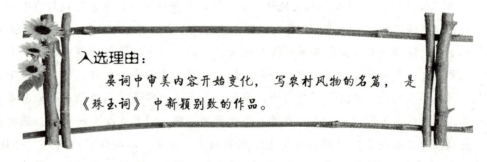

入选理由：

晏词中审美内容开始变化，写农村风物的名篇，是《珠玉词》中新颖别致的作品。

且立片论　作者身为宰相，所接触的人和事物都是典雅高贵、富丽堂皇的，因此其作品大多是与之相关的内容和风格。这一首词写春夏间景物，写山野农村，应该是作者并不熟悉的，但却写得如此清新可爱，可见作者感触外物的敏锐，语言表达的精准。词首先抓住了这一季节最典型的景物来写：梨花落了，清明时节，青苔点点，鸟鸣声声，还有轻悠的飞絮。这些都给人以春光融融、美丽轻柔的感觉。不过这些又都是为人物的登场所布的景，人物才是焦点。作者选择了一个少女，突出了她的笑貌，展现了最能表现女子美丽的特点，又有意勾住牵动爱情的

"春梦"，略作曲折悬念，最后才托出乡间女子朴实自然的淳美，使人与景融为一体。春是动的季节，是生的季节，少女是充满活力的，一切都象征着希望和美好。作者的选材、切入角度的确独具慧眼。这首词的语言流畅生动，好像是从口中自然流出，与所写的景物和人物水乳交融般和谐。

渔家傲

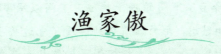

范仲淹

塞下秋来风景异，衡阳雁去无留意。四面边声连角起。千嶂里，长烟落日孤城闭。　　浊酒一杯家万里，燃然未勒归无计。羌管悠悠霜满地。人不寐，将军白发征夫泪。

范仲淹（989—1052），字希文，苏州吴县（今江苏苏州）人。大中祥符八年（1015）进士。官至参知政事（副宰相）。仁宗时施行"庆历新政"，后被排挤。死谥"文正"。诗词文都有名篇。**衡阳雁**：传说大雁南飞到衡山止。衡阳在今湖南境内。**勒**：刻。这一句说还没有取得胜利就不能回家。

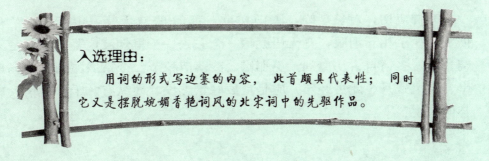

入选理由：
　　用词的形式写边塞的内容，此首颇具代表性；同时它又是摆脱婉媚香艳词风的北宋词中的先驱作品。

且立片论　这是作者兼知延州（今陕西延安）时的作品。北宋初年，西夏党项

渔

家

傲

族军事力量渐强，控制了今宁夏、陕西北部等地。后来其首领元昊称帝，更是常与宋王朝发生战事，而且宋军几乎每战必败。公元1040年范仲淹任陕西经略副使兼知延州，正是败后待收拾整顿的时候。尽管后来成效显著，但边塞的苦寒，战争结束的遥遥无期，将士的思归怀乡情感一再刺激着他，作为文人，他写下了一组《渔家傲》词抒情言志，每首都用"塞下秋来"开头。本篇就是其中之一。

词的上阕写边塞风景，突出了当地的边荒和寒冷等特点以及边防内容。"衡阳"一句景中有情，暗示了下阕的抒情特征。下阕以军事责任艰巨，功业难成，思乡怀归等表达情感和思想，形象而真实地再现了守边将士的精神风貌和内心世界，根本不回避忧伤和痛苦，但比之慷慨激昂的陈词和英雄气概的宣言却一点也不逊色，反而更加动人。同时，作者也表达了守土卫国的信念。"归无计"就是没有想也不能想回家，只有战胜敌人之后才有归家的一天。语虽简短，意义还是清楚。

词的内容如此，风格也随之而来，以悲壮苍凉为主，完全不同于以女性描写、男女相思为主，写得香艳缠绵的"花间派"词。

雨霖铃

柳 永

寒蝉凄切，对长亭晚，骤雨初歇。都门帐饮无绪，留恋处、兰舟催发。执手相看泪眼，竟无语凝噎。念去去、千里烟波，暮霭沉沉楚天阔。　　多情自古伤离别。更那堪、冷落清秋节。今宵酒醒何处，杨柳岸、晓风残月。此去经年，应是良辰好景虚设。便纵有、千种风情，更与何人说！

柳永，生卒年不详，原名三变，字耆卿，世称"柳七"。景祐元年（1034）进士，曾为屯田员外郎，又称"柳屯田"。一生多与歌女艺人交往，醉心于词的创作，影响很大。新创有不少慢词，在诗歌发展史上有突出的地位。**都门**：京城门。**帐饮**：本指设有帐篷的饯行之宴。**楚天**：北宋的首都在汴梁，即今河南开封，向东、向南去都是原来的楚地。

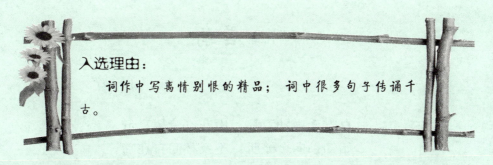

入选理由：

　　词作中写离情别恨的精品；词中很多句子传诵千古。

且立片论　本篇以前，写离情别恨的诗词已不计其数，为什么它还能成为经典，这是值得琢磨的问题。略作分析，可得如此结论：它以"真"得读者之众；以"粗细"和"多少"见艺术效果，感读者之心。

　　先说"真"，就是真实。关于柳永的词在当时的影响，南宋叶梦得曾说过"凡有井水饮处，即能歌柳词"。可见其流行之广，与当今之流行歌曲可以等量齐观。为什么流行之广？主要就是靠内容的真情实感与大众交流，从而产生共鸣。另外，柳永的创作是深入民间，与歌女们朝夕相处，耳鬓厮磨得来的，它的语言表达非常符合大众口味，这也是真实的一面。李清照曾批评柳永的词"词语尘下"，正中要害，但这也正是柳词的优点。其次，本篇的离别写得很感人，因为他写出了千家万户都曾经历的真实场景。再说"细"，就是细致，细腻。"执手"以下两句，在以前的同类作品中就从来没有这样传神的细腻描写。与"细"相对的是"粗"，就是大笔写，概括写。"多情"以下两句，高度概括古往今来一切离别的伤感特点，最动人的离别不能不在这大背景下产生。高度概括地写，使离别场景的具体细腻有了底色，起到了很好的衬托作用。最后说"少"，就是孤单，孤独，与"多"相对且相映。离别之后，孤独的"我"面对的是"千里烟波"、"楚天阔"的景象，对比之下，就更感凄凉孤独；酒醒之后，面对的又是"杨柳岸，晓风残月"的空旷天地，触景怎不更伤情？还有结尾处的"纵有千种风情，更与何人说"，也是用"多"和"少"的对比映衬来加强效果，更突出"我"无助无依的孤独。

全篇集中在"生离"的痛苦上下笔，首尾一贯。

画眉鸟

欧阳修

百啭千声随意移，山花红紫树高低。
始知锁向金笼听，不及林间自在啼。

欧阳修（1007－1072），字永叔，号醉翁，晚年又号六一居士，庐陵（今江西吉安）人。幼年家贫，但勤奋苦读，天圣八年（1030）进士，后官至参知政事（副宰相）。欧阳修为北宋诗文革新运动的领袖，"唐宋八大家"之一，诗、词、文章等都擅长，还有其他著作。有诗文集传世。**啭：**鸟叫。

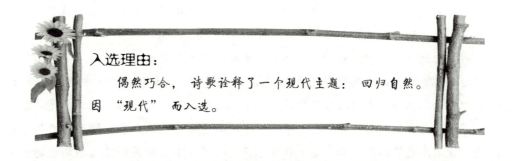

入选理由：
　　偶然巧合，诗歌诠释了一个现代主题：回归自然。因"现代"而入选。

且立片论　以前的咏物诗分为两类：一是借物比人，物或许就是自己的化身和代言者，其例甚多；一是在主题上做文章，往往翻案标新立异，如罗隐的《蜂》："采得百花成蜜后，为谁辛苦为谁甜？"这一类不和作者自身发生联系。能写出这两类的人，都可以永存青史。

　　有人说本篇是作者贬官滁州（今安徽滁州）时作，是对官场的人生感悟之后的作品，是感受了鸟在笼子里的不自由之后的借物发挥，有辞官归田的思想。如果是这样，本篇就属于第一类，借物比自己，那么从艺术创作的角度说它只能算二流作品了，因为他只是沿用前人的思想。假如不是这样，假如它是作者在物与人的关系上思考的作品，是放在生物的大环境中的命意，那就是宋代的理趣诗，那就关系到回归自然的主题了。不管作者的创作意图在哪里，就今天来看，它有相当重要的价值，自然，生态，环保，无不与之相关，可它却是一千年前的思考。

泊船瓜洲

王安石

京口 瓜洲一水间，钟山只隔数重山。
春风又绿江南岸，明月何时照我还？

> **王安石**（1021－1086），字介甫，晚年号半山，抚州临川（今属江西）人。庆历二年（1042）进士。神宗时施行政治、经济改革，对中国历史有重大影响。"唐宋八大家"之一，诗词、文章都擅长。有诗文集传世。**京口**：今江苏镇江。**瓜洲**：古渡口，在长江北岸，与京口隔江相望。**钟山**：紫金山，在今江苏南京市。

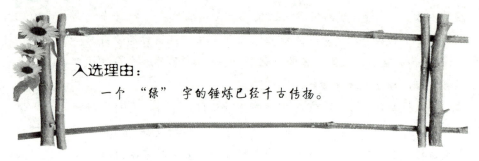

入选理由：

一个 "绿" 字的锤炼已经千古传扬。

且立片论 宋神宗熙宁八年（1075），作者从江宁（今江苏南京）出发，第二次拜相进京，路过瓜洲时写下了这篇著名的七绝。

诗歌主要是即景抒情，抒发了希望早日归田的情感。显然，作者已经感受到了政治问题的复杂而棘手，第一次施行改革的风风火火已引起了他的反思，不再有当年舍我其谁的豪情和自信了。

最有名的是诗歌的后一联，尤其是"春风"一句。诗人讲求的炼字写作在此表现得最为典型，可以说"绿"字的运用充分说明了字斟句酌的重要性。据说王安石在写作此诗时曾使用过很多字，最后才选定了"绿"字。这个字不仅写出了春风的活力，还写出了它的神奇，一个字竟然表现出了阔大的景象，整个江南的春图画卷全出来了。先前作者曾用过"到"、"入"、"满"等字，都因觉得不好而删去，最后才选定了"绿"字，可见要写一首好诗的确是不易之事。

明妃曲 (其一)

王安石

明妃初出汉宫时，泪湿春风鬓脚垂。
低徊顾影无颜色，尚得君王不自持。
归来却怪丹青手，入眼平生几曾有。

246

意态由来画不成，当时枉杀毛延寿。

一去心知更不归，可怜着尽汉宫衣。

寄声欲问塞南事，只有年年鸿雁飞。

家人万里传消息，好在毡城莫相忆。

君不见咫尺长门闭阿娇，人生失意无南北！

明妃：王昭君。**春风**：比喻脸庞。**丹青手**：画师。**毛延寿**：西汉宫廷的画师。**毡城**：指匈奴首领住的地方。**长门闭阿娇**：指汉武帝陈皇后失宠之事。

入选理由：

观点鲜明而新颖的咏史诗，对昭君和亲作了充分的肯定。

且立片论 作者写了很多咏史诗，对许多历史事件和人物作了重新评价。

本篇针对王昭君和亲一事作评价，充分肯定了历史人物的作用。在唐代大量以此为题材的作品之中，很多都以哀伤的基调来咏叹，觉得王昭君可怜，有的还歪曲历史凭空想象。作者在此诗中以政治家的眼光纵观历史，指出人生最重要的是真心相知，不存在汉族和匈奴的地方差异，人生失意不分南北，人生得意同样也不分南北。王昭君在汉廷失意，在匈奴得宠，就是最好的人生价值的实现。因此，此诗歌的第一价值是思想观点新。

此诗的第二价值是描写优秀，特别是描写王昭君离开汉廷时的神情，简直成了呼之欲出的活人。作者采取了侧面描写的手法，不直说王昭君如何美丽，只从汉元帝的角度看，还要用昭君的忧愁之态来衬托。"低徊顾影无颜色，尚得君王不自持"两句，简直把美丽写到了极点。前一句没有着装的色彩，没有亮丽的容颜，

明 妃 曲

247

一副忧愁不舍之态，竟然叫君王心猿意马，按捺不住，可见昭君美到了何等程度。如果是回眸一笑的灿烂容颜，那汉元帝的惊讶恐怕不是常人所能想象。

登飞来峰

王安石

飞来峰上千寻塔，闻说鸡鸣见日升。
不畏浮云遮望眼，只缘身在最高层。

> **飞来峰**：在今浙江省杭州灵隐寺前面。**寻**：长度单位，一寻长八尺。

入选理由：

这是一首最能体现王安石胸怀和见识的诗，同时又是以理趣为特色的宋诗中的一篇代表作。

且立片论 这是一首借题发挥的诗，言在此而意在彼。用比喻说理，有暗示象征表达，但思想内容其实是鲜明易解的。登上山峰，登上塔楼，本是生活中的寻常事，但是，登高则望得更远，视野则更开阔，这其中就含有了借此说人生行事的道理。作者正是借人们登上飞来峰的塔楼以观朝阳初升的现象，来阐述高瞻远瞩的意义。尤其是从政的人，尤其是从政的高官，那些掌握全局的人，高瞻远瞩的意义就特别突出。只有高瞻远瞩，才有预见性，才能应对各种不同类型的情况。王安石正是处于这种地位的人，他能在北宋时代进行政治、经济等方面的重大改

革，就是要求自己要把握全局，控制高点的结果。像诗中所说的那样，登上最高点，就不怕浮云遮挡视线，远处的什么都看得见，看得清楚了。当然，由于王安石是一个政治家，从政治家的角度来看政治意见的分歧，派系的斗争，真假虚实的情况，就像诗中的浮云变化一样，是完全难以预测的，也只有站得高，才能看得远，才能更好更从容地面对现实。用浮云来做比喻暗示，是最形象生动不过的了。

书湖阴先生壁 (其一)

王安石

茅檐长扫静无苔，花木成畦手自栽。
一水护田将绿绕，两山排 闼送青来。

排：推开。闼：门。

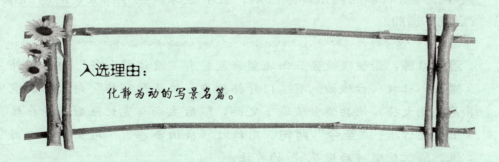

入选理由：
化静为动的写景名篇。

且立片论 这是作者晚年退居钟山后的作品。首先应注意的是作者晚年最喜欢用七绝的形式写诗。叶梦得《石林诗话》说："荆公晚年诗律尤精严，造语用字，间不容发。然意与言会，言随意遣，浑然天成，殆不见有牵率排比处。"闲适是本诗的主题，也是古代许多诗人有意无意表现的主题。本诗的用字精，首句的"静"

字是心之境，而不是无苫之景，一字关键，思想情感系之。末句的"排"字也精彩，排者推也，山怎么会推门呢？唐人有"溪声常在耳，山色不离门"之句，还是从人的主动角度写的，这里的山却变成了主动者，山多么让人亲近啊！由此而来的第三点，就是化静为动。水无所谓"护田"，一旦"护田"，水就有了感情，成为人了，呵护着田了。山本安稳，却动了起来，山与人有感情了。第四，静与动平衡互动。前两句虽有动作而写静，后两句本无动作而写动。一静一动，就在四句小诗中各领风骚。

桂枝香 金陵怀古

王安石

登临送目，正故国晚秋，天气初肃。千里澄江似练，翠峰如簇。征帆去棹残阳里，背西风、酒旗斜矗。彩舟云淡，星河鹭起，画图难足。

念往昔、繁华竞逐，叹门外楼头，悲恨相续。千古凭高对此，漫嗟荣辱。六朝旧事随流水，但寒烟、衰草凝绿。至今商女，时时犹唱，《后庭》遗曲。

> **澄江似练**：谢朓《晚登三山还望京邑》有"澄江静如练"句。**门外楼头**：杜牧《台城曲》有"门外韩擒虎，楼头张丽华"句。韩擒虎是隋朝大将，他兵临金陵城下之际，陈后主尚与宠妃张丽华等在楼上饮酒作乐。**"至今"两句**：用杜牧《夜泊秦淮》"商女不知亡国恨，隔江犹唱《后庭花》"的典故。

入选理由：

据说当时同写 "金陵怀古" 词的有三十多人，唯有本篇最佳，连苏轼都赞叹。

且立片论　王安石的诗算是高手大笔，绝句、律诗、古体都写得很好，但这里作为他代表作的词却未见佳妙，只有上阕 "彩舟" 以下两句还有画意，将长江的空阔远景写得水天难辨，真如作者所说 "画图难足"。除此之外，几乎只感到典故堆砌，语句生涩。最要紧的是主题毫无新意，因为借六朝兴亡写历史沧桑的作品太多了，光是唐诗就连篇累牍，几乎已写得题无剩意。李白、刘禹锡、杜牧、许浑、韦庄、李山甫等都有名篇，本篇干脆就直接用了杜牧两处。以王安石鹤立鸡群的英姿，超人的学问和识见，只步人后尘附和一个主题，实在让人不解。当然，任何优秀的作家也可能有可讥可议的败笔，这并不奇怪。只是《历代诗余》引《古今词话》说本篇是 "绝唱"，连苏轼也叹服，不过苏轼的叹服是皮里阳秋，说王安石是 "野狐精" 恐怕并非佳语。

和子由渑池怀旧

苏　轼

人生到处知何似？应似飞鸿踏雪泥。
泥上偶然留指爪，鸿飞那复计东西。
老僧已死成新塔，坏壁无由见旧题。
往日崎岖还记否？路长人困蹇驴嘶。

经典

苏轼（1037—1101），字子瞻，眉山（今属四川）人。嘉祐二年（1057）进士，自号东坡居士。苏轼是一个全能的作家，各种体裁的作品都有上乘之作，还精通书法、绘画等艺术。今存有《东坡全集》150卷。**到处：**经历。**那：**哪。**旧题：**苏轼兄弟当年写在寺庙墙上的诗。**蹇驴：**跛脚的驴。

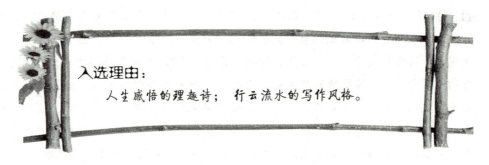

入选理由：

人生感悟的理趣诗；　行云流水的写作风格。

且立片论　此诗对人生经历的比喻可堪击节！人生的经历真难以把握，"飞鸿雪泥"就是真实的人生过程。

嘉祐六年（1061），苏轼被委派为凤翔（今属陕西）签判，弟弟苏辙写诗送他前往。诗中有"曾为县吏（苏辙此前曾为渑池县吏）民知否，旧俗僧房壁共题"句。六年前，兄弟二人进京赴考，路过此地，因山路崎岖将所骑的马累死，只有借驴赶路。到达渑池时，驴困人饥，宿于僧房，留下了深刻的人生印记。现在弟弟旧事重提，勾起了苏轼的回忆和感慨，于是挥笔写了这首诗。诗中表达了人生艰难，人生命运难以把握的思想，蕴含了很深的哲理。促使读者深入地思考相关问题。

诗的特点是比喻恰当，形式自由，像律诗而第二联不对偶，是被前人称为"单行入律"的诗。其实这正体现了苏轼的创作风格特点，随意，不受太多的约束。

江城子 密州出猎

苏 轼

老夫聊发少年狂，左牵黄，右擎苍。锦帽貂裘，千骑卷平冈。为报倾城随太守，亲射虎，看孙郎。　　酒酣胸胆尚开张，鬓微霜，又何妨？持节云中，何日遣冯唐？会挽雕弓如满月，西北望，射天狼。

> **密州**：今山东诸城。**黄**：猎狗。**苍**：猎鹰。**倾城**：全城。**节**：做官、出使等使用的凭证，用竹木或金玉等材料制成。**云中**：今内蒙古境内。**冯唐**：汉文帝时人，曾出使云中。**天狼**：星名，这里比西夏。

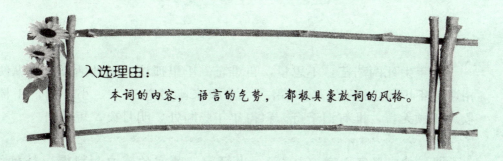

入选理由：

本词的内容，语言的气势，都极具豪放词的风格。

且立片论　　这是作者39岁时在密州做地方长官时的作品，是他还没有经历"乌台诗案"这样的诗人重大挫折前的作品。词中虽自称"老夫"，但显示的是少年豪气。作者对此词也颇为自负，他在给朋友鲜于侁的信中说："数日前，猎于郊外，所获颇多，作得一阕，令东州壮士抵掌顿足而歌之，吹笛击鼓以为节，颇壮观也。"

词借出猎来表现抗击西夏的雄心，"西北望，射天狼"，见意甚明，西夏所处的位置正在中原的西北方。同时也表现了诗人建功立业的抱负，与受挫折之后的作品主题差异较大。上阕叙事描写，尽情铺张；下阕抒情言志，人生感悟酣畅淋漓。

解读此词有一个关键点，就是对出猎性质的理解问题。本篇所写出的猎并非为了玩乐，而是从古以来的尚武、习武的实践，与有些文学作品所说的纨绔子弟飞鹰走狗迷恋于打猎的玩乐是完全不同的。周朝的贵族子弟按要求要学习"六艺"，其中有两项与此有关，即"射"与"驭"。驭是驾车技术，因为当时许多活动都与它有关，出猎也如此。当时是围猎，需要众人协同完成，所以又很讲究纪律。《诗经·小雅·车攻》比较全面地反映了当时出猎的内容，如检验出猎者的武力、射箭技术、协同纪律等。此词的"千骑卷平冈"、"倾城随太守"表现的就是古代协同围猎的遗风，当然也是表现英雄勇气的文学夸张。

江城子 乙卯正月二十日夜记梦

苏　轼

十年生死两茫茫，不思量，自难忘。千里孤坟，无处话凄凉。纵使相逢应不识，尘满面，鬓如霜。　　夜来幽梦忽还乡，小轩窗，正梳妆。相顾无言，惟有泪千行。料得年年肠断处，明月夜，短松岗。

> **乙卯**：神宗熙宁八年（1075）。**小轩窗**：卧室的窗户。**料得**：料想应该。

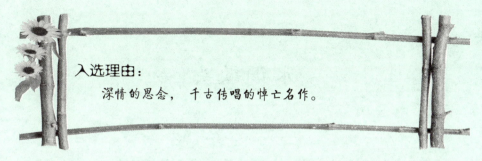

入选理由：

深情的思念，千古传唱的悼亡名作。

江

城

子

且立片论 这是以悼亡题材写词的第一篇作品。这是苏轼在密州（今山东诸城）任知州时的作品。此时诗人近40岁，当夜做了一个梦，梦中见到了亡妻王弗，这时她已经去世十年了。"十年生死两茫茫"，一个死了，一个还在人间，茫茫时空，无限思绪，无限苦处，都包含在"茫茫"之中了。妻子已经死了十年，苏轼还在梦里见到她，还那样亲切深情，可见当日夫妻感情，可见作者儿女情长。王弗十六岁时嫁给苏轼，她知书懂诗、贤淑端庄，曾对苏轼的事业及为人处事进行过多次有识见的告诫、嘱咐，这些都被苏轼一往情深地写进了《亡妻王氏墓志铭》。她不但是苏轼爱情的伴侣，而且是文学上的知音，事业上的贤内助，所以苏轼"不思量，自难忘"，完全是真情。只是相隔遥远，难以到坟前话衷肠了。作者在山东，王弗葬在眉州，相去何止千里？接着又是风尘仆仆衰老之像的描写，再见面妻子已经认不出丈夫了。诗人为什么会有这样的感觉和表达？纵使岁月风尘变化十年，也不至于不认识。其实所谓"不认识"并不在表象，而是在心里，这是作者写这首词的最深的动机。当时政治纷争，意见矛盾，作者多次请求外放，心情是沉重的。更重要的是作者是一个率性直爽的人，与官场中尔虞我诈、虚伪阴险的人难以相处，想到亡妻，那才是真正心心相印的人，两相比较，思念之情就更炽热了。"十年生死"，"生"并无快乐，所以只有凄凉可话。下阕由梦飞越，一片神行，见到妻子了，却又"相顾无言"，无言最是真爱，千行泪，情何深。这种境界，人间天上，也只有真爱的人可以拥有。真是一往情深，相思肠断！作者的思念将直到永远，永远思念着千里之外明月照着的小山丘上的那座孤坟。

词情太动人，是滚烫的血和泪浇灌而成的字句。陈师道曾用"有声当彻天，有泪当彻泉"评赞此词，不是虚美。

水调歌头 并序

苏 轼

丙辰中秋，欢饮达旦，大醉，作此篇，兼怀子由。

明月几时有？把酒问青天。不知天上宫阙，今夕是何年。我欲乘风归去，又恐琼楼玉宇，高处不胜寒。起舞弄清影，何似在人间！ 转朱阁，低绮户，照无眠。不应有恨，何事长向别时圆？人有悲欢离合，月有阴晴圆缺，此事古难全。但愿人长久，千里共婵娟。

> **丙辰**：熙宁九年（1076）。**子由**：苏轼的弟弟苏辙，字子由。**天上宫阙**：传说中的月宫。**朱阁、绮户**：本是贵族、富人的楼台、门窗，这里泛指房屋。**婵娟**：美好。

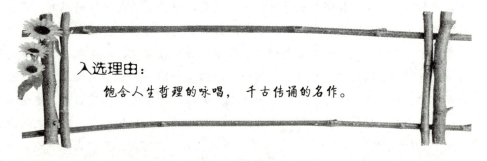

入选理由：
饱含人生哲理的咏唱，千古传诵的名作。

且立片论 这首词作于密州（今山东诸城）。作者的弟弟当时在济南，兄弟二人同处一方，但中秋节仍无法相聚，本词是写来表达亲情，安慰弟弟的。然而因词中有"人有悲欢离合"两句，稍不注意就会被曲解为人生伤感忧愁的主题。其实，这首词上阕虽有"我欲"等句，好像表达作者有意离开尘世，有飞仙之美的思想，但又因有"高处不胜寒"几句的意义，明显是对飞仙的否定，对立足人间的肯定，是积极乐观的人生观。下阕开头写月照人间，有因见月思念而无眠等情感的表达，或许是略显忧愁伤感，但马上又接有"不应有恨"两句，并巧妙地以月亮不可能经常都是圆的来比人间也不可能随时事事都是圆满的，这一比太有感人的说服力。然后再以两个名句概括人生的特点和月亮的自然规律，说明人生如月缺月圆一样，悲欢离合从来都是存在的，不可能常聚常欢，也不会常离常悲。结尾便自然表达希望和祝愿，兄弟二人都应自我保重身体，总会有聚合欢乐的时候，会像月光婵娟一样美好。因此，下阕是如何对待人生的旷达思想的表现。合起来，全词给人以安慰和鼓舞，给人以对待人生的思想和方法，是很有意义的。

这首词能成为千古名作，究其原因，艺术表现有两个突出的特点：一是巧思妙比，无论是描写还是议论，通篇以月紧扣人生而言。二是抒情味很浓，情感真实而动人，因为它是由弟弟推广到其他每一个人的人生指南。宋人胡仔甚至认为"中秋词自东坡《水调歌头》一出，余词尽废"，评价极高。

浣溪沙

苏 轼

籁籁衣巾落枣花，村南村北响缫车。牛衣古柳卖黄瓜。　　酒困路长惟欲睡，日高人渴漫思茶。敲门试问野人家。

籁籁：花落触物的声音。**缫车**：抽茧丝的工具。**牛衣**：粗布衣服。
一说"草制的蓑衣"。**漫**：很。**野人**：郊野居住的农民。

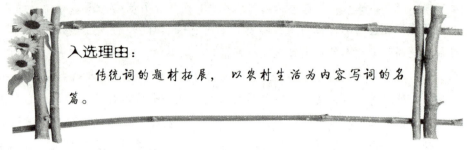

入选理由：

　　传统词的题材拓展，以农村生活为内容写词的名篇。

且立片论　　宋神宗元丰元年（1078），徐州（今江苏徐州）发生春旱，太守苏轼到城东二十里地的石潭求雨。入夏后得雨，于是前去谢神，作者便将沿途所见的农村风光写成一组五首《浣溪沙》，前面还加小序说明，此是第四首。从词的内容看，上阕写农村里的忙碌和古朴自然的生活状况，如同一幅风俗画，尤以"牛衣"句画意鲜明。在这一幅风俗画中我们读出了诗人作为太守的喜悦之情，读出了一个受人民欢迎的好地方官的政绩。在组词的第二首中有"旋抹红妆看使君，三三五五棘篱门，相挨踏破蒨罗裙"的描写。人民热爱他，欢迎他，连村姑们都特意化了妆，成群拥挤在门边争睹太守的风采。因此可以说是苏轼的人格和勤政才换来这样一幅祥和自然而又充满生机的风俗画，是他的关怀和爱护才有了与人民融和的结果，因此也可以说读词更重在读人。下阕由上阕首句伏下的"枣花簌簌落在'我'的衣服和头巾上"，接着"纪行"。表面上看前两句好像写的是一个游客，还有点饱食终日酒囊饭袋的样子，但最后一句就将前面的感觉否定了。"敲门试问"几个字，多么谦和，多么有礼貌，连要一点水喝也是这样拘谨约束，绝非一个醉汉推门大叫的行为。这样描写自然流露了他的爱民之心，绝不把自己看成高高在上的太守。也可以看出他至少是轻装简从，而没有前呼后拥的排场作势，或许就是他一人前去，才写得出"敲门试问"的细微心理。"野人家"三个字也透露出他接近人民，不分彼此，什么地方，什么人家都可以去问一问、谈一谈的性格特点。

念奴娇 赤壁怀古

苏 轼

　　大江东去，浪淘尽、千古风流人物。故垒西边，人道是、三国周郎赤壁。乱石穿空，惊涛拍岸，卷起千堆雪。江山如画，一时多少豪杰。

　　遥想公瑾当年，小乔初嫁了，雄姿英发。羽扇纶巾，谈笑间、樯橹灰飞烟灭。故国神游，多情应笑我，早生华发。人间如梦，一樽还酹江月。

> **赤壁**：此为黄州（今湖北黄冈）赤壁，与周瑜破曹操的赤壁（今湖北蒲圻）不是一个地方。**故垒**：旧军营。**公瑾**：周瑜的字。**小乔**：乔玄的次女，嫁给周瑜。**纶巾**：休闲时佩戴的青丝头巾，用来形容周瑜指挥若定的风度。**酹**：把酒倒在地上祭神的方式。

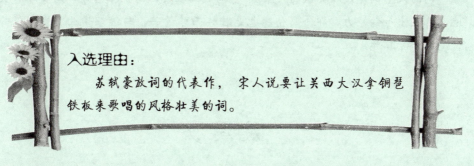

入选理由：
　　苏轼豪放词的代表作，宋人说要让关西大汉拿铜琶铁板来歌唱的风格壮美的词。

且立片论　这首词作于黄州，是作者经受了人生重大打击之后的作品。这一年作者47岁。

　　词中所歌咏的英雄周瑜是历史上最著名的青年时代就建立了大功业的人物，与作者自认为老迈之年功业未就还待罪黄州的境遇形成对比。自然引发结尾处

"多情应笑我"以下的感叹，得出人生无常，如梦幻变化的结论。江山胜景与英雄业绩的相对激发，就是"江山如此多娇，引无数英雄竟折腰"的关联紧扣。这是本篇写作上最突出的特点，而且是创新的特点，因为江山壮丽，所以各路英雄为之争霸图强，以"打江山"显示豪杰本色，实现"立功"的不朽。同时，江山不是空有，美人与之紧相连，词中的"小乔"并非陪衬，而是与英雄相对激发的另一个面，所谓江山美人同样重要，与英雄形成并列的事物。两者青年英雄周瑜都拥有了，所以作者对比之后大发感慨。另外，时间与英雄还有一个对立转化点。开篇直写千古英雄被浪淘尽，即消失在历史长河之中，而作为历史人物的青年英雄周瑜又受到高度赞美，又是时间淘不尽英雄，英雄永恒的表达。词就是在对比和转化中进行抒情和主题阐述的。

词的结构有些牵缠，可见作者随意挥写的特点。上阕"故垒"以下三句，已经引出周瑜，却又突然放下，写起长江边的景色来，再以"江山如画"两句收住，表现出作者有意安排的承上启下的结构。下阕如贯珠一样写周郎风采、英雄业绩，又突然跳开，情绪由亢奋跌入低沉，开合令人吃惊。因而引发"故国"指什么，"多情"的主语是谁等纷争的解读。即使仔细分析结构，也的确不好把握。说是行云流水，又好像在有意无意之间。

词的风格倒是众人公认的"豪放"。写大江壮景，写上下古今，写英雄撑天拔地，都显出千钧笔力，即使写伤感也是壮怀而非诉苦，与缠绵婉曲、浅斟低吟的传统词大异其趣。

浣溪沙

苏 轼

游蕲水清泉寺。寺临兰溪，溪水西流。

山下兰芽短浸溪，松间沙路净无泥。萧萧暮雨子规啼。 谁道人

生无再少？门前流水尚能西。<u>休将</u> <u>白发唱黄鸡</u>。

蕲水：今湖北浠水。 **萧萧**：同潇潇，雨声。 **子规**：杜鹃的别名。 **休将**：不要。 **白发唱黄鸡**：用白居易诗歌的典故，表示对衰老的感叹。

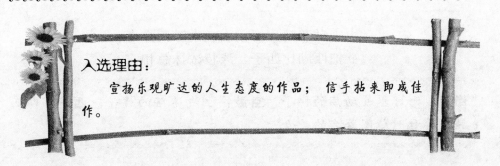

入选理由：

宣扬乐观旷达的人生态度的作品； 信手拈来即成佳作。

浣

溪

沙

且立片论 这是一首即景生情、感悟人生的词，表现了作者热爱生活、乐观旷达的人生态度。作于元丰五年（1082）谪居黄州时。据《东坡志林》卷一的记载："黄州东南三十里为沙湖，亦曰螺师店，予买田其间，因往相田得疾，闻麻桥人庞安常善医而聋，遂往求疗……疾愈，与之同游清泉寺，寺在蕲水郭门外二里许，有王逸少洗笔泉，水极甘，下临兰溪，溪水西流。余作歌云……"以下就是这首词。了解了这样的背景，便知道作者是病愈之后，心情很好，暮春时节，花香鸟语，陡增愉悦，环境清幽，萌动诗情，看见溪水西流，有感于古诗"百川到东海，何日复西归"（中国的大江大河大多向东流，因为地势西高东低）的例外，忽然链接起老而焕发青春的意义，于是吟唱起来。

这首词的确是随意即兴之作，真如作者所提倡的行云流水的创作理论那样，冲口而来。词除了主题和写景优美之外，更是站立了一个作者形象，突出了他穿透时空的炯炯神情。

饮湖上初晴后雨

苏　轼

水光潋滟晴方好，山色空濛雨亦奇。
欲把西湖比西子，淡妆浓抹总相宜。

> **潋滟**：形容水波动荡的样子。**空濛**：水汽迷茫的样子。**西子**：即西施，春秋时越国著名的美女。

入选理由：

概括但全面，又别具一格的写西湖的名篇。

且立片论　写西湖的诗篇前人有很多，唐代的白居易最为突出，他好像一个画家，将西湖作了多角度的勾描，描得很细，写出了西湖的很多特色，成为宣传西湖的名片。如"最爱湖东行不足，绿杨荫里白沙堤"，"湖上春来似画图，乱峰围绕水平铺。松排山面千重翠，月点波心一颗珠"等。

苏轼以前，还有柳永写西湖的"三秋桂子，十里荷花"，既是写西湖的一大胜景，又是宣传西湖的标志。

如何在前人的基础上胜出，这是诗人首先要考虑的大问题。本篇就以西湖最常见的晴天和雨天着笔，不像前人那样只写西湖的某一点，而是概括地写，既写这一面，又写那一面，方方面面地看，结果写得怎么看怎么美。晴亦美，雨亦美，

淡妆美，浓妆美，人世间还有何处的景致能达到这样的效果？诗人再将西湖和西施一比之后，就更有拟人的美了，而且还是大美人的美，大气，一流，拔尖。还有哪一首诗歌能全面地代表西湖的美呢？南宋诗人武衍对苏轼形容西湖的"淡妆浓抹总相宜"激赏不已，写诗评价说："除却'淡妆浓抹'句，更将何语比西湖？"

题西林壁

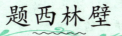

苏　轼

横看成岭侧成峰，远近高低各不同。
不识庐山真面目，只缘身在此山中。

西林：乾明寺，在庐山。**"远近"一句**：该句异文很多，有"远近高低无一同"、"远近看山总不同"、"到处看山了不同"等版本。**缘**：因为。

入选理由：
　　寻常的生活现象中表现的深刻哲理，本篇是宋诗中著名的理趣诗。

且立片论　诗人经历了黄州贬谪的几年生活之后，常常思考人生的许多问题。有些问题看你怎样看待，或者好，或者不好，或者祸中有福，或者福中有祸。元丰七年（1084），苏轼离开黄州后，经九江上了名胜庐山，庐山的山峰是最为有名的，但是，山峰究竟美在哪里，换句话说，山峰那么多，究竟有谁准确地描述过

题西林壁

它们的形态？从静止的角度看，山的形态是不变的；从动的角度看，山的形态又绝不是固定的。这不是和人生一样吗？哪有固定不变的人生状态呢？既然有变，就可以将人生的苦和乐作动观，无所谓苦，也无所谓乐了。这就是诗人写作此诗的思想基础和背景。

山峰横看侧看，远看近看，因为角度的不同，形态自然有变化，这似乎是小儿也明白的道理，但处在山中的人却未必觉醒，似乎也用不着觉醒。只有诗人在经历无数的人生思考之后来到此地，才能有感觉上的敏锐和化平常为特殊的条件，因而才揭示了谁都经历却未能道出的哲理来，才让"不识"两句成了既说山又超越山的可讽喻社会现象的名句。

寄黄几复

黄庭坚

我居北海君南海，寄雁传书谢不能。
桃李春风一杯酒，江湖夜雨十年灯。
持家但有四立壁，治病不蕲 三折肱。
想见读书头已白，隔溪猿哭瘴溪藤。

> **黄庭坚**（1045－1105），字鲁直，号山谷道人，洪州分宁（今江西修水）人，治平四年（1067）进士。"江西诗派"的创始人，他有一套诗歌写作的理论，对宋诗和后世很有影响。**四立壁**：形容家里贫穷。**蕲**：求。**三折肱**：古语有"三折肱，知为良医"。肱为，胳膊。**瘴**：南方湿热的气体，传说能致人病。

且立片论　这首七律作于元丰八年（1085），当时作者在今山东地方任职，黄几复在今广东地方任职，所以诗句用"北海"、"南海"表示。两人是少年时的朋友，于今已许多年不见面了，想念是人之常情，不过这首诗并不是只抒发怀念朋友的感情的，还有更深一层的对现实的不满和牢骚包含其中。首联就有妙思，由于两地遥远，因此假想大雁也推辞带信，因为根据习惯大雁只飞到衡山的回雁峰就不再南飞了，可见有天涯海角之远的意思。颔联被同时代的诗人张耒称为"奇语"，奇在全由名词性结构组成，没有谓语部分。这样的组合意象集中，而且在此处显得情深韵长。上句说曾在京城相聚，难忘欢乐；下句说分别太久，思念常在。情感尽含在桃李春风与江湖夜雨的形象之中了。颈联称赞朋友的清廉和才能，用治病技术高超来比喻其行政也能驾轻就熟，这一联是黄庭坚诗歌理论应用的例证。他曾说过"宁律不谐，而不使句弱"的话，"持家"一句连用了五个仄声字，这是违犯格律的，但为了表达的需要，违犯格律他也不在乎了。尾联虚想朋友鬓发斑白，但还在努力学习，加强修养，既表示钦佩，又表示担忧，因为朋友所处之地是瘴气很多的地方，连猴子都因此而哭泣。对朋友的不被重用，当然也对自己的沉沦下僚表示出极大的愤慨。

鹊桥仙

秦 观

　　纤云弄巧，飞星传恨，银汉迢迢暗度。金风玉露一相逢，便胜却人间无数。　　柔情似水，佳期如梦，忍顾鹊桥归路。两情若是久长时，又岂在朝朝暮暮。

> 秦观（1049—1100），字太虚，后改字少游，高邮（今属江苏）人。元丰八年（1085）进士。与黄庭坚、张耒、晁补之为"苏门四学士"。诗词皆有佳作，有文集传世。**纤云弄巧**：形容云彩变化。**飞星传恨**：指流星不断地传递着牛郎、织女星平时不能相见的怨恨。**金风玉露**：指秋天。牛郎织女在七夕相会，正是初秋。

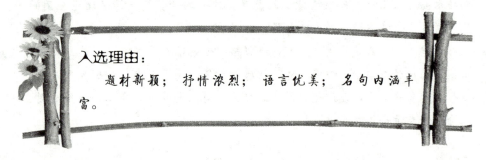

入选理由：

　　题材新颖；抒情浓烈；语言优美；名句内涵丰富。

且立片论　《诗经》中有牵牛、织女的名称，汉诗中将其人格化并赋予爱的情感。之后传说和作品便越来越多，到今天，牛郎织女的故事已成为家喻户晓的故事了。

　　这首词以神话为题材，集中写了牛郎织女相会和离别的片段，将爱的情感推向了高潮。更为优秀的是将爱表达为超越时空的永恒，上升到了哲理的高度，使

"两情"两句成为脍炙人口的名句。在不断被人们接受的过程中，这两句还超越了爱情，应用到友情、合作关系等方面，几乎成了人们交往的口头禅了。

抒情的曲折起伏是词的突出特点。先写天空之景酝酿气氛之后，立即写相会，这相会可是金子般的相会，胜过人间一切的相会。这时的情感达到喜悦的顶峰，但接着就要分离，真不忍心看鹊桥归路。这时的情感又被悲伤占据，从顶峰上跌落下来了。但是，结尾处又振起理性，放出光明，以议论的两句话恰当地安慰了离别的悲伤，抒情又从谷底飞腾而上，更让人品味思考。

语言的纯净洗练是词的又一突出特点，读后只感到它的浸润感染，只感到语句韵律的美，甚至是不可言传的美。

苏幕遮

周邦彦

　　燎沉香，消溽暑。鸟雀呼晴，侵晓窥檐语。叶上初阳干宿雨，水面清圆，一一风荷举。　　故乡遥，何日去？家住吴门，久作长安旅。五月渔郎相忆否？小楫轻舟，梦入芙蓉浦。

周邦彦（1056—1121），字美成，号清真居士，钱塘（今浙江杭州）人。精音乐，曾为国家主管音乐的机构的长官。他的词以音律谨严著称，推为词之正宗，但内容较窄。有《片玉集》。**沉香**：香名。古人多有焚香的习惯。**宿雨**：昨夜下的雨。**吴门**：苏州。此指作者故乡钱塘。**芙蓉**：荷花。

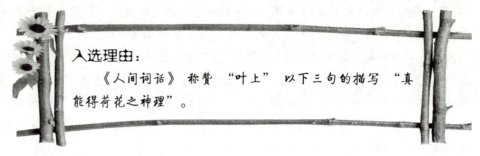

入选理由：

《人间词话》称赞"叶上"以下三句的描写"真能得荷花之神理"。

且立片论　这是一首抒发乡愁的词。上阕写夏天某日在京城生活及所见景物的情况，酷暑令人心烦，焚香以换空气，消除蚊蝇。其实这两句已经含有居京城的倦意，可以窥见作者的失意心境。"鸟雀"两句写得很鲜活，也算写景名句。"呼晴"直贯而下，才有"叶上"三句晴中景物，才能让作者细细观察，才能工笔描绘，"呼晴"是灵眼。"水面清圆，一一风荷举"，写出了荷叶的静和动的神态，一个"举"字很有精神，是作者着意刻画炼出的妙字。由上阕可以看出作者风格精细的写作特点，可以看出他的艺术修养和文学功底十分深厚。本篇除了描写景物堪称一流之外，还有紧扣中心的第二大特点。下阕虽写思乡，但还是扣住荷来写，因为故乡的荷叶、荷花、采莲、赏荷等正是诱人之处，而且四时之景不同。有"小荷才露尖尖角"，有"映日荷花别样红"，即使在秋天，还能"留得枯荷听雨声"，何其美也！"故乡遥"以下四句只是点题，"五月"以下才是动情处，想起那年五月乘渔舟进入荷花深处的往事，就让思乡之情一往而控制不了了，多么惬意的荷香清梦。

所谓赏荷、采莲等，对江南人来说，已是一个久远的文化符号，已是一个集体记忆。"采莲南塘秋，莲花过人头。低头弄莲子，莲子清如水"，几句诗概括了南朝人的江南情结，一直揪住现代江南人的心，现在以及将来恐怕也不会放松。周邦彦为先贤，现代人朱自清用来思乡，古今一脉相承，莲与荷已经在意义之外。

如梦令

李清照

　　昨夜雨疏风骤，浓睡不消残酒。试问卷帘人，却道"海棠依旧"。"知否，知否？应是绿肥红瘦。"

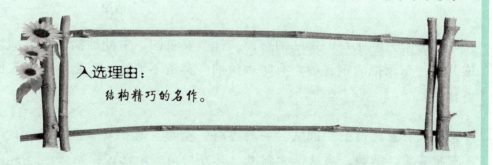

入选理由：

　　结构精巧的名作。

且立片论　这是作者早期的作品。内容只在"惜花"上着笔，描绘了一幅贵族少妇居处养尊，不关世事，远离尘下的生活图卷。爱花是文人士大夫的情趣，欣赏角度与劳动人民的差异很大。唐人爱牡丹，宋人爱梅爱荷爱海棠，文人笔下有无数篇咏及。如海棠则有苏轼"只恐夜深花睡去，故烧高烛照红妆"，"嫣然一笑竹篱间，桃李漫山总粗俗……朱唇得酒晕生脸，翠袖卷纱红映肉"等句；陆游有

"为爱名花抵死狂"之句，被成都人称之为"海棠颠"；杨万里尊海棠为"先生"，在《春晴怀故园海棠》中说："只欠翠纱红映肉，两年寒食负先生。"本篇的海棠情结与苏轼等人是一致的。作品中的问话人显然是一个女子，卷帘人是她的侍女。女子因醉酒而沉沉睡去，不能在雨疏风狂的夜里关心花，第二天早晨酒醒，第一件事就是问花。当侍女回答花还是那样，即没有受风雨影响之时，女子却以完全不同的看法表示应是叶肥花瘦（花瓣凋零）了。这样的看法说明什么？女子的沉醉表示什么？心中的愁烦显露出来了。为什么愁烦？相思闲愁而已。海棠花就是女子的外化之身，花瓣凋零与相思愁苦而衣带渐宽的形象相似。尽管主题并无多少意义，但感情表达的深沉细腻却很有艺术性。

　　小词多以问答句式组成，一问一答之中竟能蕴含如此深的内容，结构的确别致。

醉花阴

李清照

　　薄雾浓云愁永昼，瑞脑消金兽。佳节又重阳，玉枕纱橱，半夜凉初透。　　东篱把酒黄昏后，有暗香盈袖。莫道不消魂，帘卷西风，人比黄花瘦！

> **永昼**：长长的白天。**瑞脑**：一种香料。**金兽**：兽形香炉。**东篱**：这里指赏菊。**消魂**：感情很受刺激。既可指痛苦，也可指高兴。

入选理由：

　　奇妙的比喻，形象生动的代表作。

且立片论　上阕说深沉的忧愁在重阳节时更因天色的阴暗而加剧，闺房里看着瑞脑香在香炉里慢慢烧尽，一个人在空床帐中倍感寂寞，尤其是半夜时的寒气袭来最为痛苦。既然如此孤独，于是下阕就接着写白天去散心赏菊，尽管菊花很让人开心，特别是菊花的幽香随人不散，在衣袖间撩人，更觉得惬意。但秋天里的相思，那透过帘帏的西风却吹得人难受，和黄色的菊花相比，"我"显得更消瘦了。

　　这首词意义看似简单，但却传递了更深层的话语。一是不同流俗的清高，赏菊不是简单的赏花，菊花是高雅的象征。作为知识女性的作者，将自己比作黄色的菊花，是十分恰当的。二是感觉表达之细腻，简直有些难以捉摸，"莫道"一句很难讲是高兴还是痛苦。三是含蓄的抒情，只字不提"相思"，但字里行间却处处透出相思来，而且相思还深沉，由此可见是作者早年思念丈夫的作品。有一个故事正好可以印证此说，据说李清照的丈夫赵明诚很以自己的写作能力不如妻子而不甘心，有一次他就将自己的近作若干首拿给朋友陆德夫看，并故意将此词的"莫道"以下三句夹在其中，作为自己创作的词句。陆德夫看了之后说："只三句绝佳。"结果正是这三句，赵明诚从此心服口服了。

醉

花

阴

一剪梅

李清照

　　红藕香残玉簟秋。轻解罗裳，独上兰舟。云中谁寄锦书来？雁字回时，月满西楼。　　花自飘零水自流。一种相思，两处闲愁。此情无计可消除，才下眉头，却上心头。

玉簟：精致的竹席。**雁字**：大雁在空中排成的行列像字一样，这里也有盼望大雁捎信来的含意。

入选理由：
　　词中表达男女相思的经典作品；"才下眉头，却上心头"是脍炙人口的佳句。

且立片论　黄升《花庵词选》说这首词是赵明诚出外求学后，李清照因思念丈夫而写。上片首句点明相思时间是在一个荷花凋谢、竹席变凉的秋天。荷花凋谢含有青春易逝，红颜易老之意；"玉簟秋"含有人去席冷心已含秋之意。紧接着为了排遣孤独苦闷，就解下细丝的衣裙，换上便装，什么人也不叫，独自划着小船而去。"轻""独"二字用得精准，很切合人物的身份、心理。然而愁不能去，相思依然，因为一出去就看见了云中的大雁，希望得到远方丈夫的书信的念头就自然涌出。大雁真能给我带信来吗？大雁没有带来信息，希望又寄托给如水一般澄澈空明的月光。缠绵相思，永远永远，登楼望月，月光中似乎有爱人的眼神。于是下片写到两处相思，但却是处处孤独，爱在虚幻之中，只有水流中无声流去的花瓣才是真实。打消思念吧！不去想他，可是它却死死缠人，眉间心上，根本回避不了。结尾三句，未经历真爱和深爱的人是无从感受的，它们之所以成为经典名句，是因为那深沉专一的相思爱情是发自肺腑的，通过李清照的《金石录后序》一文，可印证她和丈夫的经典爱情，所以词句就像口语流出那样自然。

声声慢

李清照

寻寻觅觅，冷冷清清，凄凄惨惨戚戚。乍暖还寒时候，最难将息。三杯两盏淡酒，怎敌他、晚来风急。雁过也，正伤心，却是旧时相识。

满地黄花堆积。憔悴损，如今有谁堪摘？守着窗儿，独自怎生得黑？梧桐更兼细雨，到黄昏，点点滴滴。这次第，怎一个愁字了得。

戚戚：悲伤的样子。**将息**：休息，调养。**生**：助词，无意义。**这次第**：这光景，这情形。**了得**：完结得了，说得完。

入选理由：
　　语言最有特色，抒情最动人的词作。

且立片论　这首词反映了作者晚年生活的孤独寂寞，如同后期的许多词作一样，是真实的血泪文字，真实地记录了作者从早到晚一天的心理情感受外物刺激之后的反应。时令"乍暖还寒",时光极难挨过,即使饮酒消愁也无济于事,见雁伤心,见落花伤心,听风声伤心,听雨声伤心,无不凝结着国破家亡后一个孤独无依的弱女子的痛苦。就其思想内容说是哀伤感人的,但是哀伤感人全靠其艺术创作的优秀而取得成功。艺术创作的优秀之处又突出地表现在语言的表达运用上。从宋朝以来的评论家们,几乎没有不说到此词的叠字运用的问题,而且都有极高的评价。吴承恩编的《花草新编》卷四说:"易安此词首起十四叠字,超然笔墨蹊径之外,岂特闺帏,士林中不多见也。"古代明显歧视女性的时候也不得不作如此评价,作者的才华的确超过了男子的创作,称为古代第一女作家并不过誉,仅语言的运用方面就能说明。当然,最重要的是独创,此词连续叠字就是独创,前无古人,即使后有来者,那也是东施效颦了。正如明人茅暎《词的》卷四所说一样:"连用十四叠字,后又四叠字,情景婉绝,真是绝唱,后人效颦,便觉不安。"除了叠字的奇妙连用之外,此词通篇语言流畅生动,有的兼具口语的特点,也是突出的语言风格特点,而且正是作者的独特语言风格特点。

游山西村

陆　游

莫笑农家腊酒浑,丰年留客足鸡豚。
山重水复疑无路,柳暗花明又一村。
箫鼓追随春社近,衣冠简朴古风存。
从今若许闲乘月,拄杖无时夜叩门。

> 陆游(1125－1210),字务观,号放翁,山阴(今浙江绍兴)人。赐进士出身,历任并不显达,多在通判或幕僚参谋的地位。晚年退居家乡,虽闲居而心忧国事,是著名的爱国诗人。一生写有大

量的作品，存诗 9000 多首，是宋代写诗最多的诗人。**腊酒**：腊月酿造的酒。**春社**：古代春天祭土地神和五谷神的节日。

入选理由：

是作者爱国诗歌之外的其他题材风格的作品；"山重"两句为千古名句。

且立片论 钱钟书先生在《宋诗选注》中说陆游的诗歌"一方面是悲愤激昂，要为国家报仇雪耻，恢复丧失的疆土，解放沦陷的人民；一方面是闲适细腻，咀嚼出日常生活中隽永的滋味，熨帖出当前景物的曲折的情状。"本篇属于后者，是诗人罢官闲居家乡的作品。

诗写农村的丰收祥和与好客欢乐的景象，有孟浩然《过故人庄》的思想影子，流露出了归田隐居的思想情感。首联洋溢着丰收后的欢乐气氛，写的是到了山西边的村庄之后的情形，诗人大概是受真事感染而触动，虚构不能如此。颔联回写来时的所见，大概是第一次来，所以有那样的新鲜感受。两句不仅写景生动，而且饱含哲理，因此成为人们吟诵的名句。颈联接颔联写走近村庄时的感受，人民的淳朴风尚最能抚平诗人心中的苦闷，至少有短暂的安慰，因为他的爱国之心是与人民相同的。尾联除了对人民的爱的情感表达之外，也真实地流露出了诗人受挫之后萌动退隐的思想。

书 愤

陆 游

早岁那知世事艰，中原北望气如山。
楼船夜雪瓜洲渡，铁马秋风大散关。
塞上长城空自许，镜中衰鬓已先斑。
出师一表真名世，千载谁堪伯仲间。

> **书愤**：写下心中的愤慨。**瓜洲**：在今江苏镇江市北面长江边，与镇江市隔江相望，是宋和金交战的地方。**铁马**：披着铠甲的战马。**大散关**：在今陕西宝鸡市西南，是宋和金争夺的西边分界地。**塞上长城**：南朝名将檀道济曾自许为"万里长城"，这里用其意表示自己的志向。**出师一表**：指诸葛亮的《前出师表》。**伯仲**：兄弟，这里是相比的意思。

入选理由：

洋溢着爱国激情，思想性突出，句式对仗精美，风格悲壮豪放的名作。

且立片论 这是作者家居山阴时的作品，那一年他已经六十多岁了。

诗以追述的笔调描写壮年时的豪气，写早年的经历以及现在的失望。首联凛凛生风，一个热血青年的形象兀立在我们眼前。对人生世事根本不知道什么，只眼望北方被金兵占领的山河，立志要将它们恢复。颔联名词性结构并列而成，没

有谓语，这是古典诗歌中常用的语法，这一联也是脍炙人口的名句。两句可以从多个角度去解读和欣赏。一是这是作者一生中最难以忘怀的经历概括。他曾经在镇江、瓜州一带去过，看到当年打击金兵的高大战船，特别是对虞允文等在长江上大败金兵感到自豪。他也在西边大散关一带亲临战阵，参与王炎的军事谋划，组织过反攻的战事，虽然未能成功，但也引以为自豪。二是空间跨度从东到西，既准确又巧妙地把驰骋天地的雄姿尽情展现，恰好这又是作者亲身经历的地方。三是意象密集，而且以"夜雪"和"秋风"尤见精神，战士的风采，男子汉气概就是因它们而炼成的。难怪梁启超要赞美陆游，称他为"亘古男儿一放翁"。四是对偶精巧而自然，连地名都信手拈来而天衣无缝。后四句虽有悲叹之声，有"当日雄姿剩骨皮"的遗憾，也是年岁不饶人的真实写照，但尾联再以诸葛亮的《出师表》见意，又见其老骥伏枥的心愿，因为《表》中有"兴复汉室，还于旧都"的话语，表明作者收复山河的志向还在。

十一月四日风雨大作 （其二）

陆 游

僵卧孤村不自哀，尚思为国戍轮台。
夜阑卧听风吹雨，铁马冰河入梦来。

> **轮台**：在今新疆境内。此处泛指边疆。**夜阑**：夜深。**铁马**：披甲的战马。

经典

且立片论　这是一首记梦诗，这一类诗作者有不少；这是一首表达报国热情的诗，这一类诗作者也不少，可以说报国是与其生命相终始。尽人皆知的临死前的《示儿》诗，应该说还超越了生命的界限，死后还要爱国。大概正是因为这样的爱国热情，作者才赢得了后人的赞誉。

　　写作本诗时，诗人已经年近古稀，在绍兴家中闲居。那天夜里突发大风雨，风雨之声与战场上的厮杀声似乎可以沟通，于是诗人就梦见自己又上前线，骑着披上铠甲的战马，又做了一名卫士。这么大的年龄还有如此壮志，实在是难能可贵啊！

卜算子 咏梅

陆　游

　　驿外断桥边，寂寞开无主。已是黄昏独自愁，更著风和雨。　　无意苦争春，一任群芳妒。零落成泥碾作尘，只有香如故。

> 驿：驿站。一个地方的驿站往往设在城镇、村庄外的桥边。著：遭遇，碰上。

入选理由：

　　咏梅词中最优秀的作品，写出了梅的高洁和人的高尚，二者融为一体。

且立片论　宋代文人爱梅花，从宋初开始，已有林逋的《山园小梅》，其中"疏影横斜水清浅"两句成为千古名句，写出了梅花的神韵。一直到宋末，咏梅诗篇层现迭出，不计其数。以词的形式咏梅的也很多，著名的如姜夔的《暗香》《疏影》等，不过没有谁能超越本篇。如果安排一个座次，那么可以视本篇为第一。为什么这样说呢？因为它写出了梅花的高尚品格和精神，同时又是将梅花完全人格化的作品。它没有像一般的诗词那样去描写梅花的外形特征，而是从梅花开放的地点和时间被冷落着笔。写它开在驿外断桥边，那是无人观赏的地方。本已黄昏，又遭风雨打击，时令也不好。上阕全是冷境，"寂寞"一句十分生动。下阕写梅花在冷境中依然故我，坚持发出自己的清香，似是无私奉献。由于凌寒早开，因此遭群芳嫉妒，但仍一如既往，即使花落之后被碾成泥土灰尘，花香都永存。"零落"两句写出了梅花的个性。

　　当然，稍有历史知识的人都知道沟通本篇中的梅花和作者遭遇及性情的关系，可以肯定地说，作者是借写梅花而张扬个性，是人格和信念的物化。但是，这样的表达却融合浑成，不留一点故意做文章的痕迹，这首词虽然通篇写的都是梅花，但同时又是通篇写人，因为句句都有作者的身影，这就是作品的高妙之处。

四时田园杂兴 (选一)

范成大

昼出耕田夜绩麻，村庄儿女各当家。
童孙未解供耕织，也傍桑阴学种瓜。

> 范成大 (1126—1193)，字致能，号石湖居士，苏州吴县（今江苏苏州）人。绍兴二十四年（1154）进士。后来官至参知政事（副宰相）。晚年退居家乡石湖，写了不少田园诗。**绩麻**：捻麻绳。**各当家**：各有其分内之事。**供**：出力。

入选理由：
　突出了自然天趣的农村孩子形象；著名的田园诗。

且立片论　范成大五十七岁退居石湖后，常流连于农村田园，他不时地记录那些有特点的小景，渐渐就有了六十首七言绝句，这些绝句几乎是客观地记录了当时农村的全面景况，总其名曰《四时田园杂兴》。于是他也有了"田园诗人"的称号。

　　本篇写初夏农忙之景，突出写农村青年们的繁忙农事及生产活动。前两句写农村没有闲人，青年们都在忙各自的事情，白天和黑夜都在田里、家里干活儿。这两句虽是突出，但还是泛写，做一番概括而已。诗歌真正的焦点是在儿童身上，在最后两句。儿童们是不能干农活的，那么诗人选景的镜头对准他们有何用意呢？

因为他们是农民的孩子，连玩耍的内容也与农活有关，与农村有关，这又扣住了农村、田园的题目，照应了前面两句写大人们的内容。这就是虽离题而仍在题上。这个镜头特别有趣，有意义，甚至超过了其他一切描写叙述的景致。大人们在农活中忙碌，儿童们耳濡目染，也在桑树下学着种起瓜来了。这一景象多么天真自然，多么鲜活生动。

小　池

杨万里

泉眼无声惜细流，树阴照水爱晴柔。

小荷才露尖尖角，早有蜻蜓立上头。

杨万里（1127—1206），字廷秀，号诚斋，吉水（今属江西）人。绍兴二十四年（1154）进士。曾官太常博士、秘书监等。其诗初学江西诗派，后顿悟转学多家，最终自成一家，开创清新活泼的"诚斋体"。**泉眼**：泉水的出口。**惜**：爱惜。**晴柔**：晴天里柔和的风光。

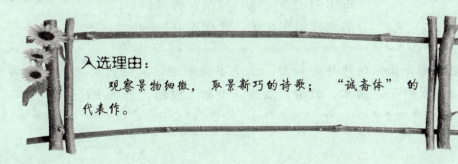

入选理由：

观察景物细微，取景新巧的诗歌；"诚斋体"的代表作。

且立片论　作者在《醉吟》诗中说："不留三句五句诗，安得千人万人爱？"

这首诗就是千人万人爱的了，至少今天的学生小朋友就喜欢，喜欢它的人数

经典

何止千人万人。

　　究其原因，一是小巧玲珑精致。标题有"小"字，写泉水用"眼"，用"细"，是小，荷花取其小花苞，蜻蜓是小昆虫，都是小。蜻蜓立在小花苞之上，小巧可爱之至。二是景物配合得当。荷花有香气，蜻蜓好动，取动静配合之景最为和谐自然。三是切合及时。诗人用了"才"和"早"两个副词搭配动词"露"和"立"，将蜻蜓和小荷相依相生的天趣集中地表现出来了，而且它们都带有感情，似乎是彼此深爱的恋人，一刻也不能分离，这很能给读者，尤其是小朋友们带来好奇和审美遐思。

　　所谓"诚斋体"，换句话说，就是"杨万里体"，其主要特点是什么呢？有四个方面：一是结构短小（以七言绝句为主）；二是取景新，大多是自然外物的小景，就像一个镜头一样；三是诗歌语言清新活泼，有时还风趣俏皮；四是小诗中往往含有哲理趣味。就这四个方面来比照，这首诗都具备了，所以它是代表作。

绝　句

僧志南

古木阴中系短篷，杖藜扶我过桥东。
沾衣欲湿杏花雨，吹面不寒杨柳风。

> **僧志南**，南宋时能诗的和尚，生平事迹不详，其时代大概与朱熹相近，或略早。**古木**：大树。**短篷**：小船。**杖藜**：藜茎手杖。

282

入选理由：

"沾衣"两句描写细腻，是写春风春雨的经典名句。

且立片论　短小的一首绝句，就将春天的景物，春天的感受写得如此清丽，如此深透，恐怕在写杏花春雨的诗歌中，这一首要算压卷之作了。

作者是一个僧人，对世界人生的看法很独特，他写诗时年龄已经很大了，但诗歌的张力所溢出的却是对生命体验的无限喜悦，那是春天带来的。大概正因为作者已衰老，或者还正受着疾病的困扰，在这样的状况下最怕寒冷的冬季，稍不注意就可能是生命的终结；相反，春天一来，万物复苏，老病之人也重获生机。出去走走，感受到的最明显的外物就是春风春雨。春雨如酥，细如牛毛，即使飘落在衣襟上也不会湿，诗歌的"沾"字用得多么温柔，表现了春雨的灵性。春风拂面，就像轻柔的手抚摸一样，柳枝变绿，杏花过眼，更感觉春风的温和。四季轮回，上天的恩赐，生命的进程又将前行。

"沾衣"两句从朱熹开始赏爱，到朱自清的《春》的引用，已有近千年的传播历程，大概还将会传播赏爱到永远。

次陆子静韵

朱　熹

德义风流夙所钦，别离三载更关心。

偶扶藜杖出寒谷，又枉篮舆度远岑。

旧学商量加邃密，新知培养转深沉。

却愁说到无言处，不信人间有古今。

朱熹（1130—1200），字元晦，一字仲晦，号晦庵、晦翁，别称紫阳先生，死后谥"文"，后世称"朱文公"。婺源（今属江西）人。绍兴十八年（1148）进士。朱熹是南宋著名学者，对中国文化影响很大。诗歌也有特色，富于理趣。有诗文集传世。**陆子静**：著名学者陆九渊。**夙**：平时，一向。**钦**：佩服。**枉**：劳驾，使对方做某事的敬辞。**篮舆**：一种用人抬的似轿子的交通工具。**岑**：山岭。**商量**：商讨，研究。

入选理由：
　　"旧学"一联太有名，至今仍有被反复引用及用之为座右铭等价值。

且立片论　　写此诗的三年前，作者和陆九渊在鹅湖（今江西境内）聚众大会，辩论"性即理"、"心即理"等哲学问题。陆九渊当时就写有诗赠作者，但三年后作者才写和诗，可见他们的观点分歧的程度。

　　前四句没有什么价值，是按写诗的习惯问候、恭维对方的话。是说对方道德修养和品格都让人佩服，还积极为学术事业奔走，让人尊敬。"旧学"两句的本意是学术观点不是一成不变的，既要注意旧有的，又要注意听取他人的，有并不赞同对方的观点和希望对方广采博览并接受自己的观点的含义。在新与旧的问题上引申开来看，任何专业、事业其实都有继承旧有的优良，吸取新知的营养的基本原则，没有割断旧有联系而横空出世的事物。歌德曾在诗中表达的"忠于守旧，而又乐于迎新"，与这两句一起，可以作为跨越古今中外的真理。因此，这两句有了现代意义，文化人常用于赠言（南京大学程千帆教授就曾以这两句赠中华书局《文史知识》杂志，非常贴切），成为勉励后进的话，学校可以作为校训（香港某大学就如此）等。这两句还因对偶工整又是精巧的反对而为人称道。结联进一步说明学术事业沟通的重要性，不要简单地划分界限。

观书有感 （其一）

朱 熹

半亩方塘一鉴开，天光云影共徘徊。
问渠那得清如许，为有源头活水来。

> 鉴：镜子。渠：它，此处指方塘。那得：哪能。如许：如此，这样。为：因为。

入选理由：
借水池说话，竟含有人世间、自然界的大道理，这是著名的理趣诗。

且立片论 朱熹是说理讲道的学者，他的思维大概随时都在思考事物的道理，潜意识的支配或许他自己也不知道。但是，朱熹是懂得文学形象思维的，所以他的作品即使说道理，也常用比喻和具体的景物来表达，这就有了欣赏的价值。当他要表达学习儒家之道，钻研儒家书籍后明白了道理的快乐的时候，他会用春风吹得百花盛开的形象来表达。他在著名的《春日》诗中写道："胜日寻芳泗水滨，无边光景一时新。等闲识得东风面，万紫千红总是春。"表面上看是游春之作，写得春风满眼，花光绚丽，其实却是悟道的比喻而已。

从语言层面看，本篇是写池塘的水清澈，蓝天白云的影像映照其中，显得很美。后两句设问自答，为什么池塘的水会如此清澈呢？因为它的水源一直有流动的水注入。这样的事物常理其实不说人们也明白，为什么还用写诗来阐述呢？诗歌的题目就作了解释。题目是"观书"，说的是读书学习，与池塘的水景有什么关联呢？可以这样理解：如果不读书学习，不断地去吸取新知，调整思维，那么人的知识和思想就会像一潭死水，将会浑浊臭腐；多读书学习，促进思考，就会像池塘有活水源源不断流进来一样。

清平乐 村居

辛弃疾

茅檐低小，溪上青青草。醉里吴音相媚好，白发谁家翁媪？　　大儿锄豆溪东，中儿正织鸡笼。最喜小儿无赖，溪头卧剥莲蓬。

辛弃疾（1140—1207），字幼安，号稼轩，历城（今山东济南）人。青年时起义归附南宋，主张抗金。65岁时还出任镇江知府，壮心不已。一生创作了大量的词作，风格以豪放为主。有《稼轩长短句》等传世。醉里：是作者在醉里，带着几分酒意的意思。媪：老年妇女。无赖：无聊，没有事情做。

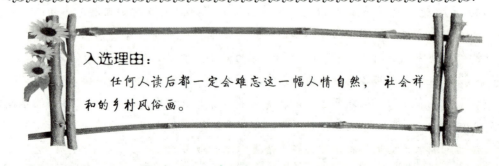

入选理由：

任何人读后都一定会难忘这一幅人情自然，社会祥和的乡村风俗画。

且立片论 真实见闻才能写得如此生动。词中有"吴音"二字，那就是在吴地的见闻，即今江苏长江以南一带的所见所闻。根据作者的经历，他率领起义军南下之后，南宋朝廷授予他江阴签判官，江阴即今江苏江阴市，正在长江以南。作者在那里为官几年后漫游吴楚各地，本篇大概就是这一时期写的。另外，初到一陌生之地，对当地的语音方言印象最深。作者是北方人，听到南方的吴音就感到很新鲜，也可说明本篇是这一时期的作品。

上阕写一户在溪边居住的人家，他们住的低矮的茅屋，屋旁溪边长满青草，显然是农家。然后就一气而下全写人，从老写到少。先是老夫妻在交谈，醉意朦胧的"我"听他们说的话像音乐一样悦耳，尽管不懂意思，但却可以感受出那语调之亲切。这也透出作者对人民的情感倾向：爱人民。下阕接写他们的三个儿子，老大在干农活，给豆苗除草；老二正在编织鸡笼，也为家庭干活；小儿子最有趣，因年龄太小而没事可做，只有在溪边躺着，还一边剥着莲米。这些很可能是作者看到的真实情景，不过小儿子天真憨态的特写镜头却特别可爱，可以成为永恒的文学形象。

词的韵脚很密，句句押韵，作者又借用古代民歌写"大妇、中妇、小妇"的连贯句式，于是就有接连不断的画面映入眼帘，如同电影镜头一样联系紧密。

西江月 夜行黄沙道中

辛弃疾

明月**别**枝惊鹊，清风半夜鸣蝉。稻花香里说丰年。听取蛙声一片。
七八个星天外，两三点雨山前。旧时茅店**社林**边。路转溪桥忽**见**。

黄沙道：在今江西上饶西。**别枝**：飞离树枝。**社林**：有土地神庙的树林。**见**：现。

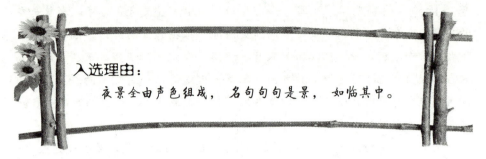

入选理由:

夜景全由声色组成, 名句句句是景, 如临其中。

且立片论 作者由于主张抗金而与权贵政见不合, 不仅遭贬到外地去做官, 还有长期赋闲的时候。本篇就是他长期居住在上饶带湖时的作品。

白描写景是本篇特色, 模糊视觉之景, 突出听觉和嗅觉之景更是本篇特色。两者真可带你进入夜行之中。上阕写月色明亮, 是实景, 也是可以夜行的条件。半夜蝉鸣, 正是因月光明亮的刺激产生的。不过月光再明亮也到处有暗影。树丛中的鸟一下飞离枝头, 是受到作者突然到来的影响, 人是看不见鸟鹊的。也有人认为鸟是因月光太明亮而飞。"稻花"两句是名句, 作者运用了拟人和幻觉的表达方式, 主观上将蛙声当做是预报丰收年的声音, 这是突出听的效果, 但还有嗅到的稻花香气作为理解蛙声的依托。下阕还是看和听的兼用, 看的方位很有变化, 让明暗和虚实得到了恰当的结合。先看天, 后听地, 似明非明, 最后仍以暗影结束写景。因为视野有限, 只有天上的景物清楚, 天落雨而有感觉。稀疏的落雨正是夏季的特征, 所以前两句也是写景名句, 尽管前人已经有"七八个星犹在天", "有时三点两点雨"的诗句。结尾两句是叙述也是抒情, 抒发了闲居时不得志的苦闷。"旧时"表示已经到过此地, 很可能是常行此道。"茅店"是供人住和吃的地方, 作者很可能常到此饮酒。"路转"一句可以读出作者急迫想到茅店的心情。"忽见"就是突然出现在眼前, 当然含着作者的喜悦心情, 因为到那里可以喝酒解闷了。

破阵子 为陈同甫赋壮词以寄之

辛弃疾

醉里挑灯看剑，梦回吹角连营。<u>八百里分麾下炙</u>，<u>五十弦翻塞外声</u>。沙场秋点兵。　　马作的卢飞快，弓如霹雳弦惊。了却君王天下事，赢得生前身后名。可怜白发生！

破

阵

子

> **陈同甫**：陈亮，为作者志同道合的挚友。**八百里**：形容军营广远。一说指牛。**麾下**：这里指部下。**五十弦**：这里指军乐。**的卢**：古代一种骏马的名称。

入选理由：

这首想象丰富，意境开阔，风格悲壮的词是作者被排挤后心情苦闷的代表作，它与在抗金前线的词作写法明显不同。

且立片论　这首词是作者被排挤后闲居江西时的作品。上片开头写"醉"，是借酒浇愁；醉后仍挑亮灯花，把玩看剑，是壮心不已。仅这一句就可以窥见"我"之为人和形象，我想要上马征战，飞剑杀敌。于是自然接着写军旅生活，军营成片，军乐声声，骑马飞奔，多么痛快解气，多么威武英豪。这是作者早年的真实经历，但现在只能在梦中享受那虚幻的痛快了。如今赋闲，有劲使不上，怎不叫人烦恼丧气？两句句式整齐，好像对偶句，给人以干净利落、痛快淋漓之感。下片凭借虚幻梦境的痛快惯性，还在飞奔，还在杀敌。从结构上讲，上下片的过渡

难忘
经典

一气连贯，这样写很好。但是，好梦是会结束的，梦醒之后，英雄豪气的痛快淋漓变成了冷冰冰的现实，于是调子转向低沉。此生换来了什么？身后会留下什么？只有真实的白发显示出衰老了，只有壮志未酬，深沉的悲叹了。跌宕起伏，情感真实，尤其是在豪气的对比衬托下，那声叹息就格外动人，同时，豪气即使低落，也会永留天地之间，与日月同在，成就永恒的英雄声名。

永遇乐 京口北固亭怀古

辛弃疾

　　千古江山，英雄无觅，孙仲谋处。舞榭歌台，风流总被，雨打风吹去。斜阳草树，寻常巷陌，人道寄奴曾住。想当年，金戈铁马，气吞万里如虎。　　元嘉草草，封狼居胥，赢得仓皇北顾。四十三年，望中犹记，烽火扬州路。可堪回首，佛狸祠下，一片神鸦社鼓。凭谁问，廉颇老矣，尚能饭否？

> **孙仲谋**：孙权。**寄奴**：南朝皇帝刘裕的小名叫寄奴。**元嘉**：南朝宋文帝的年号。这里代指宋文帝。**赢得**：剩得，剩下。**四十三年**：作者从当初起义南下到写词时的岁月。**佛狸祠**：北魏皇帝拓跋焘大败南方的军队，追到长江北岸的瓜步山（今江苏六合县东南），在山上建立行宫。由于其小名叫佛狸。因此后世便称为佛狸祠。**廉颇**：战国时著名的将军。

入选理由：

　　刚健有力，纵横开阖的豪放词；典型的辛词风格激荡人心。

且立片论　这是作者六十五岁任镇江知府时的作品。当时朝中还有人主张抗金，但却有冒进轻敌的不良思想倾向，词中这两方面的问题都有涉及。

　　上阕一开始就怀古，写到古代的英雄人物，突出了两位：一是孙权，作者对他很是景仰，这也跟所处的地区有关，当年孙权就是雄踞江东，现在再也没有像孙权那样的英雄了。一开篇我们就感受到了作者的悲凉叹息，对英雄不见的遗憾，流风余韵都被历史的风雨吹去了。二是刘裕，当年他曾带领军队收复洛阳和长安的北方重镇，所以作者写他的英雄气概用了"金戈铁马"两句，的确写出了其英雄气势，成为词中的名句。但是，写刘裕还有一个用意，在结构上可以自然过渡到下阕，还能和宋文帝形成对比。宋文帝在位时间长，自以为可以建立大功，统治北方，结果在北伐时大败，匆忙南逃。写宋文帝的失败是暗示当时激进的北伐主张者，可见作者身经战阵之后的老练风范。怀古结束后又自然地联系自己，先是回忆四十三年前热血抗金的历史，然后再想到现状，对自己的衰老，朝廷的态度百感交集，其中当然也存在壮心不已的豪情。

　　此首词苍劲豪雄，又感慨悲壮，风格豪放，感情动人，很难让人相信这是接近生命终点的作者的作品。

　　这首词用典很多，是辛词的一大特色。前人曾有评论说辛弃疾好用典，有"掉书袋"（卖弄炫耀自己学问）的毛病，但这里却用得很恰当，用典与抒情内容密切配合，甚至还可以说，如果没有用这些典故，本词就不会成为名篇。

永

遇

乐

游园不值

叶绍翁

应怜 屐齿印苍苔，小扣柴扉久不开。
春色满园关不住，一枝红杏出墙来。

> **叶绍翁**，生卒年不详，字靖逸，一字嗣宗，处州龙泉（今属浙江）人。南宋"江湖派"诗人。作品中七绝较多。**值**：见面，碰头。**怜**：爱，爱惜。**屐齿**：一种装有木齿的鞋，便于走泥滑之地。**扉**：门。

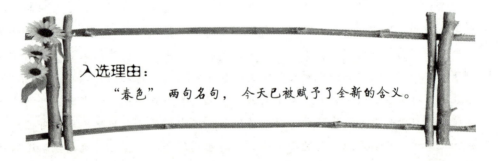

入选理由：
"春色"两句名句，今天已被赋予了全新的含义。

且立片论 不值即不遇，见朋友没有见到。诗人大概是前去探访，但朋友不在家，敲了很久的门，还是没有动静，诗人感到有些失望了。但是，又很快就被探出墙头的红色杏花枝吸引了，原来里面早已春色满园，门墙已经关不住了。"关不住"三字多么生动。

此诗千百年来万口传诵，但读者对园中之人的身份却猜测不休，是一个官员？还是一个隐士？或许是一个花工？从诗歌的抒情表现看，诗人小心翼翼，怕鞋把苔藓踩坏，扣门也很轻，应是怀着敬意来的，所以园中主人很可能是一个高士。高士常行踪不定，来往自由，喜爱孤独。如果是官员，恐怕什么时候都应该有人在家。如果是前者，后两句就是纯粹写景，并无暗示象征之含义。不过后来有了

"红杏出墙"的浓缩后，含义就变了，已被今人使用得俗不可耐了。

后两句并非独创发明，之前陆游已经写有"杨柳不遮春色断，一枝红杏出墙头"（《马上作》）的诗句。

扬州慢 并序

姜 夔

淳熙丙申至日，予过维扬。夜雪初霁，荠麦弥望。入其城，则四壁萧条，寒水自碧，暮色渐起，戍角悲吟。予怀怆然，感慨今昔，因自度此曲。千岩老人以为有《黍离》之悲也。

淮左名都，竹西佳处，解鞍少驻初程。过春风十里，尽荠麦青青。自胡马窥江去后，废池乔木，犹厌言兵。渐黄昏，清角吹寒，都在空城。　杜郎俊赏，算而今、重到须惊。纵豆蔻词工，青楼梦好，难赋深情。二十四桥仍在，波心荡、冷月无声。念桥边红药，年年知为谁生？

> **姜夔**（1155—1221），字尧章，号白石道人，饶州鄱阳（今江西波阳）人。曾应试不中，一生未入仕途。诗词都善，尤精于词，曾自创曲调，重视词的格律，在南宋时很有名。**淳熙丙申**：1176年。**至日**：冬至。**度**：创作。**千岩老人**：指萧德藻，作者是他的侄女婿。**黍离**：《诗经》中的内容，后世抒发感怀伤往、人世沧桑的典故。**淮左**：淮河以东，宋朝淮南东路的治所在扬州。**春风十里**：杜牧有"春风十里扬州路"的诗句。**俊赏**：人物潇洒风流，才华出众。**青楼梦**：杜牧有"十年一觉扬州梦，赢得青楼薄倖名"的诗句。

且立片论 扬州是古代九州的名称，扬州的繁华在历史上赫赫有名，然而扬州又是饱经战火的城市，于是就多有写其繁华与萧条对比的诗文。鲍照的《芜城赋》是文章中的名篇，本篇是词中的名篇。唐代的扬州是除了京城之外的最繁华的大城市，有不计其数的歌咏扬州的篇章，其中歌咏最多的是杜牧，所以本篇抓住杜牧着笔，以他的诗篇来突出过去的繁华风流，从而与自己所处的时代景象形成对比，让萧条破败的反差更加鲜明，增强艺术感染力。

上阕写作者到扬州时所见的景象，过去高大的房屋建筑成了废墟，成了草场和庄稼地，加上和平年代没有的军号之声点染，沧桑之悲感油然而生。清人陈廷焯评论说，写"兵燹后景象逼真……'犹厌言兵'四字包括无限伤乱语，他人累千百言，亦无此韵味"。下阕不厌其烦地用杜牧诗歌的典故，表明了作者意在描写扬州繁华的基础上突出其人物，突出其动人情思的男女相恋的韵事。但如今繁华已逝，人去楼空，经过战乱的蹂躏，多少香魂美女顷刻之间就消失了，使人更增无限伤感。结尾处用景语，实际更有浓情。凄惨的红芍药似乎在诉说着无尽的沧桑与哀怨。

作者是精通音乐的作家，他有自度曲十七首，对歌词的研究可以说是精细到了每一个字的字声运用。本篇有一个突出的形式特点，就是一字逗领句的字如"过""自""纵""念"等，全用去声充当，这就是研究词的仄声要分别上声和去声的最好例子，大概唯有这样才更能准确地歌唱传情。

约　客

赵师秀

黄梅时节家家雨，青草池塘处处蛙。
有约不来过夜半，闲敲棋子落灯花。

赵师秀 （？—1219）字紫芝，号灵秀，永嘉（今浙江温州）人。绍熙元年（1190）进士。"永嘉四灵"之一。为人孤傲，创作风格生新清健。

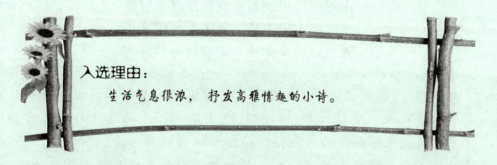

入选理由：

　　生活气息很浓，抒发高雅情趣的小诗。

且立片论　南宋诗歌创作到了作者等人的时候，欣赏中晚唐诗歌的村野清瘦成了时尚。他们以远离官场、远离尘世为人生选择，喜欢在僻静的山野中徜徉，喜欢独处，享受寂寞，即使与人交往，也是"往来无白丁"，局限在知心的二三子之间。这些就是解读本篇需要了解的文化大背景。

　　前两句写环境和时令，完全是江南独有的景象，雨不断地下，蛙声一片，用"家家"和"处处"则景象宽远，同时也先解释了为什么夜半朋友还没有来的原因，雨夜总会有些麻烦事。这两句写雨声、蛙声，其实用的是反衬法，因为在雨声、蛙声中的夜会显得更静谧。后两句写"我"等朋友的情状。约好的朋友没有来，时间已经是过半夜了。过了半夜还在等，可见"我"的诚信，也可见"我们"闲适悠然的生活方式；等朋友来下棋，"长日惟消一局棋"，可见"我们""结庐在人境，而无车马喧"的高雅脱俗。敲着棋子，灯花被抖落下来，细节写进诗中，生活气息一下就浓了。就这么一个细节，诗就成了名篇。"永嘉四灵"带给读者什么独特的诗歌艺术？其观察描写生活和景物的细腻恐怕是第一位的。

过零丁洋

文天祥

辛苦遭逢起一经，干戈寥落四周星。
山河破碎风飘絮，身世浮沉雨打萍。
惶恐滩头说惶恐，零丁洋里叹零丁。
人生自古谁无死，留取丹心照汗青。

文天祥（1236－1283），字履善，一字宋瑞，号文山，吉水（今江西吉安）人。宝祐四年（1256）进士第一。元兵渡江后，起兵勤王。后官至丞相。两次被俘，最后被押解送往北方，囚禁了三年，始终不屈，被元人杀害。文天祥的诗、词、文都有优秀作品传世。
起一经：因学习古代的典籍而起身为官。**四周星**：四年。**惶恐滩**：在赣江中。**零丁洋**：在珠江口之外。**汗青**：历史。

入选理由：

　　激情爱国的宏伟篇章；　大义凛然的人生宣言；　"人生"两句震撼万古。

且立片论　此诗钢筋铁骨，掷地有声，与诗人的名字一道光耀日月，万古长存。

　　祥兴元年（1278）十二月，南宋军队在五坡岭（今广东境内）战败，文天祥被俘。次年正月经过零丁洋，诗人回顾一生岁月，思前想后，写下了此诗。

　　首联说自己是经过辛苦地读书学习，通过考试才走上仕途的。从卖掉家产起兵勤王，到此时已经四年了。四年中抗元的力量越来越不支，难以挽回败局。颔联痛心国事，悲叹身世，感情真挚，凄凉动人，所用比喻十分贴切。颈联巧用地名对偶，又恰当地概括了自己战斗岁月中的境况，真能反映出状元高人一着的写作技巧。此前，文天祥率领的军队曾被元军击败，从赣江上的惶恐滩撤退到福建，后有追兵，前临大海，真让人恐惧惊惶。现在，自己已成孤弱的败军之将，经过零丁洋真是孤苦伶仃。既关事，又关情，入诗就成绝对。尾联洪钟巨响，大气磅礴，震撼天地，表现了诗人为国家民族献身的大无畏气概和视死如归的崇高品质。一片丹心成为一代又一代中国人保家卫国，抗敌御侮的精神支柱。

一剪梅 舟过吴江

蒋　捷

　　一片春愁待酒浇，江上舟摇，楼上帘招。秋娘渡与泰娘桥。风又飘飘。雨又萧萧。　　何日归家洗客袍？银字笙调。心字香烧。流光容易把人抛，红了樱桃。绿了芭蕉。

> **蒋捷**，生卒年不详，字胜欲，号竹山，阳羡（今江苏宜兴）人，度宗咸淳十年（1274）进士，宋亡不仕，隐居于太湖竹山。其词抒情浓烈，颇有兴亡漂泊的人生感慨。**吴江**：今江苏苏州附近。**秋娘渡、泰娘桥**：都在吴江境内。**银字笙**：为了表示乐音的高低在笙上用银画写的字。后来成为笙的借代。**调**：调试，调校。**心字香**：将香萦绕成"心"形，表示相爱相思。

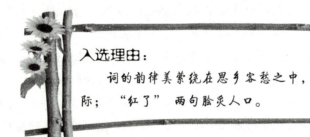

入选理由：
　　词的韵律美萦绕在思乡客愁之中，萦绕在读者的脑际；"红了"两句脍炙人口。

且立片论　主题写客愁。思乡怀人，思念自己的家人、爱人，是历代诗歌中的主流。不过因写法各不相同，侧重点也各异。这首词的结尾几句很新颖，内涵很深，将抽象的时光化为具象的樱桃和芭蕉，靠色彩变化来渲染光阴似箭。不注意分开还会将它误解为赏爱景物的句子，被"红"和"绿"的樱桃、芭蕉挤占视线，忘记了它们的背后是一刻也不会停留迅速流走的时光，而人在这岁月中会红颜暗换，白发悄然而生。特别是在孤独的旅程之中，前途暗淡的人生时刻，刺眼的红绿景物简直就是伤心之色，越鲜亮越惨淡。其实"红了"两句的含蓄内涵是有点染陪衬的，作者并非含蓄一气。词的开头一句就交代了感物而动"春愁"，标题也告诉了读者是乘船经过吴江县时的感触，是身在异乡的思归，于是见酒帘而有借酒浇愁之兴。另外，"红了"之前的"流光"一句也托出了作者伤感于光阴迅速，岁月流逝的心态。

　　这首词还有一个特色是词的下阕清楚地表明了是思念爱人，而不是笼统地思

乡怀人，"银字"两句就表明了一往情深的爱，也透出了不同凡俗的雅韵，同时也使全词的客愁因何而发有了支点。

这首词一韵到底，句句押韵，是其突出的形式特点。

天净沙 秋思

马致远

枯藤老树昏鸦，小桥流水人家，古道西风瘦马。夕阳西下，断肠人在天涯。

> **马致远**（1250－1323），号东篱，大都（今北京）人。曾做官，后来退隐。既能写杂剧，又有著名的散曲，是元初有名的作家。其散曲风格多样。有后人编辑的《东篱乐府》。**昏鸦**：黄昏时归巢的乌鸦。**断肠人**：十分悲伤的人。

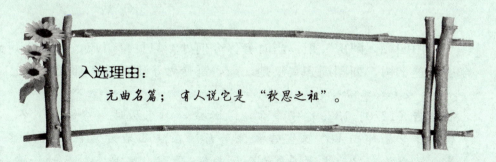

入选理由：

元曲名篇；有人说它是"秋思之祖"。

且立片论 这支五句的小曲，首先结构就很别致。前三句平列，字数整齐，结构一致，第四句四字，从意义上看也与前三句统一，还是写景。第三句虽是写景，但却与第五句"断肠人"关联，是他骑着瘦马在荒凉古远的道路上行走。第五句才是正面抒情，看似脱节，但又彼此穿插勾连；句式参差，读来却浑然一体，句句押韵也起到了作用。其次，意象的组合很有特点。前三句全是名词性意象，没有谓语，而且与别的名词性结构的意象组合不同，他们不是简单的平列组合，而是有中心的组合。例如前两句的中心意象都在最后。枯藤依附于老树，老树是昏鸦的巢居，枯藤和老树都不牵动曲中人的情感，"昏鸦"却最关情，因为乌鸦尚有准时归巢的生活，而"我"却漂泊在外，不能自由归家。在人与动物的对比之下，悲伤之情更甚。小桥和流水是人家的环境，有温馨之感，"人家"是中心，他人的人家如此温馨，而"我"的家又在何处，两相对比，又是悲从中来。第三，最突出的是这支曲子含蓄而又深刻的主题。"我"是什么人？元初的知识分子也。"我"为什么如此落魄？元初的知识分子毫无出路也，即使走到天涯海角去追求，也只有断肠般的痛苦。

王国维评价此曲说："寥寥数语，深得唐绝句妙境。有元一代词家，皆不能办此也。"

山坡羊 骊山怀古

张养浩

骊山四顾，阿房一炬，当时奢侈今何处？只见草萧疏，水萦纡。至今遗恨迷烟树，列国周齐秦汉楚。赢，都变做了土；输，都变做了土。

> **张养浩**（1270—1329）字希孟，号云庄，山东历城（今济南）人。最后官至礼部尚书，以直言敢谏著称。在陕西地方官任上政绩显著。散曲集有《云庄休居自适小乐府》。**阿房**：阿房宫，秦时修建，后被项羽烧毁。

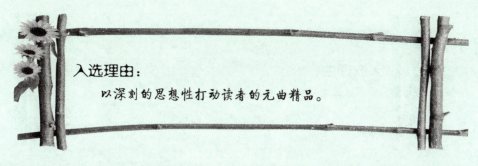

入选理由：

以深刻的思想性打动读者的元曲精品。

且立片论　骊山在今陕西西安市东，有众多的人文历史遗迹。古代很多诗人到此地而遥想千古，留下了不少咏史怀古的作品。作者就有系列的怀古散曲。

此曲以宏伟的"骊山北构而西折，直走咸阳"的阿房宫的兴亡为切入点，既切合骊山登临所见，又有极强的概括力，让历史上无数帝王贵族穷奢极欲之后的灭亡都作了它的背景，因为阿房宫真是太宏伟，太奢侈了，而宏伟、奢侈的背后正是挥霍的民脂民膏。这就是选材的典型，这就是凸显的主题思想。

这首曲表现手法其实比较简单，就是使用鲜明对比，抓住两对反义词着笔：奢侈和萧疏，赢和输。无论怎样，一切都变成了尘土。这首曲语言通俗朴素，但情感力度却极强，有震撼人心的效果，正应了写诗"造平淡难"的理论。

醉太平 讥贪小利者

无名氏

夺泥燕口，削铁针头，刮金佛面细搜求，无中觅有。鹌鹑嗉里寻豌豆，鹭鸶腿上劈精肉，蚊子腹内刳脂油。亏老先生下手。

> **嗉**：禽类喉间储存食物的器官。**刳**：刮。**老先生**：元代称朝官为老先生。这里泛指剥削贪利者。

入选理由：

风格诙谐而辛辣的讽刺作品。

且立片论 人世间贪利的人有时真让人不可思议，贪小利的人甚至让人啼笑皆非。

本篇用一连串具体而形象的事物来讽刺贪小利的人，形式上是一气排比而下，修辞用夸张，而且极度地夸张，应该说正是有了夸张的极度才收到如此良好的艺术效果。"蚊子腹内刳脂油"，大概再贪的人也做不到，但进入文学夸张后就可成为经典的名句，恐怕这就是艺术与生活的不同了。由此可以赞赏作者艺术构思的成功。

另外，要写成这样一支曲子，需要丰富的生活知识。"夺泥燕口"一句，肯定是作者长期观察燕子衔泥做窝的结果，他明白了它们的艰辛，并对此留下了深刻的印象，到创作时才用来做比喻的。燕子口本来很小，所衔之泥必然很少，在很少之中还要夺泥，这人真还下得了手，这样的人不可恨吗？由此类推，本篇全由具体的"很少"或"很小"组成，是生活中具体的点点滴滴的知识，这需要多少观察和积累才能完成呢？一首小曲即如此，其他的创作更可见其艰难了。本篇如果不将这些具体的知识排列在一起，就不能收到受极度夸张的数量影响的艺术效果，当然也不可能成为名作了。

咏石灰

于　谦

千锤万凿出深山，烈火焚烧若等闲。
粉骨碎身浑不怕，要留清白在人间。

于谦（1398－1457），字廷益，号节庵，钱塘（今浙江杭州）人。永乐十九年（1421）进士。曾任河南、山西等地巡抚，为官正直，深受人民拥戴。后来复辟的英宗妄加罪名处死，蒙受冤屈。**若等闲**：好像很平常。

入选理由：
　　将石灰的白色和人的清白品格联系起来写作，写成一首咏物诗，这算是首创。

且立片论　诗如其人，此为一例。作者本来就是民间所说的清官，他本人也有"清风两袖朝天去"的诗句。他赞美石灰，就是爱它的清白之色，用来比人，一世清白多好，尤其是有官位在身的人。

　　说这首诗优秀，在于句句字字不离石灰，又句句字字都关系人。石灰的烧制过程很长，很难，要先选择石材，然后从岩壁上开凿锤击下来，敲碎成石块，再由石块烧成灰，真是"粉骨碎身"的过程。同样，要修养锻炼成一个品格正直、清廉无私的人，也如同烧制石灰一样艰难。因为在人的一生之中会有无数的诱惑去影响一个人的好品格的形成和保持。要想在人间留下清白的好名声，有时还只有粉身碎骨才行。烧制石灰的过程和人的品格修养的形成之间有多么密切的相似点，能沟通发现它们之间的相似点，将二者融为一体写来，就是本篇的优秀与独特之处。

朝天子 咏喇叭

王 磐

喇叭，唢呐，曲儿小，腔儿大。官船往来乱如麻，全仗你抬身价。军听了军愁，民听了民怕，哪里去辨什么真共假？眼见的吹翻了这家，吹伤了那家，只吹的水尽鹅飞罢！

> 王磐（1470－1530），字鸿渐，号西楼，高邮（今江苏高邮）人。一生寄情山水，吟诗作画，没有做过官。懂音乐，创作的散曲在当时很有名。唢呐：与喇叭相似的一种乐器。水尽鹅飞罢：形容把百姓的财产搜刮干净。

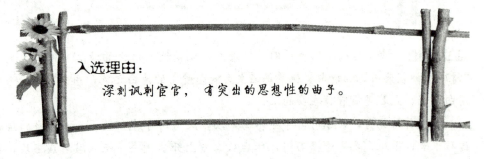

入选理由：

深刻讽刺宦官，有突出的思想性的曲子。

且立片论 这是批判现实的曲子，有其具体的批判对象。据《尧山堂外纪》记载，明朝武宗正德年间，宦官当权，欺压百姓，行船时常吹起号来壮大声势，作

者就创作了这支散曲加以讽刺。

曲子从形式到内容看都是咏物，所咏的对象是喇叭，一种乐器，与人是没有关系的。曲子的每一句都写的是喇叭的特点和吹喇叭的音响效果。但是，曲子却全咏的是人，句句透露着人的行为和影响；处处写的都是宦官，都是宦官胡作非为，残酷压迫和剥削人民的行为和影响。"曲小"是说宦官的地位其实低下，含有作者的鄙视之意。本来宦官就是有生理残缺的人，有些还是自己将身体弄残以求荣华富贵的人，他们也没有具体的官位，用"曲小"很是贴切；"腔大"是形容他们的仗势欺人，虚张声势，这是批判宦官的最明显的证据。"军愁""民怕"说明他们走到哪里，就给哪里带来灾难。"水尽鹅飞罢"，意即他们一直要把老百姓搜刮得倾家荡产才完结。

整首曲子虽然辛辣讽刺，但却没有一个宦官的字样，这就是深婉的艺术。紧扣一个"吹"字来写，也最符合喇叭的特点。适度的夸张，对刻画宦官的丑态以及表现对宦官的鄙视和愤慨都起到了恰当的作用。

论　诗

赵　翼

李杜诗篇万口传，至今已觉不新鲜。
江山 代有才人出，各领 风骚数百年。

赵翼（1727—1814），字云崧，号瓯北，阳湖（今江苏常州市）人。乾隆二十六年（1761）进士。能诗，主理论，其主要成就在学术研究方面，有很多著作。**李杜**：李白和杜甫。**江山**：指全中国。**代**：每代。**领**：成为领袖。**风骚**：指文学创作。

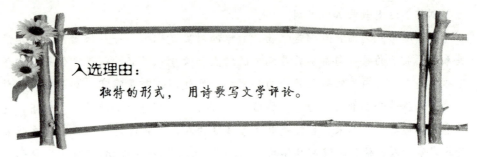

入选理由：

独特的形式， 用诗歌写文学评论。

且立片论　用七言绝句的形式写诗歌评论，开创于杜甫的《戏为六绝句》，后来历代都有人续作。金人元好问写有30首，成为文学评论的洋洋大观。清代用这种形式写文学评论的有多人，清初的王渔洋，清中期的袁枚都写有不少。

本篇和以前的写法有些不同，以前针对某一具体作家的较多，概括泛写的不多。本篇大笔一挥，实际上概括了古往今来的一切作家和时代。就其表达的卓然独立的眼光来看的确不同寻常，连李白、杜甫也敢于超越。以前的人即使有看法，也是微词而已，不敢像这首诗里这样直接否定，高喊口号。从事物发展变化的哲理来看，本篇的确揭示了长江后浪推前浪的必然发展规律。因此，思想上闪烁着的光芒是本篇的突出价值，对青年人的成长和信心，以及鼓励后辈超越前人，大胆创新很有教益。但是，空发议论也是本篇的局限。与韩愈的"李杜文章在，光焰万丈长"相比，各自立论不同，但韩愈更尊重文学，而赵翼却不在文学。说李白和杜甫的诗歌不新鲜不合诗歌史的事实，事实上李杜的诗篇不仅新鲜，而且到赵翼为止还没有出现领风骚在他们之上的后代诗人。赵翼有如此卓越的眼光识见，有渊博的学问，但很遗憾，他本人却没有创作出上佳的诗歌可以一读，更不要说领风骚在李杜之前了。

杂 感

黄景仁

仙佛茫茫两未成，只知独夜不平鸣。
风蓬飘尽悲歌气，泥絮沾来薄幸名。
十有九人堪白眼，百无一用是书生。
莫因诗卷愁成谶，春鸟秋虫自作声。

黄景仁（1749—1783），字汉镛，一字仲则，号鹿菲子。武进（今江苏常州市）人。屡应乡试都不中，乾隆三十三年（1768）开始漫游浙江、安徽、江西、湖南等地。一生坎坷多病，处于苦闷之中，35 岁病逝。黄景仁的诗歌创作很有个性，艺术特色鲜明，有《两当轩集》传世。**仙佛**：指道教和佛教。**薄幸**：轻佻浮躁。**白眼**：瞧不起。**谶**：神秘的预言、预兆。

入选理由：

命运重压下的悲愤之歌；中间两联都是名句。这一首诗可以和优秀的唐诗比美。

且立片论 黄景仁的诗作是清代最优秀的诗作的组成部分，上不逊色于吴伟业，下可与龚自珍相伯仲，留下了不少名句和名篇。他短暂的一生大都是在贫病愁苦中度过的。《都门秋思》所说的"全家都在风声里，九月衣裳未剪裁"真是写尽了人生的苦状。其他如《病中杂成》《别老母》《途中遘病颇剧怆然作诗》《癸巳除夕偶成》等，都写得低沉苍凉，孤独痛苦，感情真挚，催人泪下。他甚至动了快一点死去的念头，有"愁多思买白杨栽"、"寄语羲和快着鞭"等话语。

本篇也是悲愤得百感交集的名篇。首联写孤独无奈，回首一生一无所成，前途毫无光明；颔联写漂泊生涯，处处悲辛，以及因爱文学诗歌而带来的无用的虚名。两句对偶精巧自然，意象优美，感情充沛，曾引起不少知识分子的共鸣；颈联更进一步直说，既表现了作者处世的傲气，又概括了读书人的心声。在封建社会中，即使像作者所处的时代还是所谓盛世，也完全不能自我把握命运，连温饱都难以保证；尾联聊作自慰，表明自己写诗是抒发真情而已。

己亥杂诗（其二百二十）

龚自珍

九州生气 恃风雷，万马齐喑 究可哀。
我劝天公重抖擞，不拘一格降人才。

> **龚自珍**（1792—1841），又名巩祚，字璱人，号定庵，仁和（今浙江省杭州市）人。27 岁中举人，38 岁成进士，但仕宦很不得意。他学养深厚，艺术创造力强，诗歌尤其有名，是近代最有名的诗人之一。**生气**：生机勃勃的局面。**恃**：依靠。**万马齐喑**：比喻社会政局毫无生气。喑，哑。**究**：终究，毕竟。**天公**：造物主。**抖擞**：振作精神。**降**：降生，产生。

杂 感

黄景仁

仙佛茫茫两未成，只知独夜不平鸣。

风蓬飘尽悲歌气，泥絮沾来薄幸名。

十有九人堪白眼，百无一用是书生。

莫因诗卷愁成谶，春鸟秋虫自作声。

黄景仁（1749－1783），字汉镛，一字仲则，号鹿菲子。武进（今江苏常州市）人。屡应乡试都不中，乾隆三十三年（1768）开始漫游浙江、安徽、江西、湖南等地。一生坎坷多病，处于苦闷之中，35岁病逝。黄景仁的诗歌创作很有个性，艺术特色鲜明，有《两当轩集》传世。**仙佛：**指道教和佛教。**薄幸：**轻佻浮躁。**白眼：**瞧不起。**谶：**神秘的预言、预兆。

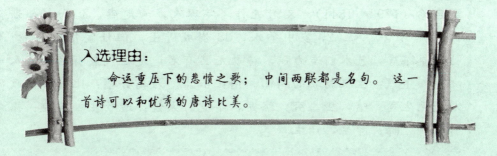

入选理由：

命运重压下的悲愤之歌；中间两联都是名句。这一首诗可以和优秀的唐诗比美。

且立片论 黄景仁的诗作是清代最优秀的诗作的组成部分，上不逊色于吴伟业，下可与龚自珍相伯仲，留下了不少名句和名篇。他短暂的一生大都是在贫病愁苦中度过的。《都门秋思》所说的"全家都在风声里，九月衣裳未剪裁"真是写尽了人生的苦状。其他如《病中杂成》《别老母》《途中遘病颇剧怆然作诗》《癸巳除夕偶成》等，都写得低沉苍凉，孤独痛苦，感情真挚，催人泪下。他甚至动了快一点死去的念头，有"愁多思买白杨栽"、"寄语羲和快着鞭"等话语。

本篇也是悲愤得百感交集的名篇。首联写孤独无奈，回首一生一无所成，前途毫无光明；颔联写漂泊生涯，处处悲辛，以及因爱文学诗歌而带来的无用的虚名。两句对偶精巧自然，意象优美，感情充沛，曾引起不少知识分子的共鸣；颈联更进一步直说，既表现了作者处世的傲气，又概括了读书人的心声。在封建社会中，即使像作者所处的时代还是所谓盛世，也完全不能自我把握命运，连温饱都难以保证；尾联聊作自慰，表明自己写诗是抒发真情而已。

己亥杂诗（其二百二十）

龚自珍

九州生气 恃风雷，万马齐喑 究可哀。
我劝天公重抖擞，不拘一格降人才。

龚自珍（1792—1841），又名巩祚，字璱人，号定庵，仁和（今浙江省杭州市）人。27岁中举人，38岁成进士，但仕宦很不得意。他学养深厚，艺术创造力强，诗歌尤其有名，是近代最有名的诗人之一。**生气**：生机勃勃的局面。**恃**：依靠。**万马齐喑**：比喻社会政局毫无生气。喑，哑。**究**：终究，毕竟。**天公**：造物主。**抖擞**：振作精神。**降**：降生，产生。

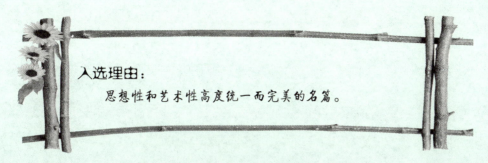

入选理由：

思想性和艺术性高度统一而完美的名篇。

且立片论 道光十九年（1839），龚自珍辞官从北京返乡，然后又北上迎接妻儿，在南北往来的途中，遇事触景，生出许多感慨。既有对人生的感悟，又有对社会政治的失望。他看到了政治空气沉闷，人才无处施展才华等现实，于是一边走来一边写，写出了著名的杂诗315首，真是珠玑满目，光辉闪烁，留下了诗人对各方面进行深入思考后的思想艺术精华。

这是一首思想性突出的社会政治诗，为清朝的形势恶化提供了"诗史"一样的轮廓画面。"万马齐喑"，死气沉沉，朝野上下没有一点生气，这是怎样的社会呀！这样的社会当然要改变才行。怎么改变？要靠风雷的万钧之力才行，也就是说要有社会大变革才行。诗的巧妙之处在于当时正逢作者到镇江遇上当地人在祭祀雷神，于是就借来用进此诗的创作之中，真是妙手偶得。作者锐利的眼光已经看到了风雷不过是借其力量而已，真正要收到改革的实效，还是在于人才使用的关键问题上。所以天行风雷，又仰头望天公，希望能有改变社会的人才诞生。当然，希望已经诞生但未被重用的人能被重用的思想感情也包含在其中，如作者自己就是一个典型的例子。显然作者借此也抒发了对人生遭遇不平的感慨。

诗歌的风格壮美，气势磅礴，短短四句，却有雷霆万钧之力，不仅在诗坛，而且在中国文化史上都产生了狂飙飓风般的影响。

己亥杂诗